三日月書版

三日月書版

聞瀾引

下卷

作者 棋徒
繪者 阿噗

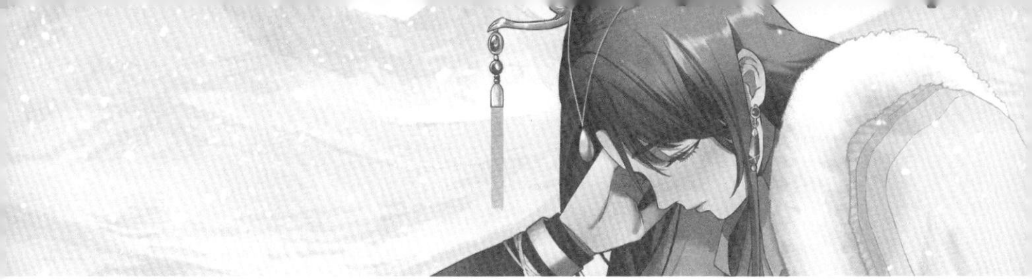

目錄

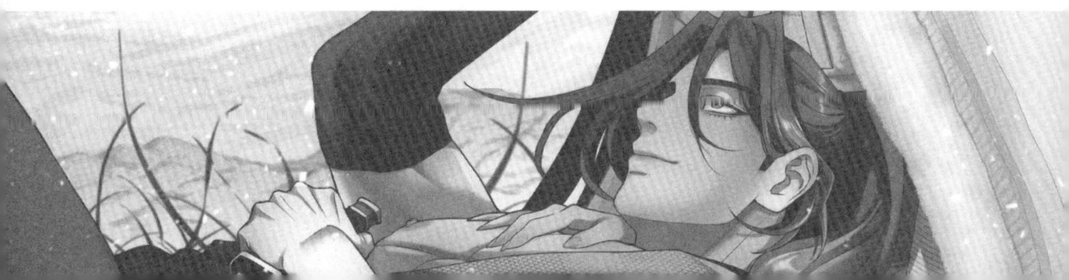

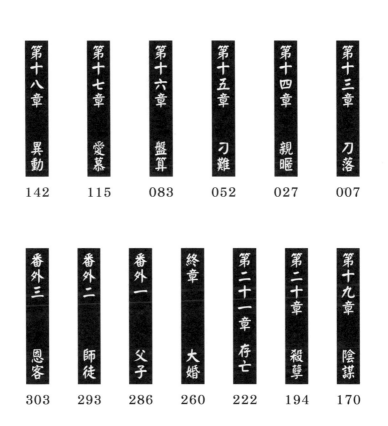

第十三章　刀落

蕭瀾的頭很暈，四肢沒有力氣。她緩緩睜開眼睛，此時天色已經有些暗了。暈倒前，明明才不過午時來著……

身上很疼，背後很硬。她低頭，見自己身上纏著拇指粗的麻繩，整個人被牢牢地捆在了樹上，根本動不了。蕭瀾抬頭望向四周，才知這是一處懸崖。

「醒了。」驟然聽見一道極為蒼老沙啞的聲音，蕭瀾循著聲音側頭，看見一個拄著木棍、瞎了一隻眼的老頭有些蹣跚地走了過來。

還沒走近，一股難聞的異味便嗆得蕭瀾皺起了眉。

「還以為將門嫡女是何等的巾幗不讓鬚眉，」那老頭面上滿是刀疤，極為醜陋，像是被火燎了般的嗓子更是難聽至極，「卻未想如此得弱不禁風，區區迷藥，花了足足快三個時辰才醒過來。」

「你是誰。」蕭瀾打量著他，想不出在何處見過此人，對方卻好像對她瞭若指掌。

然而那人像是沒聽見一般，繼續走近：「妳這張臉蛋，倒真是比當年出落得更加動人了。」

刺鼻的異味近身，鋒利的刀鋒抵上了女子白嫩的肌膚，蕭瀾對上那隻滿是陰翳的眼睛，裡面毫不隱藏，盡是殺意。

「三年前因妳而起，三年後又是因妳而起。」

薄得像紙一般的刀刃緩緩向下，到了白皙的脖頸處，不用須臾便可使她血濺當場。

蕭瀾僵著脖子，「你把話說明白。」

刀鋒忽地一轉，細膩的肌膚上立刻多出一道血口子。疼痛突襲而來，但蕭瀾死死地盯著他，沒有要開口求饒的意思。

那老頭見狀便笑了：「寧死不屈這點，你們姊弟倆倒是挺像的。」

提到蕭戎，蕭瀾的眸中微動：「你、你是……」

「三年前，他受了妳的蠱惑，寧可去承受一次殘忍至極的出師考核，都要離開血衣閣。那個無情的小子，走的時候頭也不回，絲毫不顧念十年的師徒情分。」

老頭咬牙切齒：「三年後又是因為妳，他不顧解藥，對我兒動了殺心，還要將整個血衣閣撇下不管。蕭世城只不過是給了一點血脈，妳就要他為你們蕭家搏命？我溫冥悉心培養了他十二載，將他培養成了江湖上最令人聞風喪膽的殺手！到頭來他卻要扔下這一切去找妳！

「如果不是妳這張臉蠱惑了他，如果不是妳甜言蜜語地哄騙了他，他根本不會如此！」

刀鋒漸深，鮮血浸溼了蕭瀾的衣襟領口。溫冥的語氣惡毒：「妳說妳該不該死？」

痛感加倍，她不由得攥緊了拳頭。蕭瀾忍著疼痛，一字一句道：「我與他手足血脈，喜歡也好，厭惡也罷，我對他的所言所行從來都是真心的！而你，你敢說你沒有私心？借私心殺人，還恬不知恥地自覺是為了他好？笑話！」

溫冥怒喝：「如果沒有我，他早就因為半夜偷吃食而被打死在街邊了！我教他習武，教他用自己的雙手養活他和他母親，十幾載的心血，早已超越了我對自己兒子的用心！」

血還在流，但蕭瀾冷笑道：「那怎麼不見你對自己的兒子下藥，還將相克之物告訴最不會善待他之人？」

溫冥一愣。

「冬日年關，天寒地凍，他要吃冷食、泡冷水，而這種折磨還要延續多久，何時會損傷性命，這些他一概不知！我問你，你忍得了年年日日都是如此麼！

「而在他不能強行運功動武之時，你的好兒子懸賞萬金要置他於死地。最後你所記得的，就僅僅是蕭戎對他動了殺心？」眼看著溫冥戾氣更盛，刀鋒割得更深，蕭瀾卻不退讓半分：「你又為何不將你自己的兒子悉心培養，讓他小小年紀便沾得滿手鮮血，讓他十幾年來寡情決絕、心如枯木！」

「那是因為長霄天賦不如他，當初是他自願拜到我門下，將性命交給了我！除了此事，我待他視如己出，所有的心血全部耗在了他身上！」溫冥那張老臉的表情猙獰：「都是因為妳拿血緣牽絆住他，用容貌身子蠱惑了他，使他丟了理智，丟了一貫引以為傲的冷血！」那隻布著蒼老青筋的手死死地掐在她的傷口上。

正當蕭瀾被掐得難以呼吸、眼前發黑之時，忽然聽見了一道既熟悉又冷漠的聲音。

「再不鬆手，溫長霄就等著被碎屍。」

脖子上一鬆，蕭瀾抑制不住地猛烈咳嗽了起來。

溫冥側身，刀鋒還抵在蕭瀾的頸部，但面色和語氣早已與剛才天差地別。

「戎兒來了。」

藉著他側身，蕭瀾看見了立於不遠處的那道黑影。他右手持劍，一身黑衣，整個人完全融於夜色之中。若不出聲，就是真正的殺人於無形無聲。

四目相對的一剎那，蕭瀾竟莫名安下了心。即便此時此刻，刀鋒依舊抵在致命之處，依舊血流不止。而看見她身上被血染紅的衣襟，蕭戎的眸色霎時一暗。

怒意與殺意，剎那間瀰漫在了整個懸崖處。

溫冥像是感覺不到般，依舊語氣和藹：「為師在此處等了你許久，戎兒不負為師期望，如此快地尋來了。」

懸崖邊，溫冥打量著許久未見的徒兒，「區區三年，你就使血衣閣聞名天下，真是青出於藍。」

蕭戎盯著蕭瀾頸部的刀鋒，沉聲道：「你不是我的對手。」

溫冥笑著點頭：「是啊，早就不是了。戎兒天賦異稟，現下又漸漸變得多謀善斷，為師是管不住你了。」

那刀鋒又貼近了一分，溫冥看著他：「所以也只能另尋他法了。」

蕭戎皺眉。

「別惱，好徒兒。為師今日也不過是想告訴你幾句話罷了。

「三年前你不惜離開師父、離開血衣閣，最後換來了什麼？戎兒，若非及時救治，你又怎能安安穩穩地站在這兒？」

蕭瀾看著他，想起了蘇焰的話——

『他離開還不到一個月，也不知在外面遇到了什麼事，被毒箭射穿了腰，胸前也被砍得不成樣子，被師父撿回來的時候已經快不行了。』

「才不過三年，被背叛是何感覺，這就忘了？」

蕭瀾側過頭來：「你少在那挑撥。」

「那三年行屍走肉般的日子，你瘋了一般地殺人，但歸根究柢，你最想殺的人是誰？」

蕭戎站在原地，薄唇緊抿。

「那年城隍廟的誤殺已經解釋清楚，」蕭瀾冷笑，「你大可不必如此誅心。」

「哦，解釋清楚了。」溫冥看向蕭戎，「戎兒便就此相信了？」

蕭戎沒有說話。

「血衣閣後來查證，於城隍廟截殺你的可是有兩撥人。」

蕭瀾一愣，難道不止有驍羽營？

「而當時有誰知道你在城隍廟？砍你的是一批，向你射毒箭的是另一批。戎兒可還記得當初人家殺你是何原因？」

蕭戎對上蕭瀾的雙眸。「燕文之聲稱，是我殺了燕符。」

此言一出，令蕭瀾不禁後背發涼。燕符被殺當夜，蕭戎去過燕府一事，旁人不可能知道。

「我說過我相信不是你殺的，蕭戎，我從未質疑過，更沒有向外透露半分！」

溫冥笑說：「所以燕文之剛好帶人去了城隍廟，這都是巧合？除了妳，還有誰知道他的去向？」

蕭瀾語塞，當晚闔宮宴飲結束，連母親問起蕭戎去向時，她都未透露半分。

蕭瀾看著蕭戎，可此時此刻，竟看不出他的所思所想。

「三年後她模棱兩可地解釋幾句，你就真的相信了？」溫冥的聲音在靜謐間格外清晰。「我的好徒兒，若非皇帝心狠，直接殺了蕭世城、滅了蕭家，待他凱旋歸來上交兵權，頤養天年，你那堂兄蕭契是個扶不起的阿斗，而你也死了，消除了皇帝心中的顧慮，蕭家榮華照舊，到頭來是不是皆大歡喜？」

「哦，不，還不算皆大歡喜。」溫冥說，「你死了，你母親卻還活著，如何解得了侯府當家主母的心頭之恨？」

此言一出，蕭戎握著劍的手收緊。

「戎兒最是孝順，當不會忘記這殺母之仇吧？」

蕭瀾咬牙：「孟小娘的死與我無關，與我母親也無關！當日母親的確去過南院，但她沒有殺孟小娘！那日同去的桂嬤嬤還活著，就在皇后身邊侍奉著。今日見到她我便問了，她說沒有，真的沒有！」

一旁的溫冥點頭：「這分護主之心，著實感天動地。」

「你——」蕭瀾一噎，橫豎都是旁人之言，沒有任何證據，桂嬤嬤的話反倒成了忠僕護主的托詞。

「戎兒，即便如此你也還要護著她，甚至不惜拋下血衣閣，去重振那個要以你的命做為墊腳石的蕭家？為師確實不知，你還有這般菩薩心腸。」

話音未落，蕭戎提劍，一步步地走了過來。溫冥滿意一笑：「這就對了。」

他拿開抵在蕭瀾脖子上的刀，起身讓出地方。

那劍的銀光刺眼，蕭瀾被捆在原地，動彈不得。

直至蕭戎走到了近前，那劍也近在咫尺，蕭瀾抬頭，看見一張冷若冰霜的臉。一如當初失憶時的初見，那股熟悉的殺氣濃烈到無法忽視。

「好徒兒，今日你殺了她，報了弒母之仇，消了背叛之恨，你就還是那個毫無軟肋、殺伐果斷的血衣閣主！只要你想，天下、財帛、名譽便都是你的，即便是朝廷，也不敢招惹你半分！」

可蕭戎遲遲不動。

溫冥眯起眼睛，咳嗽兩聲：「想不到你如今竟變得如此優柔寡斷！她背叛你、利用你，她母親殺了你的母親，弒母之仇不共戴天，你竟然還猶豫！」

「教唆徒兒弒殺親生姊姊，」蕭瀾的拳頭緊攥，「可真是百年難得一見的好師父。」

見蕭戎低頭看著蕭瀾，卻還是不動手，溫冥不動聲色地挪了一步。「親生母親被人毒殺，仇人之女就在眼前，你竟下不了手？既然如此，為師便替你做個了結！」

說時遲那時快，溫冥離得太近，刀鋒直直地朝著蕭瀾刺去——

蕭瀾躲不過，只得緊緊閉上眼睛。

但想像中的致命疼痛沒有到來，反倒是旁邊傳來了一聲痛苦的呻吟。蕭瀾睜開眼，那刀尖離她雙眸只差毫釐，若是晚了一步，定是被刺穿面門而死。

她抬頭，看見溫冥醜陋的臉上滿是痛苦。他的脖子被人掐住，甚至整個人都被提了起來，畸形的雙腿不住地掙扎，卻觸不到地面。

蕭戎左手掐著溫冥，右手抬劍一揮，割斷了蕭瀾身上的繩子，「我身上有藥，可止血靜心。」

傷口疼得厲害，蕭瀾站起來走近，抬眼看了看他，這才伸手在他身上摸了摸，從他衣服裡拿出一個小白瓷瓶。

「你……你……」溫冥痛苦得說不出話來。

蕭戎對上他的雙眼：「除了她，我從未對任何人說過母親是被毒殺的。」

蕭瀾倏地看向溫冥。蕭戎聲音冷漠：「歸根究柢，是你在算計我。是你毒殺了母親，栽贓他人，最後一路自侯府跟著我，否則怎會那般巧合地在我將死之際，恰好路過相救。

「是你想讓我和她之間永遠橫著弒母之仇，要我永遠恨她，甚至要我親手殺了她。」

「是她、蠱惑你……她、會……毀了你！」溫冥兩眼外凸，幾乎要窒息。

蕭戎鬆開手，任由溫冥年老畸形的身體重重地跪到了地上。他不住地咳嗽，咳得滿嘴是血。

蕭戎手中的劍，毫不猶豫地舉起。

蕭瀾心中驚顫：「阿戎——！」

蕭戎的手一頓，卻未回頭看她。蕭瀾心中五味雜陳，此人心思惡毒，可當初也是切切實實地救了年幼的他，還傳授了一身好本事。

一日為師，終身為父。

溫冥痛苦地喘息著：「終究是個養不熟的……咳咳……白眼狼！十幾載師徒之情，在你心中……一文不值……」

此時劍鋒緩緩落下，蕭瀾鬆了一口氣。她站在蕭戎身後，看著他走近到溫冥面前。

「強者為尊的規矩是你定下的，當初本可以直接殺了你。師父，我以為你會懂。」

「好……好孩子，為師……為師自然懂。你、你終究還念及我們——」

「可是師父。」蕭戎打斷他，「今夜最壞的結果，也不過是我取了你的性命而已。手起刀落，你不會有任何痛苦。」

「什麼……」

蕭戎居高臨下地看著溫冥。

「而你當年，殺的是我的信仰，滅的是我命中唯一的光。」

「自幼活在只有殺戮的地獄裡，變成滿手血腥的魔頭，我從無二話，因為是你救了我的命。如果不是你，我連鬼都做不成。」

「所以你可以折磨我，利用我，也可以殺了我。」

夜中風起，涼意蕭瑟。

「可你千不該萬不該，你不該算計我誤會她，怨恨她，甚至還要哄騙我親手取她的性命。」他蹲下身，「鬼做久了，原本已對人間沒了希冀。她朝我伸出了手，讓我看到了光。而你，卻硬生生地將我拖回煉獄。」

溫冥雙目猩紅：「你是天生的殺手！本該如此！奢望……還奢望人間？呵，你殺了那麼多人，老弱婦孺一個都不曾放過……你以為你還回得去麼！」

忽然，他眸中一亮，朝著蕭戎的後方喊道：「月兒來了，月兒！快……快勸勸妳大師兄！」

蕭瀾轉身，看見不知何時到來的三人。

此時的蘇焰遠沒有了平日吊兒郎當的媚笑，只是一言不發地站在原地。而戰風依舊把玩著飛刀，「師父老當益壯，傷殘至此還能逃出地牢，徒兒我實在是佩服！特來討教！」

溫冥不理，只看向從小最聽話的古月：「月兒乖，來……來師父身邊！來幫我勸勸妳師兄……」

滿是皺紋的嘴角還流著血，溫冥咳得面色發紫，看起來十分駭人。

一向冷面冷心的古月，不知為何竟有些發抖。不僅沒有上前，反而後退了一小步，躲到了戰風身後。

戰風斂了笑容，側眸看了她一眼，隨後又看向溫冥。他道：「需要幫忙麼？」

蕭戎側頭：「輪不到你。」

趁著這一剎那，溫冥忽然手腕翻轉。只是那藥粉還未灑出來，只聽「噗哧」一聲，他的頸間出現一道細如髮絲的血痕，緊接著血如泉湧地噴出，濺了一地。

溫冥雙眼大睜地趴到了地上，血從細小傷口中湧出的「噗哧」聲，聽得令人膽寒。

蕭戎抹了臉上濺到的血一把，起身收了劍，眸中毫無波動地轉過身來。

對上蕭瀾的雙眸，他一愣，這是他第一次在她面前殺人。

殺的，還是有著十幾年養育之恩的師父。

此時滿身的血腥，他忽然不想上前靠近她。可蕭瀾卻忽然想到了什麼，快步越過他，跑向了溫冥，乾淨的手一把摀住溫冥的傷口，任由那血汙弄髒雪白的衣襟和雙手。

「解藥在哪裡？能治他的解藥是什麼！」

只可惜溫冥已經說不出話來。

戰風甩著飛刀走了過來，經過蕭戎身邊時，笑嘻嘻地說：「剩下的交給我，師父的後事總要辦得體體面面的！」

蕭戎沒理他，走過去將蕭瀾拉了起來。見蕭瀾滿手是血，他皺眉，拿衣襟替她擦拭乾淨，隨後帶著她離開。

◆

亥時。

蕭瀾清洗了身上的血汙，換上乾淨的衣衫，打開了寢殿的門。

夜晚還未過去，山上閃著零星的燈火。

門外廊前的石階上坐著一個人，身旁還放著一個小盒子。蕭瀾走過去，坐到他身旁。

蕭戎似是在發呆，直到身邊多了一個人，他才側過頭來。瞧見她頸間的傷口，他拿起身旁的小盒子，裡面是止血祛疤的藥膏。

蕭瀾也沒說話，任由他的手指沾著藥膏，輕輕地塗在傷口處。

靜默間，兩人四目相對。男子指尖一顫，收回手，「對不起。」

傷口處細膩清涼，雖然流了血，但其實傷口不算太深。蕭瀾看向蕭戎的手腕，手指撥開了他的袖口，上面還纏著藥紗。上次掙扎間碰到了一下，便立刻有血滲出，當知是傷得不輕。

蕭戎順著她的視線看過去，再次抬眸，對上她滿是擔憂的眸子。

他愣了愣，說：「我沒事。」

蕭瀾點了點頭沒說什麼，只是安靜地坐著陪他一起看月亮。

沉默半晌，她終於聽見身旁之人開口說話。

「小時候總是很餓，餓得難忍時就會鑽狗洞出去偷吃的，有些酒家飯館的後廚門窗不嚴，很容易得手，但有一次被人發現了，他們把我堵在了街邊的小巷裡。如果沒有師父，當夜應該是會被活活打死的。」

蕭瀾不敢側眸去看蕭戎說出這番話時的表情。雖已猜到他幼時遭遇淒慘，但此時聽他親口說出來，蕭瀾還是紅了眼眶。

「他把我撿回了祁冥山，又說我根骨不錯，是個練武的好苗子，問我願不願意學武。
「能不被打，我當然毫不猶豫。我拜他為師，他也傾囊相授，雖然嚴厲殘酷，但我從未後悔過。
所幸祁冥山離盛京城並不遠，五歲到十五歲這十年裡，我每個月都能來祁冥山找師父。
「祁冥山的輩分不是按年齡，而是按武功身手，所以小時候我是有師兄的。跟著他們出任務，可以分到銀錢，雖然不多，但足夠我和母親日常開銷和抓藥。」
「所以我們初遇那晚，」蕭瀾回憶道，「你果真不是去獵兔子的。」
「那晚出任務回來，發現匕首不見了，我才找回了牆根下。」
而那晚，同樣翻牆回來的她，卻是在外瀟灑聽曲、在賭坊玩樂，揮霍銀錢。同一屋簷，天壤之別。
她輕輕地問：「那之後呢？」
蕭戎對上她的眼睛：「之後妳說，若是那條路身不由己又危險萬分，那便退回來可好？
「妳還承諾，讓我日後都不必再因為銀錢做危險的事。」
蕭瀾憶起當日在靈文山莊，趙茂直言不諱。她雖察覺出不對，卻莫名不願就此遠離他。
她點頭，「我還記得。所以你就是那時萌生了退出之意？」
蕭戎說：「或許是在那之前，聞了十年的血腥味，厭了。妳的話就如同導火索一般。
「離開祁冥山，離開盛京城，去哪裡都好，我總能養得活自己和母親。」
提到孟婉，蕭瀾不由得肅了神情：「阿戎，方才所言句句屬實，我母親生前的確去過南院，但她真的沒有殺孟小娘。」

蕭瀾將桂嬤嬤的話，甚至連孟小娘和柳容音之間的恩怨，也一字不落地告訴了蕭戎。

蕭戎靜靜地聽著，面上始終沒什麼表情。

蕭瀾試探著問：「你……是不相信這些話麼？」

大手握住了她的手，蕭戎看著她：「我信。」

「那你為何……」毫無波動，毫無傷心。

「師父認為妳蠱惑了我，慫恿了我，他不甘心就這樣失去最得意的弟子，想要一切恢復如常，所以他不惜殺人栽贓。」

若非親耳聽見，蕭瀾恐怕根本想不到為人師者，竟能做到如此地步。

「只可惜他算來算去，卻沒想到自己一開始就算錯了。」

蕭瀾不解地看著他。弒母之仇，當是無法容忍的。當初誤以為是蕭戎殺了自己的母親，她心中之恨難以言說。

蕭戎看向夜幕，語氣平淡：「從小到大，她只會叫我忍，叫我躲。

「下人們指指點點，難聽下流之言數不勝數，她叫我忍。

「她變賣了所有首飾和衣物，直至揭不開鍋了，也不願開口索要她身為妾室應得之物。我很餓，餓到去後廚偷吃的，被打得鼻青臉腫，她也只叫我忍。

「我想見那個人，雖然他不曾來看過我，但坊間盡是他的傳言，我好奇，想見那個被世人敬仰的晉安侯。可她不許，甚至以死相逼。」

手上傳來陣陣疼痛，蕭瀾低頭，看著他的手緊緊地攥住自己。

「後來我能自己賺得銀錢了，我想帶她走。天地之大，總有我們的容身之處。可她不走，她顧念昔日情分，顧念舊主名譽，卻唯獨不顧念我。若說最令我憤怒怨恨的，那不是弒母之仇，而是當初我固執地守著所謂的血緣親情，沒有早早丟下她獨自離開。」

話說得冰冷，冷到蕭瀾心中顫慄。

蕭戎此時才看見她已經被攥紅的纖細之手，他鬆開，「所以即便真的是妳母親殺了她，即便我們之間真的橫著弒母之仇，於我而言——」

蕭瀾看著他。

蕭戎一笑：「也無妨。」

只是這笑容淒涼，透著背後的滿心瘡痍。

這一剎那，蕭瀾對他此前做過的種種瘋狂行徑，忽地感到釋懷了。

那時在無邊黑暗中待了許久的少年，遇見了她，以為自己遇見了光。可偏偏又在敞開心扉之時，以為自己被利用、被拋棄。

當真……是比弒母之仇更能將人逼瘋。

蕭戎在一旁看著她眉心微蹙，手不自覺地撫上她的眉間，想替她舒展開來。如今誤會解開，算計也好，陰差陽錯也罷，至少她從未背叛過他，更沒有想要捨棄過他。

想起之前種種，蕭戎低聲道：「是我不對。」

趁著她失憶，欺負她，占有她。即便知道此為不倫，卻著了魔似地想要將她永遠囚禁在自己身邊。

他的語氣遠沒有平時那般生硬冷漠，這般情狀下竟像個做錯事的少年，惹得人心軟。

微風吹動女子鬢邊髮絲，漫著淡淡清香。蕭瀾輕嘆了一口氣，「這都怪我，是姊姊當初沒有思慮周全，我自認為能洞察先機，卻不知最惡毒可怕的魑魅魍魎，原來盡在身邊。」

見他還是面色沉重，蕭瀾想了想，側過身來，主動張開雙臂抱住了他。

「阿戎，這些年你受苦了。姊姊……不怪你了。」

下一刻，男子有力的胳膊圈上了她的腰，沉默著緊緊將她抱住。月光灑映下，廊前石階上的兩道影子緊貼在一起。

夜慢慢過去，夜幕終於開始泛白。

◆

凶險之後誤會化解，還受了傷，蕭瀾覺得有些疲憊。

感受到她的不適，蕭戎鬆開圈在她腰上的手，低頭問：「叫蘇焰來看看？」

蕭瀾搖搖頭，「不用，就是有些睏了。」

兩人離得太近，抬頭就能對上蕭戎那雙黑眸。她不自在地別開目光，起身理了理衣衫，「天都要亮了，先歇息吧。」

蕭戎看她朝另一個方向走去，立刻起身：「妳去哪？」

蕭瀾轉過身來，看了就在身側的閣主寢殿一眼，左右都覺得不妥。

「我去那邊空著的廂房——」

「不行。」話還沒說完，就被毫不猶豫地打斷。

聽出他言下之意，蕭瀾微微後退一步，「我們……我們也不是小時候了，同榻而眠於禮不合。」

蕭戎還是面色篤定，絲毫沒有要讓她走的意思。蕭瀾試探著問：「姊姊所言之意，你能明白麼？」句句以「姊姊」自居，饒是個三歲小兒也能聽出其中的提醒。

然而蕭閣主不悅：「就只能做姊弟？」

他問得直言不諱，讓蕭瀾差點噎住：「你我血親，自然只能做姊弟！」

可下一刻纖細的手腕就被攥住，蕭戎將她往寢殿裡帶。

「你、你做什麼啊！」他腕上有傷，蕭瀾也不敢使勁掙扎，只得反手扒住了門框，「我絕不答應！你別亂來！」

蕭戎回頭看見這寧死不屈的場面，差點被逗笑，接著就毫不費力地將她拽進了屋子。

蕭瀾站在榻邊，一臉警惕，「我雖原諒了你，但也不是任你為所欲為。我是姊姊，你須得聽我的。」

偏偏這副理所當然地以長姊身分管教他的樣子，居然也能讓他起反應。

蕭戎不動聲色地低頭看了自己一眼。

關係好不容易有了緩和，此時切不可輕舉妄動。於是他說：「我睡側榻。」

蕭瀾四處看了看：「哪裡有側榻？」

未出一刻鐘，手下人便將一張側榻搬了進來。

蕭瀾睜大了眼睛：「你為何不早點弄張側榻進來？我坐在硬邦邦的木椅上睡，你也看得過去？」

提起之前做婢女飽受使喚欺負一事，蕭戎假裝沒聽見，走過去合衣躺下：「我先睡了。」

要不是睏得不行，蕭瀾是打算好好理論一番算算帳的。她睨著側榻，橫豎日子還長。

眼皮太沉，睡意湧來，她也合衣躺到了那張寬大的主榻上。

然而即將入睡之時，蕭瀾忽然感覺到一道灼熱的目光盯著自己。睜開眼，果然正對上蕭戎清醒的雙眸。

這樣看過去，他俊朗的眉宇和完美的輪廓格外分明，側臥著的姿勢，也將寬肩窄腰和長腿展現得淋漓盡致，即便穿戴整齊，隱隱約約也能感受到那般緊實健碩的身材。而置於身旁的那把利劍，則為此番情景增添了絲絲不要隨意靠近的意味。

偏偏那樣一張好看的臉上，還生了一雙惑人心魄的幽深黑眸，此時正毫不掩飾地盯著自己。

蕭瀾不自覺地扯過被子蓋上，「你要是睡不著就把臉轉過去，你這樣盯著人看，誰能睡得著。」

沒想到他竟真的聽話地背過身去，轉而映入眼簾的便是男子寬闊的後背。

蕭瀾愣了愣。正面看，叫人挪不開眼，未曾想從背面看，竟更引人遐想……

她連忙回過神來，忽然想到了什麼，開口道：「阿戎，你真的相信燕文之以燕符之死為由圍攻你，不是我有意透露指使的？」

「嗯。」他沒有猶豫。

蕭瀾回想起那晚，「我記得你說你認識殺燕符之人，那那人是誰？除了你我，便只有此人知道你當夜去過燕府，會不會……」

「不會。」蕭戎側過身來，「血衣閣絕不會擅自透露與任務相關的任何消息，這是鐵律，違者一律斬首。」

蕭瀾坐起來：「殺燕符之人是血衣閣的人？」

「是蘇焰。」

「那雇主是誰？」

蕭戎挑眉：「鐵律不可違。」

蕭瀾思忖半晌，又重新躺下：「你不說我也知道是誰了。既然經過血衣閣之手，那你師父就一定知道，說不定就是他從中作梗。」

可她想了想還是覺得不對，便說：「即便他暗中提示了燕家，意圖讓你誤會，以為是我有意透露指使的，但無論如何也不可能知道你會去城隍廟。

「我讓你去城隍廟是臨時起意，但燕文之此人，從來不做無把握之事。更何況是要為他孫兒報仇，調集精銳、籌謀計畫最快也要兩、三日。」蕭瀾越想越清醒，「所以他們究竟是怎麼剛好圍堵到你的？若是有人籌謀，那此番謀畫就真的太過精巧了。」

見她眉頭緊蹙，蕭戎的唇角勾起：「不必擔心，那種事不會再發生第二次。」

「……」蕭瀾抿抿唇：「我才沒擔心。」

瞧見他眼裡的肆意和輕佻，蕭瀾翻了個身背對他，咂舌道：「好好一個小悶葫蘆，怎麼長大就……算了，我要睡了，你不許那樣盯著我，怪嚇人的。」

「好。」

她真的安靜地睡去了。明明身旁像是有隻不懷好意的豺狼在盯著她看，不料這一覺竟睡得格外安穩香甜。

第十四章　親暱

醒來時日頭正盛，蕭瀾起身，見那張側榻上空空如也。

她暗嘆從血衣閣練出來的果然不似常人，不管多晚入睡，到了練武的時辰就一定會起來。

坐在榻邊環顧四周，一如蘇焰所說的那般，她的東西還原封不動地放在原處，這間寢殿原本的擺設不多，後來逐漸就多了許多女兒家的東西。

仔細看著，蕭瀾忽然笑了。以往竟沒發現，她的東西竟喧賓奪主地占用了房間主人好些地方。若是旁人來瞧，只怕一時間還不好分辨出這到底是閣主寢殿，還是她的寢殿了。

關上房門，她順著小徑慢慢走著。再次來到祁冥山，她的思緒有些紛繁。

「蕭瀾姑娘。」

蕭瀾轉身，看見古月走了過來。兩人相視一笑。

「聽聞月姑娘有任務，是已經完成了麼？」

古月點頭，兩人落座於涼亭中。日光明媚，照得人心情不錯。

古月看著蕭瀾頸部的傷口，欲言又止。

蕭瀾看出她的擔心，笑說：「昨晚上過藥之後便好多了，月姑娘不必擔憂。」

想起昨晚古月的異樣，蕭瀾試探著問：「月姑娘可還好麼？昨晚見妳臉色不太好。」

聞言，古月垂眸：「我已經很久沒見過他了。昨晚見到，還是那般不適。」

蕭瀾雖不知緣由，但也能猜到跟著那樣苛刻至極的師父，該是有些不好的回憶。

見蕭瀾沒有多問，古月一笑：「無論是煙嵐姑娘還是蕭瀾姑娘，都如此善解人意。」

她的手裡撫著劍穗，繼續說：「以前，我以為每個人去師父那裡受教，都是要脫衣服的。」

語氣雖淡，卻聽得蕭瀾心中一抖。她看著古月，一時竟說不出話。

「他的手很熱很糙，我不喜歡他碰我，但師父說，他要親自指導我每一招、每一式。

「有一招我一直學不好。那個時候，閣主已經是血衣閣中身手最強的了，他跟蘇焰師兄常常打架，總是不分高下。我見他出招時，那一招用得很好，於是鼓足勇氣去向大師兄討教，還問他需不需要脫衣服。」

說到這裡，古月笑了笑：「我還是第一次見到他那種神情，既震驚又厭惡，轉身就要離開。可我不知道自己做錯了什麼，只得趕緊追上去解釋。

「也是到那時我才知道，原來整個血衣閣裡，只有我去找師父受教時……」

蕭瀾脊背僵硬，一口氣堵在胸口。

「但我更沒想到的是，我再次去師父那裡時，大師兄會來。

「他的無禮闖入惹惱了師父，但大師兄只說了一句，讓我穿上衣服離開。我在外面聽見了師父的怒罵，緊接著就是激烈的打鬥聲。我當時很擔心，怕大師兄因為我，被師父責罰。

「他出來的時候很平靜。只是從那天開始，整個血衣閣都變得只聽命於他一人了。「強者為尊的規矩是師父自己定下的，旁人雖不知到底發生了什麼事，但師父敗在了大師兄手下，還成了殘廢，自然無法再執掌血衣閣。

「況且，」古月的神情輕鬆了些，「比起師父的無理苛刻和殘暴，大師兄雖性子冷、手段狠，但從不濫罰，也不計較銀錢，大家過得反而比以前更好一些。」

她雖在笑，卻讓蕭瀾看得十分心疼，「那妳呢，妳還好麼？」

「我還好，大師兄讓我跟著戰風，他這人雖聒噪，卻的確是有真本事。跟著他三年，我的身手進步神速。」

聽她這麼說，蕭瀾才放下心來。只不過……有一絲好奇同時閃過。在這樣充滿殺戮的地方，他竟會破例替古月找了個靠山？

「我也好奇大師兄為何會幫我。」古月看著蕭瀾，「蕭瀾姑娘不妨猜猜他說了什麼？」

蕭瀾搖搖頭。

古月一字一句道：「他說，女子不易。」

蕭瀾愣住，過往熟悉的對話在腦中一閃而過。

曾幾何時，她有了好吃的、好玩的會給蕭戎一份，也會給香荷一份。香荷的穿戴言行都不受拘束，與其他婢女大不相同。

他曾因此問過一句，而那時的她隨口說道：『自古女子不易，高門大戶家的小姐們尚且會受委屈，更勿說為奴為婢者的心酸苦楚。天下可憐人太多，幫是幫不完的。我所能做的，也只有顧好一個香荷罷了。』

那時她還踮腳摸了摸他的頭，開玩笑道：『阿戎以後若娶了妻，可得好好疼惜。若是苛待別人家的掌上明珠，姊姊可得好好教訓你。』

誰知他扭頭就走，那背影看起來是半點沒把姊姊的教導放在心上……

「想來這些道理，是蕭瀾姑娘教的吧？」古月的話，讓蕭瀾回過神來。

「這三年來，即便沒有任務，閣主也會經常外出。雖然不知具體為何事，但我們都知道，他是在找尋一個人，如今知道姑娘的身分，也算是解了我們多年之惑。想來是不知道姑娘失憶，又被朝廷通緝，猜測姑娘必不會白日四處行走，閣主才多在夜裡出行。」

說到這裡，古月笑道：「若早知姑娘沒有走遠，反而就在盛京城裡，應該能更快找到妳，說不準閣主也能早些恢復正常了。」

古月看著蕭瀾：「自重傷回歸血衣閣後，他比以往更加冷漠。血衣閣之所以能迅速壯大，也是因為……他真的心狠手辣，殺了所有擋路之人。

「我們的確是做著殺人的營生，可蕭瀾姑娘應該也聽過一句話吧……

「殺孽太重者，佛緣不渡，永不超生。」

詛咒般的一句話令蕭瀾心驚，她側過頭，正好看見朝她走來的蕭戎。

古月見蕭戎來了，便起身安靜地退了下去。

蕭戎察覺蕭瀾的臉色不好，他看了古月離開的背影一眼，「她跟妳說了什麼？」

「月姑娘說你曾相助於她，又講述了你如何奪位。」

蕭瀾稍稍打量了他，幽幽道：「你一邊誤會著、記恨著我，倒是對姊姊的話言聽計從呢？」

蕭戎說：「也不全是因為她。師父的責罰太過殘忍，當時閣中之人一半的死傷都出自他手。」

蕭瀾皺眉：「那你如何？」

他唇角勾起：「妳擔心我？」

「……」又扯這些，蕭瀾假裝沒聽見，「還是去用午膳吧。」

兩人一路走著，蕭瀾抬頭看了看蕭戎的側臉，抿抿唇道：「阿戎，其實你也並非傳言那般冷血無情，起碼對待自己人還是不錯的。」

一邊說著一邊上了石階，卻未想蕭瀾腳下沒踩穩，險些摔倒，幸得一隻手及時攬在了她的腰上。

四目相對，隔著衣物都能感受到男子掌心的溫度。她的腰又細又軟，讓人捨不得挪開手。

「嘖嘖嘖。」用膳廳門口傳來突兀的男子聲音，蘇焰將紅得扎眼的衣袖誇張地遮在眼前，「青天白日的，做什麼呢這是？」

蕭瀾的耳朵有點紅，趕緊扯開蕭戎的手，也不等他，就走進了用膳廳。

蕭戎回味地看了看自己的手，跟了上去。經過蘇焰身邊時，丟下硬邦邦的兩個字——

「多嘴。」

眾人落座，蕭瀾左右看了看，「戰風公子怎麼不在？」

想起昨晚戰風的話，她側頭看向蕭戎：「他似乎是說要料理後事，是不是一個人忙不過來？」

蕭戎將一碗盛好的湯放到她的面前，「不用理會他，發瘋去了。」

這番自然到不能再自然的動作，著實讓席間眾人看得目瞪口呆。

蕭瀾也察覺到了，桌下的手扯了扯蕭戎的衣襟。然而對方像是沒感覺到一般，又替她夾了最愛吃的菜餚，香氣撲鼻，引得蕭瀾拿起筷子嘗了一口。她不由得讚道：「不油不膩，還是這裡的菜合口味。」

一邊吃著，她還是好奇：「真的不用去幫幫戰風公子？歷來紅白事都是很複雜的。」

蘇焰嗤笑一聲：「妳還真當他是在料理後事？」

「不是麼？」蕭瀾看向古月。

「他將屍體剁成了碎塊，扔到懸崖下餵野狼了。」

手中筷子夾著的一塊肉掉到碗中，蕭瀾低頭看著那塊肉，忽然感覺有些難以下嚥。

蘇焰慢悠悠地拿起酒盞，「誰讓那老東西欺負了他的小跟班呢。」

這麼一說，蕭瀾立時就明白了。

「小古板也是，怎麼不早點跟師兄們說呢？若是早點說，戰風恐怕早就去地牢了，壓根兒不會讓他有活著出地牢的機會。」

古月淡道：「我的事與他無關。」

蘇焰挑眉，還要說什麼，結果被蕭戎不耐煩地打斷：「你自己的事如何了？」

蘇焰比他更不耐煩：「你要我接手，總要給些時日吧。催催催，我都多久沒去青樓酒館了？惹得那些妙音娘子思念成疾，於你有什麼好處？真是不懂得憐香惜玉。」

蕭戎懶得理會他，看向蕭瀾：「什麼時候回去？」

蕭瀾一勺一勺地將湯喝得見底，「即刻吧，出來太久那邊會起疑。」

「白日裡人多眼雜，先讓古月陪妳回去。」

她點點頭。

臨走前，蕭戎將一個破舊的木盒遞給她，蕭瀾打開，果然是蕭家置於城隍廟中之物。她拿起了其中一塊白紗，「只要有這個便好。」

接著看了裡面已經翻得破破爛爛的書卷一眼，她抬頭：「這些你都看過了？」

蕭戎頷首：「爛熟於心。」

蕭瀾一笑。當日的陰差陽錯，卻未想成了如今的無心插柳。

房中只有他們兩人，蕭瀾看了看手中的白紗，又看了那木盒一眼，思忖再三。

「阿戎，你……當真要蹚這灘渾水？」

「嗯。」蕭戎沒有任何猶豫。他眸中堅定，不容拒絕。

這樣的眼神，竟像極了每次父親出征前的樣子，鐵血風骨，巍峨正氣。

愣神片刻，蕭瀾忽然笑了，「既然如此，刀山火海有你相伴，也不怕了。」

短短一句話，令蕭戎眸中微動，一把將她攬入懷中。他的手撫上了蕭瀾的長髮，「我不會讓妳有事的。」

這話聽得蕭瀾眼眶微紅，正要說些什麼，就聽蕭戎補充：「若是正途走不通，那就把他們全殺了。屠個皇宮，兩個時辰足矣。」

蕭瀾氣笑：「到時候天下大亂，遭殃的就是百姓了，你可不許亂來。」

蕭戎抱著她，語氣不悅：「遭不遭殃與我無關。」

蕭瀾從他懷裡掙脫出來，仰著小臉：「那可不妥，百姓歸根究柢都是無辜的。阿戎你得先答應我，任何時候都不許亂來。」

「若妳有危險，又當如何？」他低頭看著她，「我顧不得其他。」

「小不忍則亂大謀，」蕭瀾想了想，說：「若真的到了千鈞一髮之時，我自會告訴你。那時是殺是逃我都聽你的，但你現在要聽姊姊的，好不好？」

她溫聲輕哄地說著正事，而蕭戎則看著她張張闔闔的殷紅小嘴，開始心猿意馬。

蕭瀾清清楚楚地看著他眼神變暗，心裡一抖，不由得有點結巴：「你、你聽見沒有？」

「妳親我一下。」

「什麼？」她一雙美眸睜大。

「親一下，就什麼都聽妳的。」他的胳膊又圈了上來，手還不老實地捏了捏她腰上的軟肉。

「那怎麼行！我們是姊弟，怎能這般親密……」

蕭瀾掰不開他的手，反而整個人都被迫貼在他身上。蕭戎湊到她耳邊，「更親密的事也做過的，這就忘了？」

氣息噴灑，灼得蕭瀾耳朵通紅：「你、你放開我——」

「姊。」他忽然將頭埋在她的肩膀上，低低地叫了她一聲。

蕭瀾一愣，怎麼……竟聽出了一絲絲委屈？

「幼時看著別家姊弟舉止親暱，我很羨慕。」見她忘記掙扎，男子的唇角勾起，只是語氣未變：「我也有姊姊，可她都不認識我。」

蕭瀾輕嘆一口氣，拍了拍蕭戎的後背。

「小時候錯過的日子，如今能補回來麼？」

蕭瀾立刻點點頭，「阿戎，如今蕭家只剩我們兩人，以後我們就是彼此最親近、最信任的人。你想要什麼，只要姊姊有，一定給你。」

腰上的手緊了緊，蕭戎側過頭，眸中炙熱：「我只要妳。」

蕭瀾還未反應過來，忽然唇上一熱，細膩的觸感轉瞬即逝。

她抬手摀住嘴：「你做什麼！」

那副吃驚的樣子嬌俏得很，看得蕭戎小腹一緊。感受到他身體明顯的變化，蕭瀾臉紅得能滴出血來：「你、你，以前那麼乖，怎麼現在卻長成了個登徒子！」

她推開他就往外走，腳下不穩，還差點被門檻絆倒，蕭戎心情大好地扶住了她。

「是妳以前就不了解我。」

蕭瀾順著他的話回想，以往他不怎麼說話，她便理所當然地把人當成了「老實的小悶葫蘆」。現在想來，說不定真是當年看走了眼。

「好了，別氣了。」蕭戎摸了摸她的頭，「說話算話，以後都聽妳的。」

原本到了嘴邊的罵人話立時被堵了回去，蕭瀾深吸一口氣，自認為寬宏大量地不與他計較：「這可是你說的。」

上了馬車，蕭瀾聽見蕭戎對古月下命令：「看顧好她。」聲音冰冷，語氣生硬。

「是，請閣主放心。」

蕭瀾撇撇嘴，人前人後兩副面孔，當初竟然被他所言所行的表像給騙了。

直至馬車飛馳起來，只剩下車內的蕭瀾和駕車的古月兩人。蕭瀾拉開車簾，古月立刻提醒：「姑娘當心。」

見她放慢了速度，蕭瀾理了理面紗，坐到古月旁邊，「我不愛坐車內，咱們說說話。」

古月笑道：「蕭瀾姑娘想聊什麼？」

蕭瀾眨眨眼：「聊聊戰風公子。」

馬車行了一路，兩人也聊了一路，到煙雲臺的後巷時已是傍晚時分。

玉媽媽著急地迎上前來：「姑娘，哎喲，我的好姑娘，這可急死媽媽我了！幸虧林公子沒有來，若是來了見不到您，那可是要有大麻煩的喲！」

瞧見蕭瀾身旁還多了個女子，玉媽媽上下打量了一番：「這位是……」

蕭瀾隨口道：「昨日去遠處逛了逛，順手買了個婢女，日後服侍在側，也能省了媽媽不少麻煩。」

「哎喲，姑娘這話說得可重了，能服侍貴人，那是幾輩子都修不來的福分，何來的麻煩！」

蕭瀾笑了笑，「那便請玉媽媽將我隔壁的廂房收拾出來，給這位姑娘住。」

「是是。」雖然不明白蕭瀾為何對一個婢女如此上心，但不過就是件小事，玉媽媽立刻差人辦得妥妥貼貼。

「月姑娘，要委屈妳了，唯有婢女的身分才不會引人注目。」

古月點頭：「好。」

「另外，拂曉之時妳不必過來。」蕭瀾說，「屆時會有人來我房中，不必擔心。」

拂曉時分，謝凜如約而至。只是此番前來，不同於往日的雲淡風輕。

蕭瀾不緊不慢地將一杯沏好的茶放到他面前。「殿下似乎有心事？」

「今日邊疆來報，西境衢州知府滿門被滅，羌奴蠢蠢欲動。」

「西境……」蕭瀾坐到他對面，「地處偏遠，即便是加急戰報，恐也耗費了好些時日。如此一來，只怕是離得更近的羌奴要更有利一些了。」

謝凜看著她：「不僅如此，南境天災顆粒無收，鬧了饑荒，暴亂鬧了半個月有餘才上報給朝廷。」

蕭瀾皺眉：「地方瞞報乃是大罪，他們怎麼敢？」

「自然是朝中有人撐腰，眼下也是瞞不住了才上報。」

蕭瀾的手指摩挲著茶盞邊緣：「兩樁事撞在一起，於朝廷而言，必然是要忙得焦頭爛額，但是——」

她挑了挑眉，笑道：「於殿下而言，則是天時地利了。」

謝凜看著那張精緻笑顏，愣了愣，隨後才道：「但南境與西境相隔千里，即便我親自處理，也只能顧及其中一方，實在是分身乏術。」

「以殿下對皇帝陛下的了解，當知道他會如何處置吧？」

謝凜抿了口茶，淡道：「自然是重用傅家和燕家。他們一個節制著城防營，一個掌控著護城軍，論行軍打仗，無論如何也繞不過他們。」

「既然繞不過，那就不必繞開了。他們想藉此立下軍功，殿下不妨給他們一個機會？」

「瀾兒妹妹此言何意？」

蕭瀾湊近，覆在謝凜耳邊說了幾句。

◆

此刻的祁冥山頂立著兩道人影。

兩個高大的男子並肩而站，將整個血衣閣盡收眼底。

「堂堂血衣閣閣主，竟淪落到聽命於別人的地步，當真不覺得丟人？」

「她不是別人。」

蘇焰側過頭來：「可她是蕭家名正言順的嫡女，要行復仇之事無可厚非，可你呢？你與蕭家有何關係？族譜上有你蕭戎的名字麼？朝廷水深，戰場凶險，哪一樣值得你拋下如今得到的所有？」

蕭戎看著遠處，語氣堅定：「我欠她的。」

曾經誤會她、怨恨她、欺負她，甚至差點殺了她。

「那也是師父暗中施計，與你何干？你若因曾經傷了她而愧疚，大可用別的方式來補償。」蘇焰一改往日吊兒郎當的語氣，「這一步邁出去，你們二人一旦見了光，就再也退不回來——」

「那便不退。」蕭戎打斷他，「這是她最想做的事，任由她一個人周旋其中，我不放心。」

「你若出事，血衣閣怎麼辦？」

蕭戎這才看向蘇焰：「不是還有你麼？」

蘇焰正想說什麼，忽然目光一凜，倏地看向遠處小徑走上前的一名黑衣少年。

那少年腳下一頓，平時風流不羈的二閣主斂了笑容，叫人不敢上前。

「何事。」

少年連忙恭敬地呈上一物：「稟閣主、二閣主，是古月師姐傳回的密信。」

蕭戎拿過來打開看了一眼，淡道：「時機到了。」

蘇焰和那名少年就站在原地，看著蕭戎下山的背影。

「看見了麼，沒有一句道別，走得那般決絕。」

然而身旁之人不敢接話。

直到看不見那背影了，蘇焰仍站在原處，紅衣似血，此刻則顯得格外孤寂。

他望著那道幾乎已經看不清的背影，低聲喃喃道：「當真是天生的薄情之人。」

◆

次日朝堂之上，群臣就西南邊境的動亂爭得面紅耳赤。

「陛下天威在此，卑賤羌奴也敢意圖進犯，老臣以為自當發兵西境，滅了他們的膽大包天！」

「陛下！西境情況雖急，但南境的暴亂也不可忽視啊！我兒傅衡近日茶飯不思，唯恐不能替陛下分憂，還望陛下能成全他一片赤子之心，派他去南境平亂！」

傅家主動請纓，皇帝正要點頭，就見燕文之站了出來。

「燕相可是有話要說？」

燕文之鬚子花白，說話卻中氣十足：「陛下，老臣以為當派護城軍統領賀堯章前往南境平亂！傅家的好兒郎雖節制城防營得力，但終歸也是在盛京城內，敢在皇城根下作亂的又能有幾人？傅衡統領年輕有為是好事，但也還須沉下心來，多歷練些才是啊。」

這話聽著也有道理，陛下開始左右為難。

此刻朝中有人低聲議論：「都搶著去南境，不就是怕手裡的得力幹將折在羌奴手裡？」

皇帝瞇了瞇眼，「何人議論？大聲些！」

朝臣立刻噤聲，誰也不敢站出來說實話。

「父皇，」謝凜一身太子朝服，正色道：「兒臣請纓，願率兵前往西境抗衡羌奴！」

此言一出，眾人無不暗自稱讚太子果敢剛毅。

梁帝滿意地點了點頭，但心中已有了決斷。千挑萬選才選出的太子，自己的親兒子，自然不能去那麼危險的地方。

「太子赤誠之心，朕知道了。只是南境需要的不僅僅是鎮壓，百姓受餓，朕心難安。還望太子替朕前去安撫民心，開倉放糧，懲治帶頭作亂之人。」

謝凜頷首：「兒臣遵旨。」

「城防營統領傅衡何在？」

皇帝話音未落，就見朝臣中一位約莫二十七、八歲的男子站了出來，「陛下，傅衡在！」

「燕相所言在理，你資歷尚淺，對付西境羌奴難免吃力。」他摸了摸鬍子，「況且傅貴人也時常掛念著，此番你協助太子前去南境，也該做出些功績來。」

「微臣領旨！定不負陛下和貴人希冀！」

燕相氣得咬牙切齒，只恨燕家沒有個如花似玉的嬌女能送進宮裡討好皇帝，吹個枕邊風，便討了個輕易的好差事。

「好，傅統領，你便率你手下的長鴻軍前往南境平亂。記著，可別讓朕失望。」

長鴻軍？傅衡遲疑地看了站在一旁的父親一眼，若是沒有會錯意，陛下在平亂一事上調用長鴻軍之意，該是……

其父二品員外郎傅植不動聲色地點了點頭，傅衡立刻領命：「陛下之意，微臣明白！請陛下放心！」

「好！」皇帝看向眾人，「那便還剩西境，誰去平定？」

提到西境，無人不知羌族的蠻橫凶殘。當年若不是常駐衢州衛的秦將軍驍勇善戰，打得羌族還不了手，根本就換不回這十幾年的太平。可如今秦將軍年歲已高，衢州知府又死於非命，西境岌岌可危，猶如虎穴，但凡惜命之人都不會願意去冒這個險。

無人站出，梁帝看向燕文之：「燕相一向看好賀堯章，朕便封他為鎮西將軍，揮師西下如何？」

燕文之連忙跪地：「陛下！西境危急，可陛下的安危更重要啊！」

「嗯？燕相此言何意？」

「陛下若派賀堯章去西境，豈不等同於將城防營和護城軍的首領同時調走？屆時若有歹人作亂，僅憑禁軍陳蒙統領一人，恐難以……」

梁帝一聽，果然猶豫了。傅家父子不由得低啐：「老狐狸。」

「陛下！」這時一名老臣站了出來，「錦州衛的赤北軍經歷百戰，其副帥莫少卿深諳帶兵之道，陛下何不——」

「大膽！」另一名老臣出聲制止，「此等危急時刻，你竟提議讓當日追隨了蕭氏反賊的部下率大軍遠走西境，若他們與羌族暗中密謀，豈不是危險更甚！」

皇帝皺著眉，聽著他們的爭論。

「這話說得怪異！當日陛下親斷，追隨蕭世城回京的長鴻軍才是叛軍！赤北軍當年全軍駐守北疆，寸步未離，何來的叛軍之說？況且陛下不計前嫌，已讓傳統領率長鴻軍前去南境，你方才那番話，莫不是在質疑陛下的決斷！」

「你——」那人辯得怒目瞪圓，「反正我不相信赤北軍和那個莫少卿！在場諸位可有能為赤北軍擔保之人？若是真有，那便有幾分可信！」

梁帝瞇著眼睛看著朝臣，沒有人敢出來為赤北軍擔保。站出來，無異於是言明相信赤北軍和蕭世城，更無異於是在變相質疑皇帝當年的決斷。

一時間僵持不下，皇帝頭疼地撫額。

「報——急報——」此時殿外傳來高聲疾呼，引得眾人紛紛看過去。

「怎麼又有急報？」皇帝一拍桌子，「朕倒要聽聽又有什麼爛事！」

報信侍衛跑得滿頭大汗，直到跪在了殿中還在喘著粗氣。

燕文之呵斥：「陛下面前，成何體統！」

那侍衛連忙叩首：「請陛下恕罪！刑部來報，今、今晨丑時逆犯落網！」

「什麼？」皇帝立刻起身，「你、你是說……」

那人頷首：「有人發現蕭世城之女的蹤跡，暗中上報刑部，刑部蔡大人火速派人捉拿，將之押解至刑部天牢！本要立刻稟報，卻不想竟遇歹人劫獄，幸得天牢守備森嚴，歹人未曾得手，也被捉拿。侍釐清來龍去脈，蔡大人便立刻派卑職前來稟報！」

莫名出現一個劫獄之人，這與原先的謀畫不符，謝凜問道：「可查出是何人劫獄？」

那侍衛臉上的汗不住地滑落，「稟、稟太子，那人自曝身分，說是來救姊姊的。」

「什麼？」謝凜皺眉，「你再說一遍！」

「那人名叫蕭戎！卑職、卑職也認得，當日秋獵曾見過他……」

他的聲音越說越小，此時龍座上那位的怒氣已遍布整個大殿。

只聽梁帝下令：「來人，將那對姊弟給朕押上來！朕倒要問問，他們為何還活著！」

◆

大殿之上，眾臣屏息以待。

不知過了多久，終看見殿外的一隊人馬由遠及近。

刑部主司蔡宣走在最前，身後兩側皆是身穿鐵甲、手持利刃的刑部侍衛。而被如此嚴加包圍押解的，便是雙手戴著鐐銬的蕭家姊弟。

直至到了大殿門口，持利刃的侍衛不能再進，蔡主司回頭看了一眼，示意侍衛們退至門外，自己則俯首高聲道：「刑部主司蔡宣，特將三年前蕭氏逆犯蕭世城之後帶到！」

梁帝身旁的高公公小心翼翼地看了梁帝一眼，這才回道：「宣──」

話音剛落，就見昔日聞名盛京城的晉安侯嫡長女邁過大殿門檻，一步一步走向了正殿中央。

每走一步，都能聽到不住的低語和暗嘆。三年未見，當日的天之驕女淪為逆犯罪臣之女，素衣黑髮，手戴鐐銬。可偏偏這走進來的每一步都無比篤定，眉間淡然，脊背不曾有一絲卑微畏罪的彎曲，反而挺得筆直，用的是最規矩的宮中禮儀。

而那張出落得傾國傾城的臉蛋，更是讓一眾朝臣看愣了神。其淡雅莊重，像極了曾盛名大梁的清河郡主，比之更甚的沉著氣勢則較其父晉安侯，青出於藍。

與以往不同的是，如今她身側之人不是侍從、不是父母，而是那個曾經只露了兩次面，卻還能讓人在此刻一眼認出的蕭家庶子。

蕭戎走進來的時候，包括梁帝在內，都有那麼一剎那的晃神。那個少年終是長成了他們心中忌憚的模樣，眼神舉止都像極了……像極了幾十年前那個鮮衣怒馬、大殺四方，一時風頭無兩的少年將軍蕭世城。

謝凜皺眉看著蕭戎，心中莫名不安了起來。初見時便被那少年肅殺冷漠的眼神所懾，三年後再見，那股骨子裡的不羈和血性實在難以忽視。想要將這樣的人拿捏在手中，恐怕……

他看向了蕭瀾。原想借她之手，順理成章地把持桀驁不馴的蕭家軍，但無論如何也沒想到，蕭瀾會有所隱瞞，居然在半路殺出個名正言順的蕭家之子。

片刻，姊弟二人已到了大殿中央。

「蕭瀾，攜弟弟蕭戎，拜見陛下。」她禮儀端正地跪地叩拜。

梁帝面色不佳，沉默地看著她身旁之人。他長大了不少，卻依舊如秋獵初見時那般寡言又桀驁，似乎不管是誰，他都不放在眼裡。

此時蕭瀾微微側頭，「阿戎。」

蕭戎低頭看她，下一刻衣襟拂動，他直挺挺地跪了下來。

此刻眾目睽睽，梁帝清了清嗓子：「蕭世城私自回京，意圖謀反，朕下令將蕭府男子斬首，女子流放。你們二人是如何逃脫的？」

這話一邊說著，他一邊看向了護衛在側的禁軍統領陳蒙。

陳蒙立刻跪地，但還未開口解釋，就被蕭瀾打斷。

「稟陛下，是母親於心不忍抗了旨。她已然故去，若陛下要怪罪，蕭瀾願一力承擔。」

陳蒙立刻鬆了一口氣。清河郡主若有意抗旨，是有那個能耐的。

「既然逃了，為何又回來？」

蕭瀾說：「回陛下，蕭瀾逃亡途中受傷失憶，不久前才剛剛恢復，記起蕭家還有重要之物遺留在城隍廟。蕭瀾身為蕭家嫡系，即便再危險，也是不得不去取的。」

此話一出，傅家父子和燕相立刻眸中一亮。若說蕭家最重要的東西，那一定就是兵書和布防圖！

果不其然，連皇帝的臉色都緩和了些，「既然如此，可取到了？」

蕭瀾頷首，接著起身：「還請陛下恕罪，此物不可跪著拿出。」

謝凜眸光一閃，莫非——

下一刻，蕭瀾從袖中拿出收整得整整齊齊的白紗，她雙手奉上，「此乃先帝手諭，請陛下過目！」

「什麼?!」皇帝倏地起身，「什麼手諭！」

高公公趕忙走下來，從蕭瀾手中捧過那塊白紗。

「莫不是……」一位老臣喃喃，「先帝仙逝前曾密詔晉安侯覲見，莫非是那時——」

「正是。」蕭瀾看著龍座上的梁帝，「先帝垂憐，念蕭氏世世代代為國征戰。特賜手諭，若他日蕭氏族人犯下大錯，還望新帝登基後，能網開一面，不開株連之罪。」

梁帝仔仔細細地將那白紗反覆翻看，玉璽印記雖然淡了，但仍能辨別真偽。他沉默了半晌，「既然是先帝聖諭，朕自然看重。」

他看著蕭瀾：「但蕭家犯的是逆犯大罪，而你們姊弟二人更是欺君抗旨，罪上加罪！」

梁帝看了看滿堂的朝臣，自詡仁慈道：「先帝留下這道手諭，是看重蕭家的忠義，手諭已出，朕自不會違逆先皇。但這道手諭，只能保一人性命。誰生誰死，就由你們姊弟二人自行決定吧。」

此話一出，蕭戎眸色立深，瞬間殺意四起。

謝凜也未料到父皇會如此處置，他看向殿中二人，心中已有了盤算。只能有一人活命，自然該是她。

他正要站出來，就見蕭瀾看了過來，不動聲色地搖了搖頭。謝凜一愣，只見她側過頭去，一字一句道：「蕭瀾謝陛下聖恩。若只能寬恕一人，還請陛下饒弟弟蕭戎一命。」

這個回答倒是出乎眾人意料。

當年恣意跋扈、唯我獨尊的大小姐，居然也會有為他人著想的時候？

「蕭瀾不才，不如弟弟那般身手高強，即便活下來也無法為國征戰，將功折罪。大梁正值用人之際，身為蕭家男兒，世代從軍乃是本分，即便不能立下軍功，去軍營中歷練一番也是好的。」

此話說得委婉，卻著實提醒了在場之人。赤北軍作風強硬，不輕易聽人使喚，這也是為何即便他們作戰凶猛，百戰百勝，皇帝卻還是將他們拘在了錦州衛。

鋒利的刀若握不穩，傷的便是自己。但若是蕭世城的兒子……

「陛下。」燕文之眸中閃著精光，一臉的胸有成竹。

「燕相可有話要說？」

燕文之頷首：「陛下仁厚之心，又愛惜將才，何不給他一次戴罪立功的機會？」

他斗膽上前，低聲在皇帝身邊說了幾句。只有幾句，卻令梁帝面色緩和。

「罷了，橫豎當年你們也都還是個孩子，叛亂之事與你們無關。瀾兒是朕看著長大的，真要殺妳，朕何嘗狠得下心？來人，將鐐銬解開。日後妳便留在宮裡，在後宮的佛堂內日日抄經，也算是還了你們蕭家幾分罪孽。

「至於你，」梁帝看向蕭戎，「瞧著倒是的確有幾分身手。既然是蕭世城的兒子，自然也天生有他那般的鐵骨。朕命你為赤北軍副帥，聽命於主帥賀堯章。」

此話一出，朝臣譁然：「陛下！不過十八、九歲的少年，如何擔得起副帥一職！請陛下三思！」

皇帝擺擺手：「無妨。他父親十七歲便做了一軍副帥，有何大驚小怪的？用人不疑，眾卿莫再反對了。若是不服，便拿出更好的人選來。」

更好的人選自然是沒有的。羌族凶殘眾所周知，原指望著戰力最強的赤北軍前去平定，可如今主帥是他們打從心底不服之人，副帥的年紀又輕得嚇人……

此役雖還未開始，但彷彿已能預料到終成敗局。

無人提出異議，梁帝點了點頭：「就這麼定了。你們兵分兩路，擇日發兵，定要平了西南邊境之亂！」

退朝之後，老臣們滿是愁容地各自散去。傅家父子恭敬地向謝凜行禮後，也退了下去。此時大殿之上便只剩下四人。

「喂。」賀堯章滿臉不屑地朝著蕭戎嚷了一聲。

蕭戎看他一眼，令賀堯章不禁心中一顫。隨後一想，不過是個毛頭小子，還帶著鐐銬，能做出什麼妖來？他嚷道：「還愣著做什麼？速速隨我出宮！」

蕭瀾暗自為這位賀大統領捏了把冷汗。她走到蕭戎面前，低聲道：「時機未到，不可輕舉妄動，還記得吧？」

他沉默著點頭，理都沒理賀堯章，獨自戴著鐐銬走了出去。

頭一回被人這般無視，若不是太子在此，他非得大罵一頓才能解氣。

「太子殿下，臣先行告退了！」

謝凜點頭，此刻他的心思根本就不在賀堯章身上。

直至殿內只剩下兩人，蕭瀾看著謝凜面色肅然，不禁一笑：「殿下可是在怪我？」

「他還活著，且與妳還有聯繫，妳竟隻字不提。」

「若是提了，殿下怎會有那般毫不知情的樣子呢？皇帝陛下多疑，若是太子露出端倪，引得陛下起疑心，那麼我們的籌畫可在最開始便會失敗了。」

「只因為如此？」不知為何，對於蕭戎的出現，他總覺得沒那麼簡單。

「看來殿下是有些信不過我了。」蕭瀾的語氣溫和，「那殿下不妨再等等？有份要送給殿下和皇后娘娘的大禮，已經在來的路上了。」

◆

御花園內，燕文之正畢恭畢敬地跟在皇帝身邊。

「燕相既提了個一舉兩得的好法子，便要善始善終，可別讓朕空歡喜一場。」

「是是，」燕文之忙說，「陛下大可放心，此番陛下不計前嫌地饒恕了蕭家姊弟，此刻在民間已經傳遍了，百姓紛紛感嘆陛下是仁君啊。」

梁帝滿意地摸了摸鬍子，「那賀堯章可知朕的意思？」

「臣已派人去知會他了。利用蕭世城的兒子讓赤北軍聽令，再用宮中蕭瀾的性命警告蕭戎，使其和赤北軍都不敢亂來。待擊退羌族，西境平定，屆時——」

燕文之左右看了看，低聲道：「屆時賀堯章自會解決了他。如此一舉兩得，陛下儘管放心，絕不會出現第二個蕭世城。」

第十五章　刁難

後宮花園小徑，前面的婢女一邊帶路，一邊小心翼翼地回頭看了蕭瀾一眼。

當年宮中無人不知晉安侯嫡女的厲害，便是王公貴胄家的公子也被欺負得不敢還手，更何況是一介小小的婢女。人的名，樹的影。即便此刻她已失去了尊貴的身分，但舉手投足間仍半分未失高門貴女的風範。小丫頭生怕自己言行不周，惹怒了新主子。

蕭瀾瞧著她那副模樣，不由得笑道：「我又不是什麼豺狼虎豹，不必如此害怕。」

偷看被發現，那婢女大氣都不敢出，腳下匆匆還險些摔倒，那樣子像極了香荷，可憐又惹人憐愛。蕭瀾假裝沒看見她的失禮，安靜地跟在她身後，一路走著，看著這熟悉的地方。

「我道是誰來此，帶來了汙穢，擾了佛堂門前的清幽。」

身前的婢女立刻跪地：「貴妃娘娘安好，公主安好。」

一眾太監婢女簇擁著的，正是貌美如花、又懷了身孕的嘉貴妃。蕭瀾看了她身後的轎輦一眼，副後儀仗，果然是母憑子貴。

她躬身行禮：「娘娘安好。」

「蕭瀾！妳如今是一介平民，託了皇祖父的福才得以活命！見了我母妃竟敢不下跪？」說話之人年紀與蕭瀾相仿，只是姿色平平又頤指氣使，若不是跟在嘉貴妃身邊，任誰也看不出這是一位公主。

嘉貴妃抬手理了理自己的釵環，「若非成玉提醒，本宮倒是忘了，原來的蕭家嫡女可是從不跪拜的。」

蕭瀾一笑，拎起了衣襟裙襬，得體周到地行了跪拜之禮。

成玉公主一愣，不由得看向嘉貴妃。母女倆都沒想到，三年未見，當初不可一世的蕭大小姐，稜角竟被磨得如此之平。

「果真是長了記性。成玉，妳也該學著些，做人要能屈能伸。」

成玉看著蕭瀾俯首低眉的樣子就來氣。如此落魄，卻又沒有絲毫罪臣之女該有的卑賤樣子，反倒是那張臉蛋更加楚楚動人。從小到大只要有蕭瀾在的地方，眾人的目光便永遠只會在她身上。即便是犯了錯，她都高調得那般令人生厭。

眼看著日頭大了起來，成玉公主轉了轉眼睛，挽上嘉貴妃：「母妃，今日逛園子也逛累了，太醫說您可要好好將養，不如女兒陪您到亭子裡坐坐？」

嘉貴妃點點頭：「正好本宮也乏了。」她看了還跪在地上的蕭瀾一眼，「妳也跟著過來。既然日後常住宮中，端茶倒水、伺候人的活計也該學著些。」

涼亭中一應瓜果置辦齊全，婢女倒了茶水要遞給嘉貴妃，她看了蕭瀾一眼。

蕭瀾以雙手將茶盞接了過去，恭敬地奉到她面前。嘉貴妃笑了笑，說道：「今年園子裡的花開得不錯，來人，去採一些來，本宮沐浴時要用。」

那茶盞就在眼前，而端坐之人似乎全然沒看見。

整整半個時辰，母女倆相談甚歡，而蕭瀾端著茶盞的手則開始有些不穩。

「嘖，仔細一些！若是茶水濺出來汙了我母妃的衣衫，妳可開罪得起？」

成玉話音未落，就見那茶盞「砰」地落地，冷透了的茶水悉數灑在嘉貴妃的裙邊。

「妳！」嘉貴妃嚇了一跳，趕忙護著肚子起身，「妳好大的膽子！來人！給我狠狠地打這個敢以下犯上的賤婢！」

身旁服侍的眾人也被蕭瀾這番舉動嚇住了。宮中就沒有哪個人敢如此招惹嘉貴妃，更何況眼下還是懷著龍胎的貴人。

蕭瀾揉了揉手腕，朝著嘉貴妃身後的方向行禮：「皇后娘娘安好。」

嘉貴妃和成玉一齊轉身，正看見朝這邊走來的皇后。

皇后大駕，理應全體叩拜。嘉貴妃挑了挑眉，嬌著嗓子：「還請姐姐恕罪，妹妹身子不便，陛下親自免了臣妾的跪拜之禮……」

「妹妹如今身子沉，不必拘著這些禮數。」皇后看了地上的水跡一眼，「只是這懷著龍胎，動輒就要用刑嚴懲，恐是不妥。」

嘉貴妃瞥了蕭瀾一眼，對皇后道：「姐姐有所不知，臣妾也是在教她規矩——」

「妹妹可要記住了，」皇后打斷她，「陛下的旨意，是讓罪臣之女在佛堂抄經思過，並非為奴為婢。婦人有孕後記憶也會差一些，本宮特來提醒。」

此言一出，嘉貴妃若是再刁難，便是不遵陛下旨意，只好作罷：「多謝姊姊提醒。」

多年來與嘉貴妃明爭暗鬥，皇后早已厭惡至極。此番有了名正言順的由頭，本想再多說兩句，卻被蕭瀾適時阻止：「娘娘恕罪，陛下旨意不可耽擱，蕭瀾須盡快到佛堂安置。」

皇后頓了頓，看了身旁的眾人一眼。眾目睽睽，又是端茶倒水的小事，若是為此過分責罵了嘉貴妃，傳到陛下耳中，定是會讓人覺得堂堂皇后如此善妒，容不下有了身孕的妃子。

這丫頭，幼時在宮中看到的、學到的，倒是一點都沒忘。

於是皇后點頭：「妳且去吧。」

待蕭瀾走後，皇后吩咐身邊的嬤嬤：「嘉貴妃身子嬌弱，去命太醫調些適合有孕之人喝的茶水。今日這茶味道太濃，可別傷著腹中孩子。」

「臣妾……多謝娘娘體恤。」

皇后走後，成玉扶著嘉貴妃：「母妃，皇后娘娘是來替蕭瀾解圍的麼？不然怎麼這麼巧……！」

嘉貴妃聽見此話，眉梢輕挑，「若真是如此，那可就太好了。」

◆

佛堂比起後宮的殿宇要簡單僻靜一些。

離那些動輒是是非非的後宮妃子遠一些，蕭瀾也樂得自在。她回頭看了帶路的小婢女一眼，「既已到了，妳自去忙妳的吧。」

那婢女小心翼翼地回答：「姑娘，是太子殿下讓奴婢跟著姑娘過來的，讓奴婢好生照顧姑娘一應起居。」

蕭瀾看了看這簡陋的地方，自然比不上太子的東宮舒適。她笑了笑：「不必守著我，若真要做些什麼，就記得一日三餐替我帶些爽口的吃食來？我也好久沒吃宮裡的東西了。」

等了半天，沒等來什麼刁鑽的要求。那婢女思忖著，這位蕭姑娘似乎也不像傳聞中那般可怕。

蕭瀾對謝凛挑選的丫頭很是滿意。沒什麼話，但手腳麻利，晚膳置辦得清淡爽口，沐浴用的熱水也溫熱得宜，左看右看都挑不出什麼錯處。

蕭瀾換上裡衣，一邊繫著帶子，一邊隨口問了句：「妳服侍太子多久了？」

丫頭立刻跪了下來：「姑娘，我、我只是一介婢女……」

蕭瀾愣了愣，瞧她被嚇得不輕，便將她拉了起來：「我沒有別的意思。」

她五官端正，模樣小巧，又如此會照顧人，若不是有心之人送來討好謝凛的，那便是——

果不其然，丫頭說：「奴婢父母皆是宮中雜役，後來不慎獲罪雙亡，是殿下救了奴婢，還將奴婢留在身邊伺候的。奴婢能做的，也只有仔仔細細地服侍殿下，萬不敢……不敢有其他非分之想……」

蕭瀾點點頭，「知恩圖報是好的，想來妳不曾多在宮中走動過，瞧著剛剛嘉貴妃母女的樣子，也不知妳是太子宮裡的。」

「既然如此，」蕭瀾壓低聲音，「我得囑咐妳一句，若非太子主動召見，妳切不可擅自回東宮，更不能讓人知道我與太子有私交。」

見蕭瀾面色嚴肅，那婢女連忙點頭：「奴婢知道了，姑娘放心。」

蕭瀾一笑，「天色也不早了，妳去隔壁歇著吧，夜裡不必來守著。」

房門輕輕關上，屋子裡徹底靜了下來。蕭瀾背過身來，忽覺不對，「誰？」

「是我。」床後，一道黑色的身影走出。

「你不是出宮去軍營了麼？」瞧見蕭戎手上還拿著鐐銬，蕭瀾不禁挑眉：「賀堯章莫不是怕你？竟一直不替你解開？」

提起這事，蕭戎的眸中滿是不耐煩。這沒用又礙事的鐐銬還得途中自己解開，一路帶著，回去時再捆成原樣。他將鐐銬放到了木桌上，「非得等他對我動手之時，我才能殺他？出征之日就殺行不行？」

蕭瀾被他那個樣子逗笑。想來不可一世的蕭大閣主淪落成了聽命於人的小兵，心裡定然是不爽快。她坐到蕭戎旁邊，看了他的手腕一眼：「有沒有碰到原來的傷口？」

纖纖玉指掀起他的袖口，果然看到絲絲血跡。

她皺起眉頭，立刻起身：「我去找找有沒有藥。」

蕭戎的目光追隨著她，伴著她停留在香案旁。蕭瀾將一個個木盒打開，仔細翻找著藥膏，沒注意到身後那雙慢慢漫上情欲的眸子。

屋子裡只有他們兩人，瀰漫著沐浴過後的清香。此刻玲瓏的身段就在眼前，穿著輕紗裡衣，勾勒出誘人的腰線，柔軟的長髮垂落披撒在腰間。只是一個背影，竟也如此令人心顫。

蕭戎起身，走了過去。蕭瀾正專心地撥弄著木盒中的物件，腰上忽然有一雙手圈上來，她身子一僵，後背貼到了一具炙熱的身體上，耳邊男子的氣息噴灑。

「瀾兒。」

這個稱呼，這種語氣，暗示之意太過明顯。那些令人面紅耳赤的畫面紛湧而來，耳際隨即傳來溼熱的舔弄。蕭瀾急忙轉過身來，雙手撐在他的胸膛上，「你不許胡來。」

「什麼胡來？」他低頭親上她的唇角，「我只是想與姊姊親近一些。」

用著最正派、最理直氣壯的語氣，手卻早已不老實地自她的衣衫下襬探了進去。

驟然觸摸到嫩滑的肌膚，男子低喘一聲，下身隔著衣物，極具侵略性地抵在了她的小腹。

「這哪裡是尋常姊弟間的親近！」蕭瀾被他毫不掩飾的欲望頂得慌了神，卻又被箍在懷中動彈不得，「你先放開我，你知不知道這是什麼地方！」

蕭戎不僅沒放開，反而輕而易舉地解了她衣衫的帶子，還親了親她的額頭：「是佛堂。」

蕭瀾一雙美眸倏地睜大：「你還知道是佛堂！佛祖六根清淨，怎麼在祂隔壁做出如此——

唔——」

沒說完的話被堵了回去，靈活炙熱的舌頭緊接著鑽了進來。蕭戎抱著她，吻得深情又淫靡，伸進她裡衣的手惡意地撫上那對嬌乳。蕭瀾招架不住，雙腿直發軟，但神智尚在，只得一口咬上他，雙手使勁地將高大的男子推開。

時隔好久的一吻，令蕭戎太過沉醉，以致於閃躲慢了些，果真就被這一口咬到了舌頭。

他戀戀不捨地放開，抿了抿舌頭，「疼。」

賊喊捉賊也不過如此吧？

蕭瀾瞪著他，正要端出長姊的樣子好好訓斥他一番，就見蕭戎垂眸：「姊，此番出征也不知何時才能回來。」

「扯這個做什麼？」

「我也是頭一回上戰場，不知……回不回得來。」

「你──」蕭瀾啞了啞，「不許瞎想，一切盡在我們的掌控之中。」

蕭戎點點頭，微微彎腰抱住她，「可戰場上刀劍無眼，若有萬一，屆時會有血衣閣的人來接妳離開。此事早有安排，妳不用放在心上。」

字字句句皆是擔心著她，聽得蕭瀾一時不知該說什麼。

末了，她嘆了口氣，手不自覺地環上了蕭戎的腰，安慰著：「阿戎，不會有事的。西境兵力布防你早已熟悉，羌族雖凶猛，但也不是無解。」

她自顧自地安慰著，沒瞧見頭頂那張勾著笑意的俊顏。

「你既知道戰場凶險盡是變數，那可一定要小心，知道了麼，阿戎？」只是蕭瀾不知這番關切的輕柔語氣，在此時此刻孤男寡女的房中，宛如一碗烈酒，醉了心智，惑了神思。

「嗯，我知道。」蕭戎的聲音很低，不知何時，溼熱的吻再度來到她白皙的頸間。

像是男女間求歡，又像是姊弟間求寵，一時讓人分辨不清。他很有耐心地慢慢吻著，攬著她的腰，帶著懷中之人一點一點地後退，直至將她溫香軟玉的身子抵到了牆上。

這一夜，佛堂偏殿變得不那麼清幽，仔細地聽，便能聽見一些細微的聲音。

沒有燃燈的屋子裡，女子的嬌軀被抵在牆上，高大的男子身影將其遮擋得嚴嚴實實。衣衫滑落，露出香肩，酥胸半露半遮，上面零星布著點點紅痕。

姊弟間本該長幼有序，嫡庶尊卑有別，如今可倒好，她根本控制不住這犯了渾的弟弟。眼看著他越來越放肆急切，蕭瀾推著他的力氣就顯得更微不足道了。

大手撫著她的後腦，將她想拒絕的話盡數堵了回去，另一手則探入白嫩的雙腿間，只是輕輕撚拈，就讓她腿軟到站不住。

忽然身子一輕，蕭戎毫不費力地抱起她，轉了個身便將人放到了桌上。緊接著腿被分開，擠進了一具健碩滾燙的身體。蕭瀾驚恐地看著他將那駭人的東西拿出來，藉著照進屋子裡的月光，看清了那硬物的樣子。

滿目情欲的蕭戎對上她的雙眸，看見了裡面的害怕。想起之前的兩次，她總是哭得可憐，於是俯身親了親蕭瀾的臉蛋，「不怕，我慢一點。」

趁著他還算溫柔地要脫她僅剩的衣衫，蕭瀾瞧準了時機——

「呃——」蕭戎一個沒注意，被人一腳踹在了大腿根。

要不是他閃身得快，能不能上戰場就成了變數。

他下意識護住自己的東西，那張好看的臉上透著不解：「妳踢我做什麼？」

此時的蕭瀾已經用衣衫遮好自己，坐在桌上，一雙美眸瞪著他：「做什麼？自然是教訓你！你再敢亂來，長姊我就替列祖列宗好好收拾你一番！」

蕭戎低頭看了還昂首挺胸的某物一眼，語氣不悅：「那也不能踢它吧，怎能如此殘忍。」

「你把衣服穿好再同我說話！」

蕭瀾閉著眼，聽見穿衣的聲音漸小，這才開口：「穿好了沒有？」

「……」

沒聽見回答，她睜開眼，看見他一言不發地坐在床榻邊，就差在臉上寫上「欲求不滿」四個字，而胯間依舊堅挺。一股熟悉的、生人勿近的冷峻氣勢又回來了。

這樣看上去好像很難受。聽聞忍著這件事似乎對身體不好，蕭瀾思忖片刻，背過身去。

原本就黑著一張臉的男子，看見她這番動作立刻皺了眉：「我都不碰妳了，妳卻連看都不願意看我？」

說著就要朝她走去，蕭瀾感受到那股怒氣逼近，趕緊說：「你講講道理！我，我是讓你……」

看見她耳朵紅透，蕭戎腳下一頓，「讓我什麼？」

「你……想辦法自己解決一下吧。你放心，姊姊不看！」

蕭戎立刻明白了她的意思，曾幾何時，在浮林孤島的某一夜，她就曾聽話地用手幫他解決過。

他挑眉：「姊姊既如此體恤，不如成人之——」

話還沒說完，便被惡狠狠地打斷：「你莫不是想再挨一腳？」

那又羞又氣的背影，勾得蕭戎又硬了幾分，語氣中透著不甘：「就不能再試試？我很輕，保證不弄疼妳好不好。」

蕭瀾閉了閉眼，他那麼聰明，為何就是不明白……這根本不關疼不疼的事。

見她沉默，像是真的動了怒，蕭戎沉默半晌：「我說笑的，妳別生氣。」

蕭瀾只是一時不知該說什麼，聽見這帶著幾分小心的輕哄，竟莫名於心不忍。

她也緩了語氣，「姊姊沒生氣。」

他走過來，從後面抱住她，安安靜靜，老老實實，但蕭瀾還是掙扎。

蕭戎抱著她不放手：「我不碰妳，就抱一會兒。」

「那個……」蕭瀾的臉頰發燙，「太硬了，你頂得我不舒服……」

蕭戎有點無奈地放開她，「那我一整晚都不能靠近妳？」

蕭瀾還是背對著他：「所以我才讓你自己……」

蕭戎看著她白皙的頸間和纖細的腰身，忽然將她打橫抱起，走向了床榻。

「啊，你做什麼！」

那副滿目驚慌還強裝鎮靜的樣子，落在他眼裡實在太過好看。蕭戎將人放到了床榻裡側，讓蕭瀾背對著他，整個人被圈禁在了熾熱的懷中。

蕭戎隔著輕紗裡衣吻上她的後背，那香氣足夠令男人神魂顛倒。他聲音沙啞：「想讓我快些恢復，還需姊姊幫忙。」

蕭瀾緊張地縮成小小一團，被他一個個接連不停的吻親得全身發顫。她清晰地感受到身後之人在做什麼，且動作越來越快，越來越放肆。

蕭戎抱著她軟香的身子，嗅著她好聞的氣息，想像著進入到她身體裡的致命緊緻和瘋狂快感。耳邊的低喘聲音曖昧到令蕭瀾腳趾蜷縮，一聲聲的「瀾兒」喚得宛如兩人真正交合、赤身相貼、水乳交融……

不知過了多久，香汗浸溼了碎髮，蕭瀾終於聽見他低喘停息。蕭戎將頭埋在她頸間，全身散發著巔峰快感後的灼熱。

忽然想起了什麼，蕭瀾倏地翻過身來，正對上蕭戎迷離的黑眸，裡面的情欲尚未完全消退，看得蕭瀾一愣。此時的他沒剩下多少理智，僅憑著本能，低頭親了親她的唇。這一觸碰，下身又有了抬頭的徵兆，蕭戎頭疼地離她遠了些。

蕭瀾顧不得其他，趕緊坐起身來，左右看了看。床榻上的褥單雖凌亂，但似乎未沾染上……若是明日婢女來收拾，發現了端倪，便是妥妥地平添麻煩。

蕭戎也坐了起來，手上拿著什麼東西。

蕭瀾看見一角，立刻別開眼：「你怎麼又用這個！」

還是那塊錦帕，她曾經的貼身之物，常放在腰間胸前，也時常拿在手上。

「身上能用的只有這個，我去洗乾淨——」
「我重新給你一塊新的，這塊不許再用了！」
一想到他用這塊錦帕……就如同兩人……
蕭瀾不敢接著往下想。
偏偏他不死心：「為什麼？妳既然送給我，那就是我的了。還是說……妳嫌髒？」
蕭瀾不想如此光明正大地跟親生弟弟討論這羞死人的事，但蕭戎還是一副強硬的樣子。
她看了看他手上握著的錦帕，一閉眼，湊上去在他下巴處親了一下。
蕭戎一愣，眼神倏地變暗。正要回吻，就被她摀住了嘴。
蕭瀾說：「這塊錦帕別用了，聽話好不好？」
他痛快地點頭，蕭瀾鬆開手，只聽他說：「那再親一下。」
話音未落，軟枕就砸了過來：「少得寸進尺！」

◆

蕭戎清洗完回來時，原本凌亂的床榻已經整理好了。
蕭瀾有些疲累，見外面的天色有了泛白的徵兆，她揉了揉眼睛：「你回去路上仔細些，賀堯章那人好大喜功，但城府不深，總好過那些綿裡藏針之人。若是他有意刁難，只要不傷及性命，就先忍忍，待出了盛京再說。」

蕭戎坐到榻邊，「妳睡了我再走。」

兩人一躺一坐，蕭戎拿過薄被子替她蓋上：「妳不讓古月進宮跟著，若在宮中遇到難處，打算如何？」

「我交代了更重要的事給月姑娘，有她在宮外我更放心一些。」蕭瀾笑說，「至於宮內，很多事情不是武功好便能妥善處置的。

「再說景仁宮和東宮都在暗處盯著，他們既有所圖，自然也會護我周全。」

提到東宮，蕭戎面色不佳。

蕭瀾說：「眼下我們與謝凜是一條船上的人，姊姊雖不知你為何不喜歡他——」

「他心思不純，在覬覦妳。」

蕭瀾愣了愣，「皇族謝家，心裡最重的永遠是他們謝家的皇權和江山。如今他的周到呵護，也不過是想借我之手爭兵權罷了。」

「總之妳不許喜歡他。」

繞來繞去又繞到這件事上，蕭瀾不耐煩道：「不喜歡他，最喜歡你總可以了吧？好了，天都要亮了，趕緊回去吧。」

蕭戎全然不管她是否真心，光那幾個字便使他唇角勾起。看著蕭瀾閉上眼睛，沉沉睡去，這才拿起那礙事的鐵鍊，輕聲離開了屋子。

後宮花園黑影閃過，蕭戎正要飛牆而走，卻恰好聽見有人低語。

「我看今日就是成玉公主有心刁難，兩個姑娘自幼便不對盤，偏偏蕭家姑娘從小就是個美人胚子，又家世顯赫，若非成玉公主有著公主身分，那可真是比不過啊。」

「噓！輕聲些，再走兩步便是成玉公主的寢殿了，小心讓人聽見！她今日刁難蕭姑娘還有皇后前來解圍，若是刁難咱們這等下人，那可就不知是何等下場了！」

低語漸行漸遠，原本要翻牆而過的那道黑影則腳下輕移，消失在夜色當中。

◆

錦州衛。

主帥軍帳中，賀堯章正審視著面前的赤北軍原副帥莫少卿。

「聽說赤北軍全軍上下都聽命於你？」賀堯章一杯酒豪飲下肚，「那你倒是說說，你是怎麼治軍的？」

軍帳中的所有人，除了侍奉倒酒的奴才都端坐於此，個個都是賀堯章從護城軍中抽調過來的親信，臉上堆滿譏笑與嘲諷。

莫少卿雖是副帥，卻只能站著答話。他頷首：「主帥誤會了，全軍上下自然以主帥之令為尊，少卿不敢造次。」

這話聽得賀堯章很舒服，他擺擺手：「賜坐。」

「主帥，陛下聖旨已下達，此番西下敵人凶殘，咱們須做好完全準備才是！」賀堯章的親信一言，引得眾人紛紛點頭。

「諸位不必擔心，本帥已想了萬全的法子！」

「主帥既成竹在胸，我等自然以主帥之命為尊！」

出征前夕不看布防圖，亦不談兵力糧草，尚未打仗，此刻便已是凱旋擺酒的氣氛。坐在角落的莫少卿不禁皺眉，如此輕敵，只怕會輸得很慘。

「莫副帥愁眉不展，莫不是在質疑本帥？」

賀堯章早就看不慣莫少卿了，明明不服，還裝得低眉順眼，看著糟心。

莫少卿正要起身解釋，就見一名侍衛匆匆地走了進來，附在賀堯章耳邊說了什麼，賀堯章當即面色大變：「廢物！」

他氣沖沖地出了軍帳，去了低等兵士的住所。

衝到院子裡推開那道簡陋的門，破爛屋子裡果然空無一人。

「人呢！你們這麼多人層層圍著，人怎麼會憑空消失？找！給我找！」人若是丟了，燕相和陛下交代的差事可就全完了，這等抄家滅族的罪責急地賀堯章滿頭大汗。

眾人分散開來，正要找尋失蹤之人的時候，突兀的鐵鍊聲驀地響起。賀堯章「唰」地轉過頭，看見蕭戎雙手上纏著鐵鍊，從一片漆黑角落中走了出來，跟在賀堯章身邊的親信頓時將他團團圍住。

只是蕭戎太高，單看倒還不覺得突兀，這下被人圍住，一對比下來，這些人的包圍反而沒有了半點威懾力。

賀堯章左右都看不慣這小子的言談舉止，目中無人還不懂規矩，見了主帥從不行禮！

「你去哪了？」

蕭戎面不改色：「渴了，去找口水喝。」

「你！誰准你離開這屋子的？無法無天的混帳東西！」

蕭戎目光一凛，冷風驟起之時，卻忽然勾起了唇角。

這一笑，笑得眾人不自覺地後退幾步，總有種他下一刻便要拿那鐵鍊錘死人的預感。

「主帥！」僵持不下之時，莫少卿站了出來，擋住了賀堯章和蕭戎對視的視線，「明日便要出征，切不可因為小事動怒。主帥若不放心，卑職願徹夜不眠看守此處。」

賀堯章冷哼：「都給我聽好了！不管他以前是不是什麼大少爺，如今進了赤北軍，便只能服從軍令！」

他環顧四周：「此事若再發生一次，別怪本帥不顧軍士情誼，全部軍法處置！」

「是！」

賀堯章等人拂袖而去，離開了這方簡陋的住所。

待他們走遠，莫少卿這才上前：「方才所言有所冒犯，還望少帥勿怪。」

蕭戎看向他，面上沒什麼表情。此時赤北軍其他軍士中，有幾個膽子大的圍了上來，試探地問：

「莫副帥，這……這真的是……」

莫少卿點頭，聲音不大，但整個院子都能聽見，「這位便是已逝的主帥之子——蕭戎蕭公子。是小姐的親弟弟，也是陛下親封的新任赤北軍副帥。」

「老天有眼，老天有眼啊。」其中一個胖子聲音哽咽，「小姐能活著已是萬幸，現在還有侯爺的親生兒子率領赤北軍，我等……我等一定誓死追隨！」

「少帥有所不知！自侯爺含冤而死，蕭家覆滅，我們整個蕭家軍四分五裂，處處遭人排擠！好在……好在終於有了出頭之日！此番西征，必定凱旋！掙回我們赤北軍的豪氣！」

兵士們你一言我一語地熱鬧起來，抹眼淚的抹眼淚，吼誓言的吼誓言，只有蕭戎全程一言不發。最後四周終於安靜下來，大家屏息以待，想聽聽這位少帥打算說些什麼豪邁之語。當年的少年將軍蕭世城最懂得鼓舞軍心，親生兒子必然也將青出於藍——

誰知眼前這位少帥根本沒有半點要說話的意思，徑直越過所有人，走向了屋裡。

眾人面面相覷，離莫少卿最近的胖子擦了擦眼角的淚，「這少帥一表人才，就是不大愛熱鬧啊？」

「許是初入軍營，不太適應，」莫少卿看了賀堯章的軍帳方向一眼，「又有人刻意刁難，那鐵鍊幾十斤重，到現在都不拆，任是誰都該心中不快了。」

「言之有理！天也不早了，請副帥先行休息，我等自會服侍好少帥！」

莫少卿點頭，拍了拍他的肩膀離開了。

「哎哎，都過來一下！」胖子揮了揮手，一堆人立刻圍了上來，低語幾句後，便各自分散。

蕭戎坐在大通鋪的角落，背對著牆，雙眼緊閉。此時牆上幾道黑影慢慢靠近。

「啊，他這是坐著睡啊？這這，能睡熟麼？」

「噓！輕聲些！還不是咱們這大通鋪太硬了，我頭一回睡了一晚，第二日差點沒起來！」

細微的嘈雜聲越來越近，本來熟睡的蕭戎倏地睜開眼睛，黑眸中一片清醒。

這一睜眼，嚇人一跳。為首的胖子拿著一把大砍刀，被那股迸射出來的殺意驚得一屁股坐在了地上。

「少、少帥，您醒啦？」他撐著大砍刀自己爬起來，「我們是想幫您把這鐵鍊砍了，好歹能舒服地睡一會兒，待明日整軍面見陛下之時再戴上。」

面前十幾雙眼睛盯著，有好奇、有試探。蕭戎看了胖子手上的砍刀一眼。

「不必。」冷冰寡淡，沒有要領情的意思。

「啊，好、好，那若有什麼吩咐，少帥就儘管說！」

蕭戎再次閉上了眼睛。

「……」那胖子摸了摸鼻子，轉過身來擠眉弄眼：「去去，都散了！明日出征，都快去睡！」

兵士們輕手輕腳地摸上大通鋪，一個擠一個，留出好大一塊地方給蕭戎。

胖子左右看了看，翻找了半天，總算翻到一塊還算乾淨的褥單。他將之折得整整齊齊的，並放到了蕭戎的手邊，然後離他遠遠地躺下，下一刻便睡熟了。

不一會兒，不大的屋子裡就響起此起彼伏的呼嚕聲。

蕭戎睜開眼，看見身邊的那塊褥單，又看向了擠在一起的軍士們。

◆

次日清晨。

房門打開，昨日帶路的婢女帶來了早膳，蕭瀾懶懶地起身。

聽見外面的吵鬧聲響，還未等她發問，就聽婢女說：「姑娘，宮裡發生了件稀奇事。今早太醫成群地去了成玉公主宮中，聽說……」

她壓低了聲音：「公主臉上潰爛，起了拇指大的泡，一碰就疼，還血淋淋的。太醫向陛下稟報說這可能會傳染，陛下便不准懷著孕的嘉貴妃前去看望。眼下成玉公主正一哭二鬧三上吊呢！」

「可知道是何緣由？昨日見她還好好的。」

「聽說……是夜裡門窗沒關嚴實，飄進了不好的花粉，又許是成玉公主錯服了什麼東西？」

蕭瀾梳洗好了，出了門，還能聽見吵鬧聲。

她挑了挑眉：「好幾年過去，她還是一點長進都沒有。今日乃是兩軍出征的大日子，即便是天大的事也該忍忍。這樣的哭鬧，只會惹得陛下惱怒。」

城門之上，號角震天。

兩路大軍嚴陣以待，只等著親臨城樓的皇帝下令出征。

梁帝身邊盡是嬪妃和皇子公主。蕭瀾站在最角落，目光落在身披鎧甲的蕭戎身上。那沉重的鐵鍊終於被卸去，他騎在一匹白色戰馬上，似是感受到她的目光，抬眸看向了城樓一角。

蕭瀾笑了笑，雖知他肯定聽不見，卻還是開口，輕聲道：「我等你回來。」

卻未想蕭戎竟點了點頭。或許是看見了她的唇形，又或許是親姊弟之間的心有靈犀。

謝凜沉默地看著他們兩人，同是出征，她連看都未往這邊看一眼。

多次見面時的溫婉關心有幾分真、幾分假，他其實心裡有數。也權當是她突遭橫禍，性子才變得冷淡，不曾想她也會有這般真切的眼神。

握著韁繩的手收緊，他轉了轉脖子，忽覺自己有些小家子氣。

堂堂太子，多少汙糟爛事都能平靜隱忍，如今竟看不慣人家親姊弟之間的手足之情。

「重軍聽令！」城樓上，梁帝沉聲：「西南邊境態勢危急，朕仰仗諸位，向南平定暴亂，向西討伐羌族！待眾卿凱旋歸來之日，就是我大梁鼎盛萬福之時！屆時金銀榮寵享之不盡，用之不竭！」

話音未落，眾軍士立刻高呼：「我等必奮勇殺敵，不負陛下所望！」

梁帝滿意地點了點頭，他親自拿起鼓槌，敲響了出征鼓——

「全軍出征！」

大軍浩浩蕩蕩，兵分兩路，分別奔赴南境和西境。

蕭瀾眼看著那道身影漸行漸遠。她從未真正親眼見過父親帶軍出征，每次出征前的告別都是在侯府的大門口。母親自己不去城門，亦不讓她去。

如今她終於明白了。看著生命中最重要之人踏上生死未知的征途，明知道他即將要上刀劍無眼的戰場，卻只能注視著他離開，等待他回來。在這期間唯一能做的，竟只有默默祈禱。

眼淚漸漸模糊了視線，蕭瀾抬手抹去。

「陛下，傅貴人她……」

蕭瀾循著聲音望去，就看見陛下已將新晉得寵的傅貴人摟在了懷裡，絲毫沒有顧及旁邊皇后的臉色。而嘉貴妃表面上雲淡風輕，實則眼裡能迸出利箭來。

她的成玉還在寢宮遭罪，這狐媚子就又開始鬧亂子爭寵。

「貞兒是擔心傅衡？」陛下輕揉她的頭髮，「南境不過是平民暴亂，不會太過凶殘的。」

「陛下～貞兒實在是掛念兄長。兄長為陛下出征是本分，可……可就是……」

這哭得梨花帶雨，天可憐見，終是讓嘉貴妃忍不住了。

「妹妹莫哭，這出征的大好日子怎可哭哭啼啼的呢？若是傳到西境，還以為是我朝懼戰了呢。」

「是是，姊姊說得是。」

傅貴人連忙擦了眼淚，卻還是依偎在梁帝懷裡，「臣妾既是陛下的妃子，自然該更穩重些。切不可像成玉公主那般年幼無知，哭嚷了一整個清晨，還鬧著要上吊……」

「妳！」

陛下皺眉：「傅貴人一言倒是提醒朕了。成玉真是被嬌慣壞了，整個宮裡的御醫都去診治了，她還要怎樣？吵吵鬧鬧，成何體統。」

嘉貴妃氣得臉都紅了，又不敢惹怒陛下，只得委屈地躬身：「陛下說的是，臣妾回去一定好好教導公主。」

陛下看她這副樣子，又瞧她懷有身孕，正要伸手扶她一把，卻忽然被傅貴人抱住了胳膊。

「陛下～您清晨早起一定累壞了，況且連早膳都未用便匆匆趕來，眼下定是餓了。臣妾差人準備了您最愛的清梨粥，陛下可要去嚐嚐？」

「哦？貞兒如此有心，朕自該去嚐嚐。」

三言兩語，便纏著陛下忘記了嘉貴妃。

皇后面上如沐春風，還好心地扶了嘉貴妃一把。「妹妹身子沉，可要注意些。傅貴人年輕，尚未為人母，自然不知有孕的辛苦。若是無意間說錯什麼、做錯什麼，咱們姐妹之間也該多擔待，切莫因此生了齟齬。」

言下之意就是，人家連孩子都沒有便如此得寵，妳懷了龍胎尚且如此，可真是風水輪流轉。

嘉貴妃死死地盯著傅貴人的背影。

兩人經過蕭瀾身旁時，她得體行禮，傅貴人腳下一頓：「這位便是蕭瀾姑娘？」

「陛下萬安，貴人安好。」

「聽聞昨日妳在後宮受了責罰，不知是觸怒了宮裡哪位貴人？」傅貴人鵝黃色的錦帕柔滑，襯得她手指纖長乾淨，「真好奇到底是何方神聖，敢為難陛下親口寬恕之人。」

蕭瀾笑笑，沒有答話。

傅貴人挑眉，既然是嘉貴妃討厭的人，那她就偏要拉攏，日日談笑風生才好。「妳我年歲相差不大，橫豎妳常在宮裡，便多來我宮中走動。侍奉佛祖之人最是清心寡欲，也可使我靜心休養，好早日為陛下誕下皇嗣。」

這話說得梁帝大悅：「既然如此，妳便多去傅貴人宮中，一起抄抄經也是好的。」

蕭瀾頷首：「是。」

接下來的幾日，蕭瀾與傅貴人的走動當真多了起來。兩人年歲相仿，總有說不完的話。

這日從傅貴人的芷柔宮出來，一位宮人匆匆走過，不小心撞到了她。

一直服侍蕭瀾的婢女玉離一驚，「姑娘可有傷著？」

蕭瀾理了理衣袖：「公公下次可要注意一些。」

「是是！小的該死！」

玉離陪著蕭瀾一路回到佛堂，進了屋，掩了門，蕭瀾才將手中的密信打開。

「姑娘，這是……」玉離忽然想起了什麼，恍然大悟：「我說那公公瞧著怎麼如此眼熟！」

她左右看了看，放低聲音：「是皇后娘娘身邊的人？」

蕭瀾點點頭，看完密信後遞給玉離，「燒乾淨，然後取筆墨來。」

「是，姑娘。」

蕭瀾正寫著什麼，抬頭間見玉離睜著一雙大眼睛，看著紙上的字，那樣子乖巧極了。

「妳認識多少？」

玉離紅著臉搖搖頭，「宮裡只有高階婢女和公公才識字。」

蕭瀾一笑：「等諸事平定，我來教妳。」

玉離驚喜道：「真的？姑娘真是天底下最好的姑娘！」

蕭瀾愣住，頓時紅了眼眶。

「姑娘怎麼了……是不是玉離說錯了什麼話？」她慌了神，立刻要跪下，被蕭瀾一把拉住。

「沒有，是風……吹進眼睛裡了。」

「啊，那、那——」

蕭瀾拉著她坐下，「已經好了，不必驚慌。一會兒妳將這信送還給剛才那位公公，妳可知道在哪能找到他？」

玉離點點頭，「送信一事太子早已做了安排，玉離定能妥善將信送到。」

蕭瀾又寫了一些，玉離就安安靜靜地在一旁等著。

蕭瀾一時興起，逗她：「妳也不好奇我寫了什麼？」

玉離趕緊搖頭：「太子最討厭多看多問之人，玉離不敢造次。」

「那妳猜猜我寫了什麼？反正妳也不認識這些字，就當猜謎吧。」

玉離看了信紙一眼，小聲道：「應該……是與傅貴人有關的吧？」

蕭瀾挑眉：「不錯，還有呢？」

「剩下的……奴婢就猜不出來了。」

「那就日後再與妳細說，眼下妳先去將信送了。」

玉離立刻起身，將折好的密信仔細收好，腳步匆匆地離開了佛堂。

蕭瀾起身洗淨了手，走到主殿的佛像面前跪下。

她虔誠地雙手合十，閉上了眼睛：「願佛祖保佑阿戎，此役順利，平安歸來。」

◆

一個月後，御花園裡的花開得更盛。

傅貴人捏著一把竹柄紙扇，懶懶地搧著，「眼看著要入秋了，怎的還是這般悶熱？熱得人身子犯懶，只想回宮躺著。」

蕭瀾品著清茶，笑道：「貴人昨日可不是這麼說的，還說園中美景甚佳，連午膳也要在此用，眼下聽著像是要不作數了？」

傅貴人噗嗤一笑，「說得我好像市井無賴一般，既約妳來，哪裡有反悔的道理？」

她心情大好，「成玉的臉如今才見好，嘉貴妃忙著顧她，自然不得空來找我的麻煩。」

蕭瀾笑而不語。傅貴人看了她一眼，「妳也別替她遮掩了，往日諸事我也聽了許多。再說了，後宮中人有幾個能真正做到不偏不倚、明哲保身的？妳日日來芷柔宮同我說笑，嘉貴妃那還說不準要使出什麼鬼伎倆呢。」

蕭瀾左右看了看，低聲道：「貴人慎言，既是貴妃，自然也不該由咱們在背後議論。」

傅貴人哼了聲，「若不是她運氣好，懷了身孕，僅憑著膝下一個公主，妳以為她還能在那個位子上坐多久？遊船歌女出身，能進宮做個洗腳奴婢便是天大的體面了，莫不是還妄想著母憑子貴？宮裡能生孩子的可不止她一人。」

說話間，午膳菜餚端了上來，婢女將兩道魚肉羹放到傅貴人和蕭瀾的面前。

「這便是貴人念念不忘的桂花魚羹？」蕭瀾剛拿起湯匙要嘗一口，就見傅貴人忽然臉色發白地摀住了口鼻，連連乾嘔。

她身旁的婢女嚇得不輕，慌了神。蕭瀾回頭，「玉離，傳御醫。」

「是，姑娘。」

芷柔宮中不似御花園裡那般炎熱，傅貴人拆了髮髻，一副病美人的姿態，落在剛走進來的梁帝眼中，自然是心疼不已。

「貴人突然不適，到底是何原因？」

御醫切好脈，見是陛下來了，立刻跪地叩首：「吾等恭喜陛下！恭喜貴人！」

梁帝看了看傅貴人，「莫不是……」

御醫頷首：「陛下聖明，貴人是喜脈，方才不適也是見了葷腥，並無大礙！」

「我……有孕了？」

梁帝快步上前，「貞兒最得朕心！好好養著，他日為朕誕下一兒半女，朕定會好好嘉獎你們傅家！」

「陛下……」傅貴人一臉嬌羞地依偎在皇帝懷中，他人見狀，默默退了下去。

不過一日，皇帝在芷柔宮恩賞眾人一事便傳遍了整個宮中，次日朝堂之上，南境傳來捷報，更令梁帝龍心大悅。

「好，好！賑災一事，太子和傅衡齊心協力，做得漂亮！」他看向傅植，「員外郎的一雙子女深得朕心！傅家兒郎在前線平定暴亂，傅貴人在後宮為朕孕育子嗣，傅家的功勞當屬最大！」

如今眾人才真正知曉皇帝為何恩賞了芷柔宮的眾人，傅植大喜，連忙叩首：「臣恭喜陛下！」

「愛卿平身，傅衡和太子已在歸來途中，待他們回來，朕再一併嘉獎！」

「報——捷報——」大殿之上正籠著喜氣，一聲高呼由遠及近。

聽見又是捷報，梁帝挑眉：「莫非是要三喜臨門，快宣進來。」

「稟陛下！西境赤北軍神勇，按兵不動數日，終於昨夜突襲羌族老營，羌奴沿途駐守在西境的二十萬兵馬全軍覆沒！其首領獻降，降書在此！」

高公公立刻上前捧過降書，奉到了梁帝面前。

梁帝看過後，笑聲爽朗：「如此卑微之口氣，朕若不依，倒像是咱們大梁小家子氣了！傳令，既有歸降之意，便派使臣前去商定歸降條件。後宮傅貴人有喜，就不要再殺生了，俘虜士兵折算成銀錢便可歸還。」

說著，梁帝看向燕文之，「燕相看好之人果真是人才，得之我幸！賀堯章初次掛帥便立下如此功勞，朕重重有賞！」

話音未落，就見傳捷報之人面露難色。

「陛下……還有一事。」

「嗯？還有何事？」

「賀主帥……死了。」

「什麼？」燕文之上前，「什麼死了！沒了主帥何來領兵上陣？又何來的勝仗！」

那人嚇得發抖，不敢有半句隱瞞，「具體原因卑職不知，是勝了羌族之後，才傳出主帥已死的消息。約莫……約莫是不想擾亂軍心才未上報……」

傅植看著燕文之那臉色，不由得暗爽，面上卻還關切地問：「那究竟是何人領兵作戰，將羌奴打得毫無還手之力，只得投降？」

「是、是蕭副帥。」

朝堂之上忽然一片靜默。明明是樁喜事，可得知是蕭戎的功勞，誰都不敢多言一句，個個都在看皇帝的臉色。

這麼多雙眼睛盯著，梁帝一笑：「年輕有為，是我大梁之喜。」

「陛下！有一事臣本不該多言，但事關陛下和諸大臣的安危，臣也不得不言！」

站出來之人是傅植，梁帝語氣和善：「員外郎有話儘管說便是。」

「眾所周知，賀堯章掛帥之前是護城軍統領——」

此言一出，燕文之面色大變，「此事陛下自有決斷！無須傅員外郎操心！」

眼見兩人要為護城軍歸屬之事吵起來，皇帝頭疼地擺擺手：「護城軍統領一職至關重要，朕眼下也想不出好人選。」

人人都知燕文之不會任由傅家人設法奪走護城軍的節制權，但眼下傅家兒女是陛下面前的紅人，此事……倒也不是全無可能。

梁帝忽然想到什麼，開口：「兵備城防之事，該是兵部最為熟悉。兵部尚書何在？」

「稟陛下，兵部尚書告了病假。」

梁帝皺眉：「何元禮雖是年紀大了些，可一向身子健朗，怎的忽然就病了？」

「回陛下，流放之地傳來訃告，何尚書之女何佩雲、蕭氏二房蕭契之妻病逝了。何尚書白髮人送黑髮人，這便一病不起了。」

「哦……是這樣。」梁帝點點頭，「既然如此，便讓他好好休養。近兩日好事連連，諸卿也可放心了。至於護城軍節制權一事，朕要再想想。先退朝吧。」

前朝一片喜氣，後宮卻風雲欲起。

「啪」的一聲，一個精緻的琉璃盞被摔在地上，摔得粉碎。

「賤人！」嘉貴妃氣得面色發青，「想用孩子出頭，做夢！」

「母妃快坐下，別動氣傷著弟弟。」成玉的臉傷好了許多，但還泛著紅。

嘉貴妃喝了一口她遞上來的茶水，強行使自己鎮定下來。

「來人，速速出宮去國相府，問問燕相到底做何打算，若是宮中需要做什麼，儘管來告知我！

「掌握了護城軍便是掌握了整個盛京城，」她咬牙，「無論如何，絕不可讓護城軍的節制權落到那賤人的父兄手上！」

◆

此時遠離是是非非的佛堂，正漫著沁人心脾的幽香。

門「吱呀」地打開，又輕輕合上。

「姑娘。」

蕭瀾正為佛像供了香，聽見玉離的聲音，她轉身走過來，「如何？」

「如姑娘所料，嘉貴妃那邊慌了神，急匆匆地派人出宮了。」

蕭瀾挑眉，「既然如此，咱們也出宮走走。去芷柔宮告訴傅貴人，就說城郊靈隱道觀的送子觀音甚靈，求男求女，一拜便成。」

第十六章　盤算

京郊靈隱道觀得知貴人要來，早早便準備了軟毯鋪地，生怕伺候不周，惹了怪罪。

傅貴人在求子一事上沒有半點怠慢，仔仔細細地問了聖僧，又是更衣，又是淨手，連多餘的釵環也未多戴。

「施主，菩薩慈悲，既來求子，也該拿出萬分的誠意。」

傅貴人頷首：「還請明示。」

「即便施主身分尊貴，也該獨身靜心，侍奉於菩薩面前虔心祈禱才好。」

聞言，蕭瀾識趣地後退一步，「那貴人便獨自進殿吧。」

傅貴人點頭，「妳且四處逛逛，待我念了經、上了香，再行回宮。」

瞧著傅貴人走進去，蕭瀾轉身：「咱們去別的地方，不要在此擾了貴人清修。」

玉離陪著蕭瀾一路走到道觀側門，那門虛掩著，剛走近，就見一道纖細的身影閃了出來。

玉離嚇了一跳，趕忙護在蕭瀾身前：「何人在此？」

來者是一位身形高挑的英氣女子。蕭瀾看見古月，心裡歡喜，她笑道：「是自己人。玉離，這是月姑娘，這段日子一直在宮外傳遞密信。」

「啊，玉離失禮了，還望月姑娘莫怪！」

「沒事。」說著，古月看向蕭瀾。雖是無言，卻已語意分明。

蕭瀾點了點頭，「玉離，妳就在此等著。若是傅貴人提前出來，還須妳周旋幾句。」

「是，姑娘小心。」

出了側門沒幾步，就看見早已等候在此的驍羽營右前鋒封擎，「小姐！」

「右前鋒此行可還順利？」

封擎頷首：「勞小姐費心了，一切順利。」

他看了馬車一眼：「請小姐上車。」

馬車一路飛馳，最終停在了兵部尚書府的偏僻一角。若不仔細看，根本不會發現這裡有一道矮牆，可矮牆雖矮，卻也不是輕易能翻過去的。

蕭瀾歪了歪頭，捲了捲袖子，「三年不見，也不知我這功夫退步了沒有。」

封擎還沒反應過來，蕭大小姐就已經一腳蹬上了牆，迅速翻了過去，一如三年前，每回半夜逛完賭坊回來那般身手矯健。

封擎啞了啞，「小姐還是當年的小姐！」

凡是護衛侯府的驍羽營弟兄們，就沒有沒見過蕭瀾翻牆的。這小姐舞刀弄槍都不行，偏偏翻牆利索得很。

古月留守在外，封擎摸透了尚書府的地形，帶著蕭瀾輕手輕腳地迅速繞到了何元禮的寢殿。裡面很安靜，封擎仔細聽了聽，篤定道：「只有一個人。」

「吱呀」一聲，門被打開。剛走進去，就聽見何元禮失了大半元氣的聲音：「我說了，不要再送膳食。佩兒饑寒交迫而死，你們讓我如何吃得下！」

蕭瀾看見的是一道極瘦的半百老人背影。

何元禮為軍將出身，雖上了年紀，卻不曾有過半分羸弱之態，但如今倒真像是被大病纏身，滿頭的白髮，呼吸沉重。能壓垮如此鐵血之人的，也唯有白髮人送黑髮人的喪女之痛了。

久久沒聽見來人退出去的聲音，何元禮轉過頭來，見到蕭瀾和封擎，不由得大吃一驚：「你——」

蕭瀾走近，躬身行禮：「蕭瀾，見過何伯伯。」

何元禮先是愣住，而後急忙起身去關上了門，「你們這等身分，竟還敢四處走動？」

「自然是不敢去別處的。只是聽聞何伯伯病了，心裡實在放心不下，這才不請自來，想替嫂嫂盡一分孝心。」

提及死在千里外流放之地的獨女，何元禮的雙眼紅得厲害，一時半晌都說不出話。

蕭瀾提起了衣襬，跪在何元禮面前：「嫂嫂無辜受牽連，是我們蕭家之過。如今蕭家只剩我和弟弟，何伯伯若有怨氣，還望能衝著蕭瀾而來。」

何元禮雙拳緊攥：「當初佩兒執拗，非要嫁給蕭契那浪蕩公子！我百般阻撓，可……可是她還是鐵了心。嫁過去之後，卻受盡委屈！到頭來還落得一個獲罪流放、慘死他鄉的淒慘下場！為人父者，怎能不恨！」

蕭瀾靜靜聽著，未反駁一句。

何元禮雙目猩紅地走近蕭瀾，她身後的封擎見此情形，立刻上前一步想要護住。

蕭瀾側眸：「退下。」

不料何元禮卻是伸手扶起了她，「可再恨，我何元禮也不是分不清是非、不知感恩之人。」

蕭瀾一愣，不知此話從何說起。

「你那堂哥風流性子不改，即便成了親，也是成日夜不歸宿，尋花問柳。他是蕭家唯一的香火，所有人都將他視作未來的晉安侯，沒有人在意我的佩兒是不是受了委屈。

「成親不過半年，他便要納妾。若不是妳從中明裡暗裡地阻攔，幫著佩兒，只怕她在婆家的日子會更難挨……」

蕭瀾低聲：「嫂嫂只比我大兩歲，為人和善，從不疾言厲色，對我也很好。」

何元禮看了她身後的封擎一眼，「但妳今日來看我，想必不止是替佩兒盡孝心這麼簡單。」

他指了指檀木椅子：「先坐吧，我這裡沒有茶水。」

蕭瀾落座：「何伯伯一向輕簡。」

「說吧，有何事。」

蕭瀾開門見山：「重振蕭家，還需兵部助力。」

言外之意不能再明顯，何元禮盯著她：「妳是回來復仇的？」

蕭瀾的眼神沒有半分閃躲：「是。」

「何仇之有？」

「誣陷謀反，殘害忠良，滿門被滅，血海深仇。」

何元禮沉默半晌，「陛下的決斷自有聖意，妳如此妄言，就不怕我去陛下面前告上一狀，讓妳和妳弟弟頃刻間就沒了性命？」

蕭瀾一笑，「若要告，在見著我之時就該招了侍衛，將我二人抓獲，送進宮去。何伯伯怎麼反倒關起了門？」

「妳——」何元禮說，「念在妳與佩兒的交情，小事上我可以睜一隻眼、閉一隻眼。但我何元禮乃大梁兵部尚書，忠君衛國，不曾有過動搖之心。妳今日之言，無異於是要造反，我就當作沒聽見，妳且自行離開吧。」

「何伯伯好肚量，忠君之心感天動地。明明不信我父親會謀反，明明知道皇帝昏庸多疑，害死了您女兒，卻仍能端坐於此，訴說衷腸。」

何元禮一拍桌子：「那又如何！何府上下百人，何氏家族千人！難不成都要搭進去？」

蕭瀾垂眸：「覆巢之下無完卵。如今大梁外強中乾，內裡早已爛透了。此番西南邊境，不過區區災民羌奴之患，竟險些無人可用。」

「朝堂上的勾心鬥角，算計著沙場征戰之人，往日裡忠君衛國之人慘死。」蕭瀾盯著他，「何伯伯以為，自己定不會有突然覆滅的一日麼？」

何元禮竟說不出反駁之語。

「帝王昏庸，莫非我等也要閉目塞聽，愚忠至死？」她冷了聲音，「此番回來，凡是擋路之人，我一律不留。何伯伯是長輩，蕭瀾於情於理都該來說上一句。」

「妳這是在威脅我？」

「蕭瀾認為，這是提醒。」

末了，她起身，「何伯伯不願幫忙也無妨，只要不擋路，蕭瀾自當替嫂嫂盡了孝心。」

正要打開門，何元禮突然開口：「等等。」

蕭瀾回身，他抬眸：「妳要我做什麼？」

「何伯伯這是答應了？」

「我只有一個女兒，不能讓她到死都背著亂臣賊子之妻的名聲。」

蕭瀾點點頭，「嫂嫂若聽見這番話，定會感念何伯伯慈父之心。」

「可惜我的佩兒……她聽不到了。」

桌上的香燃盡，正好半個時辰。

外面傳來細微的聲音，蕭瀾挑眉：「此話為時尚早。」

她打開門，外面站著一道穿著黑色披風、遮住了容顏的身影。

何元禮一愣，雙手不自覺地顫抖。

「父親！」

何佩雲「撲通」一聲跪在何元禮面前，何元禮踉蹌著險些摔倒，父女二人抱頭痛哭。

此情此景令人動容，蕭瀾想起了那個曾經也會抱著她、寵著她的人。眼淚溢出眼眶，她抬手抹去。

「何伯伯，佩雲嫂嫂，先進來說話。」

不到半個時辰，滿堂的悲愴氣氛便消失無蹤。

「這到底是怎麼回事？佩兒不是……」

「爹爹，救我之人是驍羽營的右前鋒。起初他說自己是奉主人之命，女兒不敢信，蕭家明明已經……」何佩雲看向蕭瀾，「但一路上右前鋒照顧有加，還告知此事是瀾兒從中安排。」

蕭瀾輕嘆一口氣，「嫂嫂受委屈了。我失了憶，不記得以往之事，直至想起來後才派人去撈妳。流放犯人病死是常有的事，只是未能早些設計，將嫂嫂救出來，平白在那苦寒之地多吃了三年的苦，還望嫂嫂莫怪。」

何佩雲搖搖頭，「我本以為此生都要了結在那荒無人煙的苦寒之地了，卻未想有朝一日還能再回來。」

何元禮看著蕭瀾：「流放犯人真的病死倒是無妨，可調換犯人一旦被發現，便是株連殺頭的罪過。連我都不敢這麼做了，妳竟敢犯這麼大的險？」

蕭瀾一笑：「既然有求於何伯伯，也該拿出些誠意來。今日即便何伯伯不答應，我也會照舊安置好嫂嫂，這是我與她的情分。只是，我恐怕不會讓你們相見，平白多生出端倪。」

「但眼下我們已是同一條船上的人，雖然冒險，卻也徹底緩了何伯伯的喪女之痛，接下來才能全心全意地共謀後路。」

何元禮看了她半晌，最終嘆了口氣。

「當初妳若再大一些，有這樣的盤算籌謀，你們蕭家……或許不至於落到那種地步。」

蕭瀾垂眸，未置一詞。誰都知道再也回不到當初。

「有一事，我還需言明。想必二位也知其中利害，佩雲嫂嫂不可留在尚書府中，甚至不能留在盛京城內。」

何元禮點點頭，「我即刻派人送佩兒出城安置。」

「不妥。何伯伯還是不知道嫂嫂蹤跡的好，此事我來安排。」

見何元禮猶豫，蕭瀾說：「我不是要拿捏著嫂嫂的性命，來威脅何伯伯替我做事，而是多一個人知道，便多一分危險。何伯伯身為兵部尚書，身邊本就有無數雙眼睛盯著，此事不可兒戲。」

話行至此，何元禮看向何佩雲：「佩兒，那妳要好生照顧自己。」

何佩雲跪下，重重地磕了個頭。即便沒有細問，也知父親是為了她，即將走上一條萬分艱險的路。此路少不了腥風血雨，是生是死尚未可知。

古月護送何佩雲離開後，蕭瀾看向何元禮。後者清了清嗓子，「來人！替我準備官服，我要進宮面聖。」

回到靈隱道觀，蕭瀾問：「蕭氏其他女眷如何？」

封擎頷首：「小姐放心，已經打點好了。雖然無法救出她們，但吃飽穿暖不成問題，不會有虐待毒打。」

◆

「是否可靠？」

「留了驍羽營的自己人暗中看守，三個月沒有異常便會撤回。」

蕭瀾點點頭：「有勞右前鋒和弟兄們了。」

傅貴人那邊潛心求子，沒察覺出異常，一路上都拉著蕭瀾說個不停。

回宮時已到傍晚，蕭瀾和玉離回來，看見那道立在佛堂門前的人影，都不禁吃了一驚。

「奴婢見過太子！」

蕭瀾正要行禮，就見謝凜走了過來，「瀾兒妹妹不必多禮。」

聲音溫柔，眼裡只有一人。玉離抿抿唇，安靜地退了下去。

蕭瀾面上沒什麼波動，但謝凜知道她心生不悅。

「我知道我不該來。」

「太子言重了，這宮中哪裡有太子不該到的地方？」

「此番去南境一個多月，與妳沒有半點聯繫，回宮聽說妳與傅貴人走得近，我便——」

蕭瀾看著他：「便來如何？殿下這是要審訊我？」

語氣不善得連她自己都察覺到了，她頓了頓，「太子明明與我說好，不讓宮中之人瞧出我們有私交，如今就為了一個傅貴人便食言了？」

謝凜看著她。從小到大，沒人敢這麼訓斥他，語氣倒是柔和，可字字句句都是數落。

一席沉默，最終還是謝凜先開了口，「我是擔心她綿裡藏針。傅貞兒年紀雖小，可城府卻不淺。」

蕭瀾啞了啞，竟是她會錯了意，以為是謝凜不信任她，特來盤問。

「除了這個，還想告知妳長鴻軍安然無恙，傅衡雖得了聖意，卻沒有找到機會下手。」

聽見此話，蕭瀾鬆了一口氣，「有殿下在，自然護得住長鴻軍。眼下回了盛京，再想平白處置長鴻軍，便沒有那麼容易了。」

提到軍隊，謝凜說：「賀堯章的事我聽說了。燕相為了保住護城軍的節制權，想必是要使出渾身解數了，但傅家那邊趁著蒸蒸日上的勢頭，約莫也會從中作梗，搶奪護城軍。從父皇對傅貴人的寵愛來看，也不是完全不可能。」

他問：「妳怎麼看？」

蕭瀾挑眉：「鷸蚌相爭，殿下以為，誰能得利？」

次日朝堂之上，皇帝心情大好地闔上奏摺。

「朕看了昨日兵部呈交的盛京軍備籌措，很是不錯。何尚書不愧是武將出身，年輕時上得了戰場，這麼多年治軍的本事也是半分未減。既然如此，護城軍就交給兵部節制吧，這護衛盛京的重責，朕可就交到你手上了。」

何元禮高聲：「老臣——謝陛下信任！必不負陛下所望！」

論資歷，無論是傅衡還是燕文之新提拔的副統領，都是比不過的。讓兵部節制護城軍一舉合情合理，任是誰也說不出二話。

這時皇帝又看向謝凜：「太子此去南境賑災，多番辛苦，差事辦得漂亮，朕自有重賞！」

「兒臣謝父皇恩賜！」

皇帝看都沒看同去南境的傅衡一眼，「今日事畢，退朝吧。」

眾臣行過禮後，紛紛散去。臨走前，一些低聲笑語傳入傅家父子耳中。

「嘖嘖，自然還是太子的功勞。莫不成陛下會放著自己親生兒子不管，去獎勵一個外戚？」

「也是，聽說此行太子不費一兵一卒便平了亂，傅家公子也沒出什麼力啊……」

傅衡當時便要衝上去，卻被父親一把拉住，「衡兒冷靜！切莫因為旁人之語而亂了分寸！」

傅衡氣急：「父親難道不知陛下為何變了臉色？」

傅植低聲：「為父當然知道。陛下要你借平亂的機會，想辦法處置了長鴻軍。平亂中的過錯無可指摘，百姓自然不會覺得陛下冷漠無情，明明貶黜了長鴻軍卻還要趕盡殺絕。」

「父親有所不知，此行本有機會，偏偏每回都能被太子遮擋過去，也不知他是有意還是無意！」

傅植拍拍他的肩膀，「此事就當吃個啞巴虧，橫豎你妹妹正得盛寵，這回也不是什麼滔天大錯，陛下不會徹底惱了咱們傅家，該重用的還是得重用。倒是你，不要一衝動，讓貞兒在宮中難做人。」

「妹妹初有身孕，可有不適？」

傅植笑說：「陛下安置了一眾宮人太醫服侍伺候，饒是當年皇后懷太子時，都沒有這般待遇。」

傅衡點頭，「那就好。」話畢，他大步朝著宮外走去。

「衡兒不回府上？」

傅衡擺擺手：「父親自行回去吧！我心中煩悶，到煙雲臺吃酒去。」

◆

佛堂外，蕭瀾修剪著花枝，「他在煙雲臺內待了多久？」

玉離說：「下了朝便去了，一副怒氣沖沖的樣子，現在還未歸呢，喝得酩酊大醉。」

「他也是冤枉，只不過是沒完成陛下交代的事，便被抹了所有功績。同去平亂，賞賜盡數去了太子那裡，心生不快也是常理。」

花枝修剪得好看，蕭瀾滿意地擺弄了下，「月姑娘那邊怎麼說？」

「月姑娘傳信，煙雲臺那邊做得很好。」

蕭瀾點頭，問玉離：「妳瞧這花好看麼？」

玉離不撒謊：「好看！」

蕭瀾看向她：「好看的還在後頭。」

◆

這夜飄了雨，整個後宮都靜得很。

蕭瀾沐浴過後便早早睡下，睡前不忘上了杜香。

雨聲漸大，她翻了個身，卻猛然碰到了什麼。睜眼來看，就見一道黑影坐在床邊。

「是我。」蕭戎先出了聲，及時阻止了蕭瀾下一刻便要搧過來的一巴掌。

「你是不是想嚇死我？」她捣著胸口坐起來，長髮垂順而下，襯得精緻的臉蛋楚楚動人。

蕭戎不自覺地看入了神。他說：「妳睡得熟，我看著便好。」

蕭瀾一點也不知曉他已回來的消息，問道：「軍隊入城怎麼一點動靜都沒有？」

「軍隊還沒入城。我想見妳，就先回來了。」

這話說得直白，蕭瀾一時不知該怎麼回覆，最後抿抿唇，含糊地問了句：「路上可有好好吃飯休息？」

他搖頭。

「⋯⋯那你餓麼？」

他點頭。

蕭瀾環視屋裡，也沒瞧見什麼能填飽肚子的東西。她理了理長髮，掀開被子下床：「這麼晚了，就不叫玉離了。我去小廚灶做點吃的，你⋯⋯風塵僕僕的，先洗洗。」

「好。」

蕭瀾端著一碗熱湯麵回來時，蕭戎已經坐在桌前了。

見她進來，蕭戎起身，從她手上端過那碗熱湯麵，放在了桌上別緻的酒壺旁邊。

蕭瀾一眼便看見，順手拿起那酒壺：「還帶了酒回來？」

她拔了酒塞聞了聞，「這酒香好獨特，從西境帶回來的？」

「西境最貴的，帶回來給妳嘗嘗。」

一聽價格不菲，蕭瀾二話不說就喝了一口，入口清冽甘甜，一路滑到心底。

「果然好喝！」又是一大口。

見蕭戎盯著她，蕭瀾看了看手裡的酒壺，「我也替你倒一杯！」

卻未想蕭戎握住了她的手腕，「我不能喝酒，身上有傷。」

「什麼！」蕭瀾倏地站起來，「哪裡傷了？給我看看。」

不用蕭戎動手，她這樣站著，一低頭就能從他鬆鬆垮垮的裡衣口看進去，看到他腹部一道長長的紅痕。

她抬手就解了他的衣衫，「為何不早說！姊姊讓你去洗，你就真的去洗？現下沾了水豈不是更疼！」

她一邊說著，一邊去找金瘡藥，轉身間頭暈，被蕭戎一把扶住。

「沒事沒事，約莫是這酒後勁有點強。」蕭瀾掙脫開他的手，走到了櫥櫃前。但不知為何，她的小腹和胸口慢慢開始變得灼熱，面上也微微泛上潮紅。

一切盡數落在某人眼裡，他唇角勾起，「姊，找到了麼？」

「找到了。」蕭瀾拿著藥瓶轉過身來，就見蕭戎已經脫了衣衫，赤著上半身躺在了床榻外側。

「你、你怎麼躺下了啊？」她腳步飄忽，走到床前有些手足無措。

「坐著不好塗藥，」他神色如常地拍了拍床榻裡側，「上來塗吧。」

鬼使神差的，蕭瀾聽話地爬到了床榻裡側。纖細的手指沾了藥膏，她俯身靠近，輕輕吹了吹他腹部的傷口，隨後輕柔地將藥膏一點一點地塗在他的小腹上。

「呃……」

聽見他低喘，蕭瀾立刻抬手，一雙水靈靈的眸子滿是試探：「弄疼你了麼？」

她不知道的是，俯身上藥時領口垂落，裡面的一對渾圓盡數落在他眼中，勾得男子血脈噴張。

「不疼，繼續。」他隱忍著，感受著她的手指在小腹塗塗抹抹，腦海中不斷湧現出她曾含著他、絞著他的畫面，就那樣交合糾纏，香汗交織……

手，不自覺地撫上女子嬌軟的細腰。

蕭瀾身子一顫，忙夾緊了腿，下一刻就慌慌張張地要爬下床。可還未至榻邊，便被攔腰抱了回去。蕭戎將她扣在懷裡，湊到她耳邊：「還沒塗完。」

身後頂著的東西過於明顯，蕭瀾想掙脫，眼前卻又不停地劃過兩人赤身裸體、連接在一起場面……

帶著情欲和挑逗的吻落在髮間、耳際。

「嗯……」一聲沒忍住的媚叫，讓蕭瀾自己都嚇了一跳。

身子忽然被翻過來，她對上那雙幽深的黑眸，蕭戎聲音沙啞：「瀾兒。」

蕭瀾還未回答，吻就已經落了下來。他吮著她的唇瓣，舌尖探入她的口中糾纏，衣衫褪盡，赤裸交纏。

蕭瀾被他吻得燥熱難耐，體內一股股熱流湧動。她不知到底是為何，卻又不住地想要更多。

「啊……」軟紅的乳珠被人一口含住，女子纖細的腰身難忍地弓起，「別……」

百轉嬌媚，聲聲勾人。蕭戎再也忍不住。

靈活的指尖輾轉摩挲，蕭瀾雙眸半睜，眼神迷離。蕭戎俯下身親她，從眉梢親到唇角，從下頜親到鼻頭，最後覆上櫻唇，撬開貝齒，吮吸著她的舌尖。

時隔許久地再次進入，不比初夜的時候容易。他隱忍著，盡可能溫柔地一寸寸頂進去，卻還是將那處窄小的地方撐得發白，看起來十分嚇人。

「疼……雲策……疼……」

懷裡小貓一樣的叫聲，聽得蕭戎的心都在顫動。她嚶嚶地喊疼，又喊得讓他不敢再往裡推進，此番不上不下的情勢，兩個人都不好受。

體內的熱潮還在翻湧，可下身被撐到極致的疼痛又讓她害怕。可憐的人兒抱著他的脖頸，委屈又哽咽：「難受……」

蕭瀾根本不知道這嬌嬌軟軟要他哄的樣子，無異於是在為蕭戎下猛藥。卡在裡面的東西頓時漲得更大，盡力保持的理智也在這一剎那煙消雲散。

他握上蕭瀾的腰，用唇堵住了她的嘴，下一刻猛地一撞，整根沒入。幸虧有大手護著她的頭，這才沒一下撞到床欄上。驚呼被堵了回去，僅剩兩人交織在一起的喘息。

他越來越快，越來越用力，整個屋子都響徹肉體碰撞的聲音。

忽然，門外異動，一聲小心翼翼的「小姐」立刻使得房內陷入一片安靜。

玉離又小聲敲了敲門，「姑娘是在喚玉離麼？」

可此時的蕭瀾已經應付不來了，被一隻大手摀住了嘴，眼角還掛著淚，一雙眸子溼溼的，望著身上面色緊繃的男子。極致的歡愉驟然停下，取而代之的竟是絲絲的不滿。她不自覺地動了動，兩人的連接處立刻傳來廝磨的愉悅。

「呃嗯……」蕭戎一僵，低頭對上她的眼睛，裡面委屈和嫵媚交織。

看來是還想要。

他笑了，湊上去親了親蕭瀾的額頭，繼續搗著她的嘴，下身慢慢律動起來。很慢，卻很折磨人。他整根退出來，又整根頂進去，頂得蕭瀾腰眼痠軟，體內止不住地湧出熱液，嗚嗚噎噎的嬌哼從蕭戎指縫間溢出。

玉離仔細聽了聽，似乎又聽不見剛剛的聲音了。她心想，興許是姑娘說了夢話？夜裡的風有些涼，吹得她縮了縮脖子，轉身回到自己的屋子裡。

外面的黑影徹底離開，蕭戎這才鬆開手，捏著她的下巴重重地親了一口：「還想要麼？」

她憑著本能點頭，嬌著嗓子：「嗯……」

忽然身子一輕，腰下被塞了被褥，蕭戎抓著她的腳踝，將人拉向自己。

此時此刻，蕭瀾一條細長白嫩的腿放在蕭戎的肩上，另一條則跨在他結實有力的臂彎處，兩人的下身緊緊地連在一起，清清楚楚地落在蕭戎眼裡。越看，就越硬。

翻來覆去，擺弄出了各種羞恥的姿勢。蕭瀾實在體力不支，眼前發暈，一張小臉埋在枕中，「不、不要了……」

做得久了，她裡面竟變得更燙了，又緊又熱，夾得蕭戎欲罷不能。聽見這話，他湊下去吻著她的後背，「姊姊說要就要，說不要就不要？」

蕭瀾被親得身子發顫，「夠了，太久了……」

「可我還不夠。」又是一記聳動，她下意識的收縮讓他爽到後脊發麻，連聲音都帶著粗喘：「床下事事都依姊姊的，只有這床上之事依依我，好不好？」

身子又被翻了過來，蕭戎臨到巔峰，動作越來越激烈。蕭瀾招架不住，小腹不斷抽搐——

「呃……」

「啊……」

蕭戎及時撤了出來，而身下之人沒忍住地低叫出聲，體內熱液噴湧而出，沾溼了大片被褥，更濺在了他的身上。

蕭瀾先是愣住，最後雙手摀住了臉，羞恥地全身都紅了。

餘韻未過，她的身子還在發顫，蕭戎低笑著抱住她，「瀾兒今夜好熱情。」

她整個人縮在蕭戎懷裡，渾身滾燙。蕭戎拿下她摀在臉上的手，再度撫著她的臉蛋，吻了上去。

這種極致的歡愉，若是能讓她終生難忘，日後……是不是也能更容易一些？

他心裡盤算著，一邊吻著她。正要再來一次，未想竟聽見了均勻的呼吸聲。

他頓了頓，離開她的唇。「瀾兒？」

她閉著眼，睫毛微顫，沒有回應。他捏了捏蕭瀾腰上的軟肉，「姊。」

懷中之人不僅不回應，反而翻了個身，睡得還挺香甜的。

蕭戎愣了半晌，終是無奈地從後面把人圈進懷裡，就那樣硬挺著同她一齊入睡。

此時距盛京城十幾里之外，赤北軍全軍駐紮，一群人生著火、喝著酒，天泛了白也不入睡。

「這一仗打得弟兄們心裡舒坦！」一名精瘦魁梧的男子將碗中的酒一飲而盡，「想來羌奴怎麼也想不到，他們已經將咱們打得節節敗退，怎麼還會被抄了老窩！」

「誰說不是呢！咱這少帥年紀輕輕，像是從未上過戰場，沒想到竟是個懂兵法會打仗的！以退為進，以少勝多，用得俐落！」副都統喬山海晃著胖腦袋，「要是依著那賀堯章一行人的籌措，約莫這會兒弟兄們早就去見閻王了！」

又倒了一大碗酒的翟鴻都統重重地點頭，「起初羌族為了試探，只派了先鋒部隊前來挑釁，咱們傾巢而出，戰了個贏面，賀堯章那廝便大搖大擺地喝起慶功酒來了！老子當兵這些年，還沒見過那麼輕敵、那麼蠢的人！」

喬山海跟著啐了一口：「狗仗人勢的東西，不把咱們赤北軍弟兄的命當一回事，還處處刁難莫副帥和少帥！活該被砍了頭！」

提到賀堯章及其親信的死，赤北軍眾人回想起當日情形，還能冒出一身冷汗。

本都是常年征戰沙場之人，見慣了死人，卻都被那夜慶功宴上血腥殘忍的場面鎮住了。

小小的一役勝利，賀堯章就洋洋自得地認為拿下羌奴，不過是動動手指的事，當晚慶功宴上便下令讓蕭戎帶兵巡城，偌大的西境邊城，竟只許他帶一百精兵。

若是遇上羌族突襲，那就是妥妥地將性命送到人家刀下。

此令一出，立刻有人提出不妥，卻未想賀堯章不給任何辯駁的機會，其親衛更是一刀了結了那名副都統，連離得最近的莫少卿都來不及出手攔住。

誰不從，便人頭落地。

於是賀堯章就是這麼死的。

被精準一刀砍掉的腦袋滾出老遠，斷掉的頭顱上，雙眼還大睜著。

而頸部鮮血噴灑，濺到活著的人臉上，燙得人睜不開眼，張不開嘴。賀堯章的親信們群起而攻，莫少卿等人正欲出手，就看見他們稱之為少帥的人，眸深似墨，如地獄羅剎般手起刀落，快到看不清招式——

那些人尚來不及發出慘叫，便已命喪黃泉。頃刻間，幾十具屍體躺滿了軍帳，美酒變成了血酒，紅蠟染上猙獰血色，血珠順著木桌桌角流下……

彈指間殺光幾十人的高大男子就立於軍帳中間，慢條斯理地擦著那把還掛著殘肉殘布的利劍。一席靜默，充斥在瀰漫著腥臭觸目的大帳之中。

末了，蕭戎抬眸，赤北軍眾人下意識地後脊一僵，不由得後退兩步。

『處理乾淨。』

誰也不知他到底要做什麼，只是冷冰冰地撂下四個字，便抬腳走了出去。

那夜大伙兒用了整整兩個時辰，才將滿地的屍體清理乾淨。一伙人愣神到天明，才有人大著膽子問了句：『咱們……沒有主帥了？』

那時的莫少卿已按下心中洶湧，平靜道：『傳令下去，主帥身體抱恙，即日起，十五萬赤北軍全部聽從於少帥之命！』

『是！』

雖覺得少帥年紀輕輕，又殺性太猛，令人不敢近身，但他連日來看布防圖、談及軍務，又似乎沒有那般可怕……左右都是神祕，叫人摸不著頭腦。

「反正咱們以後就跟著少帥！」喬山海一拍大腿，臉上的肉都跟著顫了幾下，「就衝著他突襲之夜一人衝在最前面，一馬當先地做掉了羌族那封神的弓弩手，否則真不知會有多少兄弟死在那毒箭之下！」

弟兄們紛紛點頭。

「也不知少帥腹部的傷如何了。那毒箭雖未刺入，但也擦出了傷痕，幸得少帥身手極快，要是換了咱們，可就沒法坐在這兒喝酒了！」

喬山海擺擺手：「無妨無妨，你們沒瞧見回程之前，少帥還跑出十幾里地去買酒麼？根本就不像是有事的人！」

翟鴻拐了拐他：「你什麼時候瞧見的？」

喬山海神祕兮兮地說：「我不僅瞧見他去買酒，還看見他買的是醉心釀！」

此話一出，連一向最沉穩的莫少卿都不禁開了口：「那不是……」

「傳言醉心釀是夫妻間助興的好東西！奇就奇在此酒男子喝了無事，但女子只要沾上一口，便會欲火焚身，貞女變成烈女！最適合那些放不開的小娘子們……」

翟鴻當時一口酒就噴了出來：「那少帥買醉心釀，莫不是——」

赤北軍眾人你望望我，我望望你，誰也不相信冷漠凶殘的蕭少帥竟然有心上人！

「嘿嘿，」喬山海抹了一把腦門上興奮的汗，「也不知是個什麼樣的小娘子，竟能勾得少帥使出這般手段。」

◆

雨後的清晨要比平時涼一些。

裸露在被子外的手臂有些冷，蕭瀾不由得往暖和的地方湊了湊。這一動就發現不對勁。

一雙強勁有力的手臂圈在腰上，小腹還被又熱又硬的東西頂著。

她倏地睜開眼，正對上一雙帶著笑意的黑眸。自己赤身裸體地躺在被窩裡，雙腿痠軟，羞處隱隱作痛……蕭戎眼見那雙美眸不可置信地漸漸睜大。

蕭瀾一時說不出話，但那些模模糊糊、不知是真是假的羞人畫面，接二連三地跳了出來。

她明明記得自己是端了碗熱湯麵進來，說話飲酒間知道他受了傷……怎麼……怎麼就……

「姊。」他低低地叫了聲，「妳還要麼？」

「嗯？什……什麼？」

蕭戎抱著她，手指摩挲著她光潔的後背，「昨夜妳說要幫我上藥，但上著上著，妳就……妳知道，我拒絕不了的。」

好像有點印象。蕭瀾使勁地搖了搖頭，「我、好像不記得了。」

她推著蕭戎的胸膛，「你先放開我。」

「呃——」他身體一抖，「疼。」

被子掀開，他腹部的傷痕也露了出來，一起映入眼簾的還有曖昧的抓痕，不用想都知道是誰的傑作。

蕭瀾的耳朵紅透，怎麼也不敢相信。她從他懷裡掙脫，直起身，「我——」

「姊，妳未免太過無情。」他捣著傷口，也坐了起來。「昨夜妳說想要，我受著傷都盡力滿足妳了，而妳醒來卻翻臉不認人。」

「你別說了！」

蕭戎挑眉，「那下次我若想要，姊姊是否也該禮尚往來？」

蕭瀾不知道他哪來那麼厚的臉皮，禮尚往來這詞居然拿來這樣用。她不敢看他，腦子裡亂作一團，只得用腳踢了踢蕭戎的腿，「你趕緊離開，一會兒玉離就要來伺候的！」

那副緊張又嬌羞的樣子看得蕭戎蠢蠢欲動，奈何昨晚是有些過分，最後一次的時候，他看見原本粉嫩的穴口已經紅腫，想來現在應該還在疼。

他心裡一軟，忽地湊近，在她唇上一吻，又在蕭瀾反應過來之前迅速離開。

「昨晚沒有熱水，就沒抱著妳去清洗，這次要委屈姊姊自己來。」

蕭瀾聽著這些話，恨不得鑽到地縫裡，「知道了知道了，你快些離開。」

偏偏蕭戎反而慢悠悠地穿著衣裳，繼續道：「但避子湯就不必喝了，昨夜都沒有在裡面——」

「再不走我砍人了！」

蕭戎被逗笑。

此時門外傳來敲門聲，蕭戎眸中倏地閃過厲色，外面的影子是女子的身形。

「姑娘，您醒了麼？今日早朝，傅家果然出手了！」

屋裡兩人對視，蕭瀾這才緩了緩心情，清了清嗓子：「知道了。玉離，先去準備熱水，容我沐浴更衣。」

外面人小聲答：「是，姑娘。」

蕭戎看著她：「是煙雲臺的事？」

蕭瀾點頭，想了想，說：「今日必會大鬧一場。你既已經回京，本應先去皇帝那裡彙報此番軍務，免不了要被牽涉其中。但是，阿戎，姊姊有一事須叮囑。」

蕭戎知道她要說什麼，沉默著沒答應。

蕭瀾說：「今日朝堂之上，若陛下問起，你就只管說軍中之事，之後無論他對我說什麼、做什麼，你都不要站出來，好不好？」

「若他一怒之下要殺妳，又當如何？」

「不會的，」她說，「你前腳立下軍功，他後腳便處置我，天下百姓都不會答應的。人言可畏，他最在意的不就是這個麼。」

◆

蕭戎一身鎧甲地出現在大殿之上，雖來得有些遲，卻未引起過多的注意，眾人的心思都被一場即將到來的大戲所吸引。

梁帝坐在龍椅上，神色嚴肅，皺著眉聽著傅衡的聲聲指控。

「陛下若是不信，儘管叫煙雲臺主事前來問話！」他跪得筆直，「若非昨日臣一時興起，去了煙雲臺吃酒，這滔天大謊恐就要被遮掩過去了！」

「陛下！」燕文之高聲，「一個煙花之所的老鴇所言，幾個小廝伙計的附和，如何便能指控當今懷著龍胎、尊貴無比的貴妃娘娘！」

傅衡冷笑：「能不能指控，諸位心中自然有數！」

眾大臣左右看了看，紛紛點頭。嘉貴妃的出身不是什麼祕密，真與煙花之所扯上關係，也不是什麼稀奇事。

「你——」燕文之話還沒說完，又被傅衡打斷。

「說起來，嘉貴妃當年能入宮，還是燕相力保她是燕氏旁系流落在外的庶女。這麼看來，貴妃娘娘敢包庇逆犯，或許還是燕相從中撐腰的也未可知！不然當初護城軍負責通緝剿捕逆賊，為何沒有抓到蕭家姊弟？焉知是否是為了得到蕭家的布防圖和兵法，故意放水，然後暗中將人藏了起來！」

此話一出，燕文之立刻看向梁帝，後者果然變了臉色。朝臣與後宮私下瓜葛，歷來都是帝王大忌，更何況還涉及蕭家謀反之事，他當下便有了決斷。

「既然傅衡說嘉貴妃暗中包庇逆犯，她大著肚子不便驚擾，便先叫蕭瀾來問話。這三年她在哪，與何人在一起，一問便知！」

蕭瀾在燕文之的怒視下獨自走了進來，跪在傅衡旁邊，「蕭瀾見過陛下。」

梁帝的語氣不善：「聽聞這三年妳都住在煙雲臺？」

蕭瀾點頭，「是。」

「這三年裡，可見過嘉貴妃？」

蕭瀾沒有猶豫：「並未見過。」

燕文之鬆了一口氣，只聽蕭瀾繼續說：「三年來我都住在一間小小的廂房之中，不能隨意走動。只有一位媽媽常來問我是否記起了什麼。

「後來……」她回憶著，「我記起了以往的事，這才得知是有貴人暗中相救。」

蕭瀾說得模棱兩可，卻聽得燕文之冷汗直冒。

皇帝又問：「然後如何？」

「然後，蕭瀾便也猜到了貴人相救，必有所求。這才冒險去了城隍廟，百般小心，不料卻還是被抓到了。」

燕文之想要阻止此番審問，卻已經來不及。

皇帝盯著蕭瀾：「妳取了那些東西，打算給誰？」

蕭瀾叩首：「請陛下恕罪！蕭氏已亡，無論是軍備圖還是兵書，於蕭瀾而言都已無用，可救命之恩不得不報！」

這話說得已經不能再明顯。除了先帝的遺詔，其餘蕭家之物於她自然是無用，想拿來報答恩人也無可厚非。但對於與軍隊有接觸之人，那可就是大有益處了……

「妳休要胡攪蠻纏！」燕文之「砰」地跪在皇帝面前，「陛下！此女自幼張揚跋扈，滿嘴謊話！她曾做過的荒唐事，陛下難道都忘了？」

蕭戎當即皺眉。

跪在殿前的蕭瀾像是感應到了一般，側過頭來。蕭戎看著她，終是未置一詞。

「父皇。」此時謝凜站了出來，「燕相既如此不信，那便將傳統領在煙雲臺所見之人都帶過來，讓他們原原本本地將昨日之語重複一遍。天子面前，他們絕不敢說謊。

「今晨聽副統領說了煙雲臺之事，兒臣便立刻派人將煙雲臺封鎖，一干主事盡數關押，此刻就在殿外，以便提審。」

謝凜的貼心恰到好處，皇帝很滿意，「有勞太子了，宣。」

煙雲臺的玉嫣嫣和兩名小廝被禁軍押了上來。他們一輩子沒進過宮，更沒見過皇帝和這麼大的陣勢，幾個人腿軟地跪在地上，頭都不敢抬。

「玉媽媽，別來無恙。」蕭瀾的聲音很輕，玉媽媽對上她的眼睛，不禁發抖。

「妳就是煙雲臺的主事之人？」此時梁帝已十分不耐煩，話還沒問完，就見玉媽媽和兩名小廝一個勁地磕頭求饒。

「陛下饒命！求陛下饒命！小的知錯，真的知錯了！」

「陛下尚未發問，你們怎的就開始求饒了？」謝凛看著他們，「莫不是真的故意包庇逆犯？」

「不不不！」玉媽媽連忙擺手，「老奴不敢，真的不敢啊！煙嵐，不不，蕭瀾姑娘的確在煙雲臺住了三年，可老奴也只是奉命照看好她，讓她吃好喝好地待著！不曾多問主子一句！哪裡知道她竟是……」

謝凛繼續問：「除了看守蕭瀾，妳口中的主子還讓妳做過什麼？」

玉媽媽趕緊回答：「都、都是些小事！試探姑娘有沒有記起什麼，再……再來就是幫著主子，在宮外傳送些信件……」

燕文之險些站不住。不可能，不可能有什麼信件！

梁帝看了他一眼，沒說什麼，轉而看向謝凛：「可有搜出什麼？」

謝凛沉聲：「呈上來！」

禁軍立即將一個碩大的木箱呈送上來。

「打開。」

木箱打開，探身往裡看的眾臣倒吸一口氣。滿箱子的金銀財寶，恐是在皇城根下買上十座大宅院也不在話下。禁軍的刀尖撥開財帛，露出了裡面的暗格。用力撬開，裡面的輕紗密信露了出來。高公公連忙上前將密信盡數收好，轉身快步奉到了梁帝的手上。沒人知道上面寫了什麼，只知道皇帝越看，臉色便越差，嚇得眾人屏息凝神，不敢多言一句。

看到最後，皇帝一把將密信砸向了燕文之：「你們好大的膽子！」

燕文之嚇得抖著雙手，去撿了密信來看。從如何利用蕭瀾得到蕭家軍備圖和兵書，到如何拿捏護城軍、如何打壓傅家、如何拉下太子，再到如何扶持嘉貴妃腹中尚未出生的孩子……

「不！不！陛下！冤枉！老臣冤枉！貴妃冤枉！這分明是有人栽贓陷害！要捏造這等害人的密信是再容易不過的事！」

皇帝冷哼：「嘉貴妃的筆跡，你是當朕認不出來，還是想說這也是捏造的？」

他看向老鴇：「妳的主子到底是誰！」

玉媽媽顫顫巍巍地看了蕭瀾一眼，聲音顫抖：「是……是嘉貴妃……」

「妳敢誣陷貴妃！這是殺頭之罪，妳知不知道！」燕文之雙目瞪圓，就差衝上去掐死玉媽媽了。

「老，老奴有歷年給貴妃娘娘的分紅銀錢帳簿為證……煙雲臺是沾了娘娘的光，才、才生意火紅……」

那本她從袖中拿出的帳簿上，還清清楚楚地寫著不久前供奉給嘉貴妃的銀子數量，還有名貴的草藥，特意獻給成玉公主敷臉所用。

「這下還有什麼話要說？」皇帝睨著燕文之。

「陛下！陛下！臣妾冤枉，臣妾冤枉啊！」忽然，一道女聲由遠及近，眾人回頭看向殿外，就見嘉貴妃扶著肚子，哭得梨花帶雨地走了進來。

第十七章　愛慕

朝堂之上的不請自來，並沒有換得梁帝的好臉色。

嘉貴妃顧不得其他，以一副虛弱的樣子跪下，「陛下，臣妾冤枉，實在是冤枉！」

她撫著肚子，淚眼婆娑：「臣妾腹中孩子尚小，連是男是女都不知，怎敢撒下彌天大謊，覬覦高位！」

若在尋常，這番可憐的哭訴足以讓皇帝心軟。但此時人證物證俱在，偏偏嘉貴妃還來得如此之巧，消息如此之靈通。

梁帝看著她：「貴妃來得如此之快，倒像是把眼睛和耳朵放在了朝中一般。」

嘉貴妃後脊一涼，「陛下……」

皇帝怒拍桌子：「是誰給妳通風報信的！」

嘉貴妃嚇得一抖，連說話都變得結結巴巴：「是……是一個婢女……」

「貴妃娘娘莫不是在說笑？」傅衡看著她，「今日之事只在朝堂中說起，什麼樣的婢女能知道朝中之事？若真知道，還通風報信，那必然是四處打探，做著婢女本不該做的事！」

梁帝皺眉：「去查！適才誰去了貴妃宮中，即刻押來！」

未出一刻鐘，禁軍統領陳蒙便將一位婢女押了上來。

「陛下，人已抓獲！」

蕭瀾轉頭，看見了這些日子以來，一直跟在身邊照顧著自己的那個丫頭。

玉離神色如常地跪到她旁邊，那眼底的決絕看得蕭瀾心中一抖，倏地側頭看向謝凜。

謝凜神情複雜，雖未說隻字片語，但蕭瀾已明白了所有。

梁帝仔細看了看，「這不是……跟著蕭瀾的婢女麼？怎麼又跟嘉貴妃扯上關係了？到底是怎麼回事！」

玉離立刻叩首：「請陛下恕罪！一切都是玉離自作主張，與娘娘無關！」

「妳這話是什麼意思！」嘉貴妃一把扯住玉離的衣裳，「本宮何曾與妳有過半點關聯！」

玉離的聲音顫抖：「是、是。娘娘不曾與玉離有過半點牽扯！請陛下恕罪！」

「若與嘉貴妃無關，那今日妳通風報信又是為何？」

玉離抬頭，對上謝凜的雙眸。

「奴婢，只是不想讓嘉貴妃蒙冤。」

這話說出來，饒是三歲黃口小兒都不會相信。梁帝冷哼：「不見棺材不掉淚的東西，來人，上刑！」

「陛下！」蕭瀾驟然開口，引得皇帝看了過來。

還未等蕭瀾說話，玉離便忽然起身，從袖中掏出一把利刃，刺向謝凜。

「太子殿下！」眾臣驚呼，連皇帝都驚得起了身。

只是尚未近身，玉離的手腕便被離得最近的傅衡擒住，他眸中異常興奮：「膽敢行刺太子，今日便是妳的死期！」

「喀嚓」一聲，玉離的腕骨被折斷，鋒利的匕首應聲落地。

可她沒有慘叫一聲，唯有臉色蒼白地強忍著劇痛，繼續望著謝凜。但後者面無表情，對她的痛苦沒有半分憐憫。

傅衡放手，她狼狽地跌在地上。

「沒錯，我就是要殺了他！我視嘉貴妃為主子，嘉貴妃的兒子才該做未來的太子！只可惜我跟在蕭瀾身邊這麼久，卻從未找出他們之間的任何端倪，否則今日包藏逆犯的便是你，大梁太子謝凜！」

蕭瀾閉上了眼睛。話行至此，一切就都分明了。

無論真假，按照皇帝多疑的性子，寧可錯殺都不會願意放過。

果不其然，梁帝下令：「煙雲臺藏匿逆犯，即刻查封，所有主事之人、知情之人，一律斬殺！燕家知情不報，脫不了嫌疑，即日起褫奪一切封號，凡涉軍務之事，交由禁軍全權接管！國相罰俸三年，幽閉在府，無召不得擅出！」

隨後他看向嘉貴妃：「貴妃燕氏，包藏逆犯，居心叵測。念及其懷有龍胎，褫奪貴妃封號，謫降為貴人，即刻遷出貴妃殿！」

「不、不！陛下！臣妾冤枉！臣妾冤——」話還未說完，嘉貴妃便情緒激動地暈了過去。

「還愣著做什麼?將燕貴人送回後宮!宣太醫診治!」

「是!」

玉媽媽和小廝們哭天喊地地被拖了出去，而玉離則是安安靜靜地摀著折斷的手腕，一同被押了出去。

殿上跪著的，便只剩蕭灁一人。

「至於妳，」梁帝看著蕭灁，「知情不報，還欲將軍備布防等重要之物擅自交給他人，險些禍亂朝綱——」

驟然抬眼，他看見立於朝臣之中一身盔甲的蕭戎，頓了頓。

「本該重罰，但念及蕭戎西境平亂有功，功過相抵，朕就罰妳在佛堂閉門思過，抄寫經書一千遍。同時免除蕭戎一切軍功獎賞，此後常駐軍營練兵，可有異議?」

蕭灁叩首:「謝陛下開恩。」

退朝之後，謝凜上前，想要扶蕭灁起來。但蕭灁看都沒看他一眼，兀自起身，離開了大殿。

蕭戎本該回兵營，但看著謝凜跟著蕭灁的方向去了，他皺眉看著那個背影，覺得格外礙眼。腳下方向調轉，也跟了上去。

直至到了佛堂，蕭灁停住腳步，卻未回過身:「殿下不必跟過來，該懂的道理蕭灁都懂，所以無須解釋，殿下做得很對。」

「我知道妳在生氣。」

蕭瀾轉過身來：「今日之局是殿下早就布好了的，當初將我安置在煙雲臺，就是為了日後能將此事嫁禍到嘉貴妃和燕氏身上。殿下深謀遠慮，蕭瀾明白，也盡力配合。

「嘉貴妃在宮中與皇后娘娘為敵已久，後來蕭家覆滅，她伙同燕文之落井下石、四處追殺，落得今日下場是他們咎由自取。至於煙雲臺，明面上做著皮肉生意，暗地裡卻是有所依仗，幹著買賣人口的勾當，以命償命，也同樣沒什麼可惋惜的。

「但是玉離，」蕭瀾盯著謝凜，「玉離之事，殿下為何隻字不提？沒有她，我們一樣能成事，為何非要犧牲她？」

「父皇多疑，當所有的證據都指向嘉貴妃時，他反而會懷疑有人陷害。玉離通風報信，引嘉貴妃前來喊冤，在父皇眼裡才是真正的自亂陣腳。玉離越維護嘉貴妃，父皇便越會懷疑。

「她刺向我的那一刀，和那些看似不起眼的話，恰好可以將我們二人從中剔除。她不可能真的刺到我，但這一刀，卻是扎扎實實地刺到了父皇心中，迫使他下令處置燕氏。」

蕭瀾沉默地聽著。他說的都對，確實是天衣無縫，致命一擊。可她對上謝凜的雙眸：「所以殿下就利用玉離對你的愛慕，讓她心甘情願成為殿下排除異己、掃清道路的一名死間？」

謝凜眸色平靜：「我從未強迫過。」

「可殿下知道她的心思，清楚她的愛慕。」

謝凜走近，「宮裡宮外愛慕我的女人有很多，但我心中位子有限，裝不了太多人。玉離幫了我大忙，至死我都不會忘記她。」

蕭瀾笑了笑，「殿下一如既往地狠心。」

謝凜說：「這麼多年了，妳還記著當初那件事。」

蕭瀾一愣，他竟知道？

「妳只看見我戳瞎了宮人的眼睛，卻從不知來龍去脈。」他的眸中透著無奈，「那時嘉貴妃正得寵，聽聞母后宮中一名親信因家中有事，不得不離宮。她抓準了機會，在父皇面前進言，母后即便百般不願，卻因是父皇做主而不得不答應下來。

「在旁人看來是後宮和睦，嘉貴妃貼心，派了得力之人侍奉皇后。可此人在景仁宮四處窺探，偏又處置不得。母后生下我之後，身子一直不好，又有這等事勞心勞神。瀾兒妹妹，妳說又該如何？」

如此，蕭瀾心中已明白了幾分。

「我知道那很殘忍，可對敵人心軟，便是對自己殘忍。我雖落得了個苛待宮人的名頭，但起碼母親舒心，不至於因為此事而引得父皇不滿。

「那時我看見了妳，只是我原以為我們不會再有交集。若早知會有今日隔閡，那麼當初再與妳相見之時，我就會找機會說清一切。」

「殿下有殿下的難處，不必向我言明過往。」

謝凜說：「可我不想讓妳誤會。」

蕭瀾抬頭看了他一眼，見他滿臉的認真，啞了啞，最終點了點頭，「我明白了。」

◆

謝凜走後，蕭瀾剛推開門，就看見蕭戎坐在屋裡。

她左右看了看，「你怎麼進來的？」

他冷著臉盯著她，「妳信他的鬼話？」

「我信不信他有什麼重要。」她坐下來，看了大開的房門一眼，再也沒有那個會跟在她身後，仔細把門關好的丫頭了。

她神情落寞，一隻大手伸過來握住了她的手。蕭瀾側過頭來看他。

「我帶妳出去走走。」

蕭瀾權當他在說笑：「青天白日的，兩個大活人從宮裡出去，是生怕別人不知道？」

但蕭戎面色堅定，蕭瀾便半信半疑地跟著他走了出去——

「翻牆？」她後退兩步，「這牆太高了，肯定會被看見的。」

腰上忽然多出了一隻手，蕭戎輕輕一提，毫不費力地帶她越過後牆，幾番穿梭，順利從不起眼的宮牆處翻了出去。

蕭瀾穩穩地落地，回頭看了一眼：「這、這就出來了？」

蕭戎點頭，「禁軍輪值是有跡可循的，避開輪值和角樓號手即可。」

蕭瀾補充：「還得有絕佳的輕功，能在須臾間翻牆而過。」

兩人到的地方不遠，就是盛京城外的山頂。這裡常年荒無人煙，很少有人會來，山頂一處破敗的涼亭則正好可將山下美景盡收眼底。

美是很美，就是上山之路崎嶇，林中樹木雜枝交錯，再好的輕功都沒了用處。蕭戎個高腿長，從山下走到山上輕輕鬆鬆，根本沒想到尋常人可能會吃不消。

蕭戎回過頭來，看見蕭瀾在瞪他，不明所以地問：「怎麼了？」

「怎麼了？」蕭瀾沒好氣，「累死了！」

「……那我背妳。」

蕭瀾拍開他伸過來的手，「都到山頂了你才說！」

看他那副毫不費力的樣子就來氣，她小聲嘟囔：「偏偏還受了傷，讓人開不了口。」

「妳看。」蕭戎攬過她的腰，將她帶到身邊。蕭瀾望過去，被眼前的美景所驚豔。

初秋的林葉青黃相接，「窣窣」地落了一些，但從山頂望去，仍然層層疊疊，伴著山澗溪水的聲音，如詩如畫。

大梁山河動人，曾是天下人心中之嚮往。可如今內憂外患，暗潮洶湧，無人再顧及這林中之景、溪中之色。

「小時候不高興，我就會來這裡。」

蕭瀾抬頭看見他的側顏，「是那時受了欺負麼？」

「嗯。」蕭戎低頭，「一開始是他們罵我、打我。後來……是師父和師兄們的責罰。來這裡待上個把時辰，就會好很多。」

他輕輕撫上她的頭髮，「妳今日也不高興，是不是？」

聞言，蕭瀾垂眸。靜默良久，她才開口：「當初的香荷，如今的玉離。阿戎，我百般籌謀，卻始終護不住身邊珍貴之人。」

蕭戎靜靜地聽著。

「我知道這條路上免不了傷及無辜，我也並非善良仁慈之人，只是……」

蕭戎擁她入懷，「我知道，不急。」

她纖瘦的身段恰好嵌入男子的懷中，兩人相擁在一起，從遠處一看，宛如一體。

山頂的風吹來，蕭瀾瑟縮了下，頭頂立刻響起聲音：「冷？」

她仰起頭：「我覺得……需要生火。」

「我不會生火。」他張口就來，一邊說著，摟著她的手臂也緊了緊，「興許多抱一會兒就暖了。」

蕭瀾面無表情地一把掐在他的腰上，蕭戎只得不情願地放開她，轉身去了林中深處。沒出一刻鐘，涼亭中便生起了火。

蕭瀾烤著火，覺得身上暖了許多。而他不知從哪摘來了野果子，還洗得乾乾淨淨的，把最大的遞給了姊姊。接過來咬了一口，果然很甜。蕭瀾問：「你在赤北軍中過得如何？」

蕭少帥想起喬山海那伙人就皺眉，不打仗的時候嘰嘰喳喳地閒聊，一說起話來就沒完沒了。「又吵又鬧。」

蕭瀾被他那表情逗笑，「此番諸事順利，眼下盛京城內兵力有一半在何尚書手中，錦州衛統領曾是他門下愛將，此後赤北軍的日子便會好過很多。」

「赤北軍有我，妳不必擔心。」

蕭瀾點點頭，看向遠處，「前腳失了護城軍，後腳失了嘉貴妃，燕相年老又後繼無人，燕氏沒落是早晚的事。」

「還剩傅家。」

「是啊，還剩傅家。」蕭瀾的神情轉冷，「十九顆頭顱的帳，也該算一算了。」

此時微風倏起，吹著她的髮絲，蕭瀾喃喃道：「日子過得真快，轉眼秋獵又將至了。」

兩人在山頂坐了許久，直至黃昏將近。下山之時蕭戎蹲下：「上來。」

「你不是都受傷了麼，我可沒這麼無情。」

「下了山妳幫我塗藥就好。」

蕭瀾莫名臉紅，「你、你還是回軍營自己塗吧。」

蕭戎聽見這扭捏的聲音，回過頭來滿眼笑意，笑得蕭瀾心裡發慌。

她心一橫，重重地壓上去：「可別摔著我啊。」

蕭戎穩穩地背著她一路下山，蕭瀾則是懶懶地趴在他背上。他問：「還累不累？」

蕭瀾晃著腿，一雙美眸滴溜溜地一轉：「當然累！現下只是勉強恢復了些。」

兩人有一搭沒一搭地聊著，說著說著，蕭戎就沉默了。

蕭瀾感覺不對，便側過頭去看他：「怎麼了，是不是傷口疼？」

可她不知，蕭戎原本想藉著閒聊，忽視一些不該有的心猿意馬。可越走，便越能清晰地感受到她豐滿的胸前軟肉，緊緊地貼於後背。嫩白軟香的手感記憶猶新，越回憶，小腹便越緊。本該老老實實地放在她腿上的手，開始不受控制地上移。

「瀾兒。」

蕭瀾一聽見這個稱呼，心中一抖，「你放我下來。」

「我想在這裡。」

蕭瀾的美眸倏地睜大。林中幽靜安詳，時不時還有鮮活的野物路過，如此清幽美景，怎可……！她的耳朵紅透：「你別發瘋，我絕不答應！」聲音都在發顫，看來很是抗拒。

蕭戎頓了頓，沒再提及此事，只是繼續背著她向山下走，回程又是翻牆。

回宮時，天已經完全黑了。蕭瀾落地後，沒看準方向，抬腳就走，被蕭戎一把拉了回來：「走錯了姊，這邊。」

蕭瀾仔細一看，「對對，那邊是成玉的寢宮。我告訴你，我可討厭她了。」

蕭戎陪著她往佛堂走，「我也不喜歡。」

蕭瀾的腳下頓住：「你知道成玉？」

她忽然想到什麼，神祕兮兮地四處看了看，確定無人後才問道：「莫非她的臉……」

蕭戎沒否認，這回她總算明白，「我就說怎麼會有那麼巧的事！白日裡她刁難我，夜裡臉就爛了。你是怎麼聽說的？」

「路過，宮人說的。」

蕭瀾想了想那場面，噗哧一笑：「你好歹也是名震江湖的蕭大閣主，居然欺負一介女子。」

蕭戎的眸色幽深：「論欺負，我只欺負過一個女子。」

他背對著月光而立，夜色中輪廓卻格外清晰，那張精緻俊顏深情款款，足以讓人看愣了神。蕭瀾覺得他這樣亂用美色的習慣要不得，正要開口管教他一番，就聽見後宮嘈雜一片。

她豎起耳朵，聽了半晌也沒聽明白，於是朝著某個方向指了指：「阿戎你走屋頂，去聽聽又出了何事。」

蕭戎聽話地點頭，沒出一盞茶的功夫便回來了。

「這麼快？是不是哪位娘娘發了脾氣，為著何事？」

蕭戎說：「那女人小產了。」

蕭瀾倒茶的手一頓，不可置信地抬頭：「嘉貴妃的孩子月分都那麼大了，怎麼可能小產？」

蕭戎看著她。這檔事連他這等不在宮中之人都能看清楚，蕭瀾就更能明白了。

果不其然，她後背的冷汗將衣服浸透，手中還端著茶杯，僵在原地，「虎毒尚不食子，皇帝當真狠得下心。御醫怎麼說？」

「突然受驚，體質虛弱，即便服了安胎藥也無濟於事。」

「呵，服的到底是不是安胎藥，就尚未可知了。」

一個尚未出世的孩子，因其母族勢大，可能覬覦皇位，便連來到這世上的資格都被剝奪了。

「咱們這陛下，可真是將他的龍座江山看得比親生骨肉還重。父親當初的汗馬功勞，原都是被功高震主這四個字抹殺得乾乾淨淨……」

消息連夜傳到了國相府，燕文之猛地跌坐，雙目瞪圓，彷彿失了大半元氣。

「完了……這下是真的完了……」

◆

陽月初十，皇家秋獵，照舊是儀典盛大。

此次圍獵是太子殿下親自操持，選址靠近錦州衛，護衛獵場和陛下安危的重則，便落到了赤北軍身上。

陛下大帳中，傅貴人嬌滴滴地在與皇帝說笑，一旁的皇后端莊典雅地飲著茶，彷彿根本看不見那些狐媚手段。

蕭瀾坐在角落之中，看著皇后身後的侍衛，挑了挑眉。

短短三年，當初漫山遍野追著獵物跑，卻一個都捕不到的富家公子們，如今竟也長成了捕獵好手。事事熱鬧，只是少了那個明目張膽地耍賴，回回總要爭第一的紈絝嫡女。

白日裡開獵慶典，夜裡又是篝火酒宴，陛下有傅貴人陪著，龍心大悅，直至後半夜才入帳就寢。

蕭瀾也終於回到自己的小帳中，前腳剛踏入，後腳便有一道高大的黑影閃了進來。

她解衣裳的手立即頓住，蕭戎也沒想到她正要脫衣裳，兩人相視無言，最終還是蕭瀾先回過神來：「都妥當了？」

「嗯。」他走了過來，繼續道：「妳換妳的，我不看。」

「我看你是好久沒挨巴掌了。」蕭瀾白了他一眼，「秋獵第一日部署最多，赤北軍的弟兄們應該都沒好好休息吧？」

「聽說是妳的命令，他們都興奮得很。」

蕭瀾一挺胸脯，「那當然了，若非小時候偷懶不想學武，如今說不準就是馳騁疆場的女將軍，帶著赤北軍的弟兄們大殺四方了！」

蕭戎捏上她的臉蛋，「天冷要鬧脾氣，天熱又要生病。不吃生食、不飲冷水，沐浴要熏香花瓣，搞不好伺候女將軍才是真正的戰場。」

她的美眸一瞪，一把拍開他的手：「敢取笑姊姊？」

那樣子好看極了，蕭戎沒忍住，俯身飛快地在她唇上偷了個香。「啵」的一聲，整個帳子都能聽見。

蕭瀾先是一愣，緊接著帳內就響起了一聲悶哼。蕭戎低頭看了自己的靴子一眼，上面赫然是一個重重的鞋印。蕭瀾看都不看他，朝著桌上的糕點揚了揚下巴：「嘴是用來吃東西的，沒事別亂用！喏，這些都吃掉再去巡夜。」

蕭戎立刻唇角勾起，「好。」

帳內溢著糕點的香氣，時不時傳來女子的嬌呵和男子的低語。

而帳外不遠處的高地，氣氛卻有些冰冷。承吉看著自家主子面色不佳，又看了看那小帳。一個多時辰了，赤北軍那位新任副帥還未出來。

「殿下，」他小心地開口，「要不，奴才尋個由頭，去將人叫出來？」

謝凜沉著臉，沒有說話。

「這……雖是親姊弟，但如此不避嫌地於深夜待在一起，想來也是不妥的……」

「不必。」謝凜打斷承吉，「他不是那麼好拿捏使喚的人，無須為著尋常小事惹他不快，反而耽誤了正事。」

臨近暮白，山中忽然響起喊打喊殺的聲音。

蕭瀾支著下巴正昏昏欲睡，聽見聲音立刻睡意全無。聲音越來越大，她不禁問道：「怎麼這麼大的動靜？」

蕭戎挑眉：「妳不是說動靜越大越好？」

蕭瀾一噎，她沒想過會這麼大。滿山的火光和吆喝，搞得像是大軍出征、振奮士氣一般。

「我先過去。」他起身。

蕭瀾點點頭。她將自己的髮髻弄亂了些，佯裝一副忽然被吵醒後，急忙走出來的樣子。

皇帝大帳前，燈火通明，圍著重重軍將。

她走過去，看見皇后正摀著胸口，滿臉不可置信地看著地上跪著的一男一女。

剛走近皇后身邊，便聽見皇帝的怒罵。

「混帳！你們這對不知廉恥的狗男女，竟敢、竟敢！」他氣急，猛地從禁軍統領陳蒙的劍鞘中抽出利劍，砍向了滿臉蒼白淚水的傅貴人。

「父皇！」

「凛兒！」

誰都未曾想到謝凛會忽然擋在傅貴人面前，皇帝的劍鋒只差須臾便會砍在謝凛身上，驚得皇后大叫出聲。

「太子這是做何！莫不成你還同情這賤人！」

謝凛跪地：「父皇，私通之事罪不可恕，但還請陛下念及貴人懷有身孕，不要傷了父皇的親骨肉！」

梁帝一愣，眸中閃過異色。

「陛下！」皇后上前，跪在他的腳邊，「歸根究柢是臣妾用人不察，這侍衛進宮將近兩個月，都未查出端倪！竟、竟還任由他宴飲出行，護衛後宮娘娘！請陛下治罪！」

皇后這番話著實提醒了皇帝。兩人若是早就私通在一起，那麼傅貴人腹中之子……

匆忙趕來的傅家父子看見那侍衛的臉，不由得愣住。

皇帝瞧出端倪：「怎麼，你們二人認識此人？」

傅植最先反應過來，「不！不認識！如此膽大包天，竟敢糾纏貴人，當立刻處死！」說時遲那時快，傅衡顧不得其他，立刻拔劍砍向那名侍衛，誓要他當場斃命。

「哥哥不要！」傅貞兒哭著喊他，卻攔不住傅衡極快的刀鋒。

下一刻，「砰」的一聲，只見傅衡手中之劍應聲折斷，那刀鋒扎入了土中。

傅衡雙目猩紅地看向意料之外的不速之客。

蕭戎收了手中之劍，「護衛獵場、處置歹人是赤北軍之責，你算什麼東西？」

「你——」唯一的機會被硬生生砍斷，傅衡剛開口便被皇帝打斷：「高禪，去查，今夜不將事情嚴明，誰也不准擅動！」

「是、是！」高公公也知事情嚴重，直接召了刑部的人前來審訊。那侍衛被折磨得實在忍受不住，和盤托出，而傅貴人不住地求情，更是惹惱了梁帝。

「好一個青梅竹馬，好一個長相廝守！」皇帝氣得面色發青，「你們傅家玩弄手段，將已經訂了親的女兒送入宮中！威逼利誘，想堵了朕的耳朵，蒙了朕的眼睛！」

他看向傅貴人，眸中恨毒令人心寒。傅貴人連忙護住腹部，「不要，不要！求陛下開恩！孩子是無辜的，臣妾知錯，真的知錯了！」

梁帝聲音冷漠，「來人！這對狗男女既然想長相廝守，那便送他們去陰曹地府團圓！」

眼見陛下大怒，此時誰上前一刀結果了這兩人，便是大功。偏偏赤北軍中人看著懷有身孕的傅貞兒，有些遲疑，且蕭戎也未授意他們動手。

於是離得最近的禁軍中人，已經按捺不住地舉著刀，衝了上去。

「貞兒！」傅衡見狀大叫一聲，奪了刀殺紅了眼，完全顧不得這是在陛下面前。

「傅衡你敢抗旨？」皇帝怒喝，「那就一起殺！把這無君無臣的東西一起處置了！」

即便如此，傅衡還是死死地擋在傅貞兒面前。老父親傅植急地跪地求饒，一邊是女兒，一邊是兒子，磕頭磕得滿臉是血，整個人狼狽不堪。

昨日還風光無限的傅家子弟，今日便淪為如此下場。

蕭瀾面色平靜的看著此番場面，不知當初他們耍著父親和長鴻軍將士的頭顱邀功之時，是否想到會有今日慘狀。

只不過，這點痛苦九牛一毛，哪裡夠呢。

她看向蕭戎，後者會意，手腕翻轉，根本看不見蹤跡的暗器飛射而出，沒入了傅衡的膝骨。

「啊——！」傅衡重重地跪到地上。

「衡兒！」

「哥哥！」

眼見衝上來的禁軍無數刀鋒要砍下來，蕭戎沉聲：「赤北軍！」

「在！」原地待命的赤北軍立刻上前擋開了蜂擁而上的禁軍，雙方對峙，僵持不下。

「陛下，」皇后上前，覆在皇帝耳邊，聲音溫婉：「說到底這也是陛下的家事，是後宮之事，何以如此刀劍相向？若傳出去……實在是不好聽。」

「那皇后以為該當如何？」

「陛下若信得過臣妾，不妨將此事交由臣妾處置？也省得陛下為了不值當的人勞心勞神。」

皇帝厭煩地看了跪在地上的人一眼。前有嘉貴妃包藏禍心，後有新寵貴人與侍衛私通，到最後，還是皇后溫婉大氣，事事為他著想。

梁帝的神色緩了緩，「既然如此，就交給皇后處置吧。但若敢將今日之事傳出去，朕定誅其九族！起駕回宮！」

皇帝經過傅衡身邊時，一腳將他踹倒，「分不清是非的東西！傳朕命令，即日起城防營節制權移交兵部！傅家，呵，就安安心心地子承父業，世代做個文官！」

皇帝走後，皇后下令：「先將人關押。」

蕭瀾跟在皇后身邊，一同入了皇后的帳子。

「蕭瀾，恭喜娘娘。」

皇后轉過身來，「先前瀾兒所說的在路上的大禮，原來是指今日……很是貼心。」

她拉著蕭瀾坐到身邊。

「如今後宮重歸娘娘手中，雖說是蕭瀾想送份大禮，但實則卻是娘娘從中助力最多。」蕭瀾細數：「我雖從與傅貴人的交往中，得知她入宮侍奉陛下一事可能有蹊蹺。但最終還得是由娘娘使了手段，讓她的情郎入了宮，而後二人多次幽會，也多虧娘娘從中遮掩。」

她笑了笑，「否則不會這般順利。」

「瀾兒可不要妄自菲薄，若非埋了長線，也不可能一下釣到燕家和傅家兩條大魚。妳與凜兒配合得如此默契，即便是妳母親看了，也不得不感嘆瀾兒是真的長大了。」

提起柳容音，蕭瀾眼眶發紅。皇后憐愛地摸了摸她的頭髮，「好了，不提傷心之事了。妳籌謀許久，定然身心疲憊，這幾日便好好休息，傅家善後之事，本宮會處置妥當。」

「多謝娘娘體恤。」

「這孩子，還跟我客氣什麼？不久後便是陛下的生辰大宴，屆時我會說服陛下還妳自由，不必總是在宮裡拘著。」

這邊皇后與蕭瀾相談甚歡，那邊謝凜則親自護送皇帝回了宮中。

梁帝誇了他幾句，謝凜頷首謝恩，但回程一路都面色不佳。

身旁承吉不解，待回了東宮才敢開口詢問：「殿下……今日可謂大喜日子，燕家和傅家紛紛受到重創，如今後宮安寧，殿下只管安心處置朝廷之事，怎麼……」

謝凜的指尖叩著桌面，「你也覺得我的位子更穩了是麼？」

承吉頷首：「太子本就是正統，只是有些宵小之輩居心叵測，覬覦本不該覬覦的位子。不過眼下殿下與蕭小姐雙劍合璧，將宮裡宮外盡掌控在手中，自然是穩當的！」

「是麼。」

謝凜眸中深邃，「但最終，兵權卻是半點都沒到我的手中。如今繁華穩固的表像，又撐得過幾時呢。」

「殿下的意思是……」

「備份厚禮，明日我要親自拜訪何元禮。」

◆

風波之後的朝堂，除了正事，誰都不敢多言一句。後宮接連出事，又與朝中重臣有所瓜葛，皇帝神思鬱結，明顯蒼老了幾分。

「嗯。」他闔上奏摺，看向何元禮，「如今城防營一干事務也交由了兵部，事情雖多，但何尚書的治軍籌措倒是越發嚴明了。」

何元禮躬身：「陛下此言實在讓臣惶恐。老臣是半截入土之人了，這個年紀還能得陛下如此賞識，便是拚了性命也要完成陛下所託！況且城防營原本就是護城軍分支，章法規矩都是一樣的，治理起來並不費力。」

此時謝凜立刻站了出來，「父皇，兒臣昨日拜訪何尚書，也學會了不少治軍道理。無論是實戰還是策論，何尚書都能信手拈來，兒臣實在佩服！」

「哦？太子竟也專程去請教過何尚書？好，好！太子輔政也不能只管政事，武學造詣豈能落下？知道去討教便是極好的！」皇帝滿意地點頭，想了想又說：「你只有一個獨女，聽聞年輕早逝，原本流放之人是不能落葉歸根的。念及你此番治軍有功，便去撿了屍骨，在家中設立牌位吧。」

何元禮「砰」地跪地：「臣！謝過陛下！」

「好了，眾卿是否還有事要奏？」

「陛下，」何元禮開口，「老臣有一事，不知該不該講。」

皇帝一笑：「何尚書但說無妨！」

「依照兵部章程，凡軍中之人必要有登記在冊的身分。這些日子老臣重新過了行軍冊，發現有一事不妥。」

「何事？」

「西境羌奴之戰出征前，陛下令蕭戎為副帥，但據赤北軍交代，賀堯章及其親信輕敵，不聽眾將士勸阻，一意孤行突襲羌族大營，致使其身首異處，最終是蕭副帥率軍擊潰了羌族二十萬大軍。當初蕭戎臨危受命，而後陛下免了他的賞賜，卻又未言明他到底是以何身分待在赤北軍中。老臣以為，這還是不合規矩的。」

梁帝咳了一聲，「諸卿有何看法？」

「陛下，」孟國公鬍子花白，「眼下平亂之功新立，陛下不計前嫌，善用人才，民間百姓可謂津津樂道。蕭家兒郎雖年輕，卻也是難得一見的將才，他日征戰列國，恐還需這樣的人才為陛下效力！」

梁帝又看向謝凜：「太子以為如何？」

謝凜眸中複雜，但想起那張精緻的臉蛋，最終頷首：「兒臣附議。」

連太子都表了態，眾臣紛紛開口：「臣等附議！」

梁帝頓了頓，「既然如此，赤北軍主帥一職便交由他吧。但此後每月需向兵部報備，若有異動，即刻處置！」

「陛下，凡一軍主帥，便該有自己的帥府。那麼蕭少帥……」

「這個不難，過去封了的宅子那麼多，叫他自己選一個吧。只有一樣，不可選曾經的晉安侯府。」

皇帝自認為已萬分寬容，卻未想次日上朝，竟聽聞蕭戎拒絕了開府建衙。

他皺著眉，看著頭一回以一軍主帥身分上朝的蕭戎：「硬脾氣也該有個限度！朕的恩賜你不要，莫不是心有怨懟？」

何元禮見陛下面色不善，正要站出來打圓場，就聽蕭戎說：「無人照管，徒增累贅。」

「陛下，」何元禮笑著說，「陛下勿怪。蕭少帥尚未婚配，身邊沒個打理事務的人，偌大的帥府若事事都要少帥操持，難免會分了帶兵練兵的精力。」

原來是這麼一個緣由。梁帝的面色緩了緩，「那就讓你姊姊替你打理操持。近幾日皇后也提過此事，蕭瀾畢竟不是後宮之人，常住著也是不妥。就這麼辦吧。」

蕭戎表面上對此決定反應平淡，實則一下朝便立刻往後宮走，幸得被何元禮一把拉住。

「做什麼去？」何元禮打量了他的身段，「堂堂將軍，還是外男，青天白日的往後宮跑，生怕鬧不出麻煩？」

蕭戎看了何元禮攥住他手腕的手一眼，想起了某人的叮囑。

她一雙美眸極為認真地看著他，告訴他，何元禮是自己人。

蕭戎沒說什麼，抽出手來轉身就走。

身後何元禮看著他的背影，笑著搖了搖頭：「真是比當年的蕭世城還要桀驁。」

皇后特意派了宮人送蕭瀾出宮，剛出來就看見在宮門口等著的蕭少帥。雖是年輕，但這人不說話時看起來總有些駭人，還不如蕭小姐當年那般乾脆明了的張揚跋扈。

「蕭……蕭少帥。」

蕭戎皺眉：「怎麼現在才出來。」

這副樣子嚇得人一抖，蕭瀾嘖了一聲：「總還要收拾一番，你也不事先說一聲，反倒還不耐煩了？」

這話聽得宮人們都快跪下了，頭都不敢抬。

「沒有不耐煩。」蕭戎從宮人手中拿過蕭瀾的東西，「就是問一句。」

蕭瀾回頭，「有勞公公們相送，還請代蕭瀾向娘娘轉達謝意。」

「是是，姑娘慢走，蕭少帥慢走！」

嶄新的馬車駛遠，眾人終是鬆了一口氣，這才轉身回宮向皇后覆命。

「蕭少帥看著脾氣不太好，倒是很聽蕭姑娘的話。」

「這蕭家就剩姊弟倆了，再冷漠之人，總也珍惜血濃於水的手足……」

馬車上，蕭瀾坐不住，一把掀開簾子，蕭戎立刻拉了韁繩慢了下來，「妳坐回去。」

蕭瀾沒那麼聽話，「你今日當眾拒絕了陛下的賞賜，就不怕得罪他？我出不出宮是小事，但若他真被惹惱——」

蕭戎冷哼：「惹惱又如何。」

那張側顏輪廓如刀刻斧鑿般完美分明，他看著前方道路，「燕家和傅家相繼出事，他不敢再用，護城軍和城防營作戰兵力遠遠不夠，他也不能用。除了邊境駐守軍，他能調動的就只有赤北軍和長鴻軍。即便還有個麓州慶陽軍，真若出了事，也是遠水救不了近火。

「所以除了我，」他好看的眸子看過來，「他別無選擇。」

蕭瀾被那雙突然看過來的黑眸盯得愣住。

「姊？」

她連忙回過神來，「你倒是看局勢看得很清楚，想來沒少讀兵書，琢磨朝局吧？」

「妳的耳朵為何這麼紅？」

「嗯？沒有，你好好駕車！」

蕭戎聽話地轉過頭去，蕭瀾在他身邊安靜了一會兒，忽然輕輕摸了摸他的頭。

蕭戎一愣。只聽她溫聲說：「阿戎，其實有一件事，你師父說錯了。」

提及溫冥，蕭戎沉默。

「你不是天生的殺手，」蕭瀾看著他，「而是天生的將軍。」

馬車不知不覺地停下，蕭戎對上蕭瀾的眸子，她眸中篤定：「你現在所做之事，所沾之血，是在保家衛國，守護一方百姓。在姊姊心裡，你是和父親一樣的頂天立地之人。」

蕭戎眸中微動，下一刻便要吻上去。

「呃。」腹部驟然一疼，他捂住了傷痕處。

「好好說著話呢，你又是要做什麼？」蕭瀾瞪了他一眼，「白費我一番真心實意。」

她身手矯健地跳下馬車，蕭戎跟在她後面，「那妳就不要用那麼深情的眼神望著我，叫我怎能不誤會？」

前面的蕭瀾頭都沒回，「你還有理？我是怕你一直記著那些話，心裡難受。你呢，青天白日的淨想些——」

她頓了頓，「不該想的事。」

蕭戎挑眉，兩步上前一把攬住了她的腰，把人直接帶到懷裡，「姊姊知道我在想什麼？」

兩具身子緊緊相貼，蕭瀾不自然地推他：「我不知道！你說話就說話，別動手動腳。」

他摟得更緊：「青天白日不行，那晚上可以麼？」

兩人一推一抱，從遠處看去，宛如一對情人。女子嬌羞嗔怒，男子深情強勢。

「殿下，」承吉手上還拎著給蕭瀾的喬遷之禮，看著遠處抱在一起的兩人。雖是親姊弟，卻實在是……過於親密了。「咱們還進去麼……」

他也實在沒想到，太子下了朝，便精心挑了些女子喜愛的禮品，打聽過後趕到此處，卻看見……

謝凜看著兩人的背影消失在拐角處，一向溫潤如玉的人，此時面色鐵青，「去查。」

承吉被他的樣子嚇得一抖，「太、太子是要查……」

「查蕭戎的身世，但凡與當年蕭家有關之人，都給我找出來盤問！」

承吉吃了一驚，「殿下是懷疑——」

謝凜神色冷峻，「他看蕭瀾的眼神，根本不是弟弟看姊姊的眼神。」

第十八章　異動

宅子選定還未出半個月，整個長市街便已傳遍了。

蕭府少帥不當家，聽憑長姊管家，於是當初那個揮金如土的蕭大小姐又回來了。不過數日，便豪奢地買了大堆的物件，流水一般的珍品好物盡數被抬進了新蕭府。

府上家丁婢女還未安置好，蕭瀾便搖著一把竹骨扇，親自在院內指點。

午間日頭正盛，正門廊前走動不少，沒一會兒就饑腸轆轆。

「那位送成衣的小哥，來來。」

「來了來了！姑娘有何吩咐？」蕭瀾隨手將一把碎銀子放在他手中，「勞煩小哥去幫我做件事。」

錦州衛，赤北軍中。將士們紛紛放下弓弩，轉身走向廊前的長條木桌，上面已備好了膳食。

喬山海抹了一把額頭的汗，將一大碗清酒盡數飲下，「怎的立了秋還這般熱！」

「怎麼，喬副都統莫非還懷念起北疆那凍死人的嚴寒了？」

喬山海一瞪眼：「去去！誰瘋了才會想起北疆那鳥不拉屎的地方！哎哎，少帥來了！」

蕭少帥在軍營一向與軍將士兵們同吃同住，一如當年的蕭主帥。不過不同的是，蕭世城雖練兵嚴苛，但下了練兵場便不分高低階，總能與他們說到一塊兒去。蕭少帥就不一樣了，練兵凶狠，私下冷漠。不過倒也從未責令軍中，不讓之碎嘴閒聊。

見他走過來，眾人紛紛起身：「少帥！」

蕭戎剛坐下，就見今日巡防的兵將帶了一位小廝模樣的人過來。

「稟少帥，此人說是從蕭府來的，捎了信給您。」

喬山海伸長脖子問：「蕭府？是小姐有吩咐？」

「你這愛瞎打聽的毛病什麼時候能改？」莫少卿一把將他拉回來坐著。

蕭戎打開，看見上面娟秀的字跡，唇角勾起，沒看見身邊一群人都看愣了神。

喬山海心裡如貓抓似地好奇，便大著膽子，趁著蕭戎起身，湊上去猛地看了一眼。

「午後騎射布陣，今晚演練邊疆戍防。」蕭戎說完便大步離開。

「是！少帥！」

眼看蕭戎一躍上馬，飛奔離開，這才有人問：「我沒看錯的話，剛才少帥……笑了？副都統，你瞧見那上面寫了什麼麼？」

「來來。」喬山海勾了勾手，一伙人連午膳都顧不上吃，全都湊了上去。

「上面就一句話：回來做午膳！」

「這、真的假的?!」

喬山海胖胖的臉上肉一抖，「我還能編瞎話?就算要編也得編個像樣的吧！」

◆

蕭戎回來時，蕭大小姐正懶洋洋地躺在一張搖椅上，愜意地搖著扇子。

馬兒的嘶鳴聲引得她看了過來，一張半睡半醒的絕美臉蛋，看得蕭戎心尖亂顫。

「怎麼不去外面的酒館？」

蕭瀾見他回來，眸中一亮，立刻起身跟著他往後廚走，一邊還細數著：「這四街八坊有名的館子都去遍了，想來想去，還是想吃你做的。」

蕭戎洗淨了手，照著她喜歡的菜式下了廚。蕭瀾倚在門邊，看著他挽著袖子，露出結實的手臂，常年的揮刀持劍，練就的線條十分好看。此時此刻他正低著頭，熟練地將魚腹清理乾淨，這樣本該血腥的活計，在那雙乾淨利索的手腕映襯下，變得格外賞心悅目。

正午的日頭最盛，灑得整個後廚光亮一片，照得男子黑髮眉宇俊朗，鼻梁高挺，薄唇殷紅，下頜輪廓分明。側面看過去，都要感嘆這是上天的恩賜。

給予了諸般不幸和苦痛，卻也賞賜了旁人豔羨百倍的俊美皮囊。

做為男人，他當真有令人神魂顛倒的本事。可這個男人……

蕭瀾垂眸，也是她的嫡親弟弟。

難得她也有安靜的時候，蕭戎不由得抬頭看過來，「餓得厲害？」

蕭瀾搖搖頭，「你做好了就拿過來吧。」話畢，她轉身離開。

蕭戎的手一頓，盯著她的背影。適才還喜笑顏開，怎的莫名就不高興了。

香氣撲鼻的菜餚上桌，蕭戎眼見她又變了一個人似的，興奮地說個不停。

「嗯，不錯不錯，還是阿戎的手藝好。」蕭瀾喝下一整碗鮮魚湯，笑咪咪地看著他。

他又盛了一碗，放到蕭瀾手中：「今晚想吃什麼？我早些回來。」

蕭瀾挑眉笑道：「你還真打算每日回來下廚啊？錦州衛雖離得近，但馭馬回來也要個把時辰，午後府上的廚子雜役便能安置妥當，你就不必操心了。」

蕭戎也不動筷，就看著她吃得兩頰鼓起，「姊，我很高興。」

蕭瀾正夾起一塊東坡肉，「何事高興？」

「妳今日在想我，對不對？」

蕭瀾一噎，趕緊端起碗，喝了一口魚湯，這才開口：「我就是餓了。」

他點頭，「無論是為何，想著我、需要我，我就高興。」

蕭瀾一聽，美眸滴溜溜地一轉，試探著問：「那你想不想要更高興？」

身上忽然多出兩隻白皙纖細的手，蕭戎眸中微動，還不明白她怎麼變得這般主動，但某處已經先一步有了反應。他看著她，像是不相信般地問道：「姊，妳現在是想……？」

蕭瀾在他腰上摸索，低著頭似乎在找能解開腰帶之處。

他低笑一聲，一把握住她的手，「我自己來吧。」

他一邊解著腰帶，眸中漸漸湧上擋不住的興奮，「要不要先去沐浴？」

蕭瀾腦袋一歪：「沐什麼浴啊，你直接拿出來就好……哎哎——」

她「唰」地捣住雙眼：「你脫衣裳做什麼！把你的錢袋子拿出來就好了！」

「……」一陣詭異的靜默。

堂堂蕭少帥衣衫不整地沉默了半晌，「妳只要錢袋子，不要我？」

他語氣是明晃晃的不悅，帶著怒氣，一把將錢袋子塞到了蕭瀾的手中。她立刻睜眼打開，「這麼多！還有麼還有麼？這幾日開銷大，姊姊我的銀子都花了大半了！」

他穿好衣物，不理會她。

「哎呀，是誰適才說姊姊想著你、需要你便高興的？這會兒又翻臉無情了。」

他起身：「我回軍營了。」

「阿戎你生氣了？」

說是要回去，卻又遲遲不動，蕭戎語氣生硬：「沒生氣。」

「那就好，還有銀票麼？」

「……」他拳頭緊握，從身上掏出一塊玉牌，「開泰錢莊裡有一些，剩下的全在祁冥山，我叫人送來給妳。」

蕭瀾接過那塊玉牌，愛不釋手，眸中閃著光。瞧了瞧他那副樣子，又哄道：「今夜早些回來，我親自下廚替你做晚膳！」

「真的？」蕭戎的拳頭鬆開，面色瞬間緩和。

她點頭，「姊姊說話算話！」

蕭少帥語氣輕快：「那我戌時便回來。」

錦州衛的整個演武場都熱火朝天，眾人也不知是怎麼回事，只知蕭少帥自府上回來後，心情大好。

還未到戌時，布防演練就結束了。軍中將士累得不行，才把身上的盔甲脫下，轉眼一看，剛從演武場下來的蕭少帥就沒了蹤跡。

翟鴻揉了揉練僵了的手臂，「年輕果真是好，整整三個時辰不停歇，瞧著少帥一點疲態都沒有。當初在西境我就看出來了。」

周圍幾人紛紛點頭，喬山海也湊了過來：「你們也看出來了？我就說我老喬眼睛厲害吧！聽說少帥以往在侯府不受待見，但他那身武功，我怎麼瞧著都像是從小練起的，是不是侯爺私底下教的？」

莫少卿卸了劍鞘：「不可能。侯爺常年在軍中，且少帥的身手路數不是咱們軍中練兵的招式。」

翟鴻點頭：「那晚他收拾賀堯章，還有後來斬殺羌族弓弩手的時候……沒有多餘的打鬥，是瞧準了最脆弱的地方，一招斃命。這怕是經年殺慣了人才有的本事。」

此言一出，周遭立時一片安靜。蕭戎年紀太輕，按軍中資歷，恐不夠來統領整個赤北軍。可偏偏……又令人莫名地信服。

「罷了罷了！」喬山海擺擺手，「少帥是有些神祕，但橫豎是侯爺的親兒子，侯爺是什麼樣的人咱們最清楚不過了！他的血脈定是不會長歪的！」

◆

戌時三刻，天漸漸黑了。

蕭戎下了馬，快步前往正廳，途經各處小廝婢女紛紛躬身行禮，顯然是已經安置妥當。

去了正廳沒看到人，蕭戎皺眉：「長姊呢？」

小廝年紀不大，看見家裡主君皺了眉，嚇得話都說得不利索：「回、回主君，小姐在、在後廚。」

蕭戎想起午時分別時她說的話。他當時沒太放在心上，蕭大小姐嬌生慣養地長大，哪會下廚，能陪著他一起用晚膳便已經很不錯了。

果不其然，還未走進後廚，就聽見裡面吵吵嚷嚷的聲音。

「無礙無礙！無須幫忙！」

他停在門口，看見蕭瀾挽著袖子，大刀闊斧地在折騰著什麼。旁邊一整群廚子、小廝、婢女正苦口婆心地勸：「小姐，姑娘，仔細燙著啊！還是交給小的們來做吧！」

「是啊小姐，這火正旺，您可要當心些！」

好在蕭戎終於回來了，新管家趕忙開口：「主君，這、這，您可勸勸吧。」

蕭戎看她那費勁的樣子，不禁笑著走進來。這一笑，讓後廚的一眾人都看愣了。

只聽聞蕭家新帥年紀輕輕卻本事了得，帶著十五萬赤北軍以少勝多，硬是打得羌族二十萬大軍毫無還手之力。還聽說當日戰場血淋淋的人頭掉了滿地，比當年的晉安侯要冷漠血性多了，要不是敬仰著蕭家百年名聲，即便薪俸高於尋常僕從，也真不敢進來侍奉。卻未想蕭少帥並非像想像中那般，一言不合就要殺人，反倒是……眸中多情，語氣也十分溫和？

蕭瀾正忙活著，根本聽不見身後的聲音。只覺身子忽然一輕，手裡的刀掉在砧板上，她對上一雙含笑的黑眸。

「哎，你幹麼呀，快放我下來！」

「晚膳做得簡單些。」他撂下一句話後，便把人抱了出去。

「是、是！」不用擔心貴人在此傷著燙著，後廚的廚子們這才有條不紊、麻利地做起了晚膳。

蕭戎一路把人抱回了正廳，引得院中灑掃的小廝婢女們小心翼翼地看了過來，蕭瀾莫名覺得不好意思。

「我好不容易親自下廚，你添什麼亂啊？」蕭戎把人放到紅木椅子上，還聽見某人理直氣壯地抱怨。

他拿起她的雙手仔細檢查，「妳會做？」

「……」蕭瀾抿抿唇，「切個菜還是可以的。」

沒劃著也沒燙到，蕭戎捏上她的臉：「妳要是平白傷著，我還怎麼練兵打仗？」

「這是什麼道理？」蕭瀾說，「我就是把整隻手都切斷了，也耽誤不了你舞刀弄棒。胡說些什麼呢？」

蕭戎單膝蹲在她面前，蕭瀾低頭，那張俊顏近在咫尺。只聽他說：「妳若是哪裡疼了，必然會讓我亂了心神，只怕到時候連小小的匕首都拿不動。」

蕭瀾撇撇嘴：「說得好聽，全是鬼話！當初我那麼疼也沒見你停下。」

此話一出，蕭戎的眼神倏地暗了下來。蕭瀾暗罵自己心直口快，「好了好了，晚膳上來了，我都餓壞了。你起來，別擋我的路。」

蕭戎跟在蕭瀾身後去了用膳的地方，落座後幽幽道：「原來姊姊不讓碰，是在記恨這件事。」回想起初夜那晚她疼得蒼白的臉蛋，他湊近：「可姊姊也要講講道理，太小太緊，尺寸不合，疼的不只是妳一人……」

「嘶！」她警惕地看了看四周，「你別說話了行不行！」

蕭戎看著她臉蛋緋紅，不自覺地有些蠢蠢欲動。不過瞧著眼下這副抗拒的樣子，蕭少帥選擇按兵不動，但以往看過的那些兵法策論，此時不斷地劃過心頭。

此番安置的廚子手藝甚好，每道菜做得都相當不錯。尋常人家的後廚廚子一個月的薪俸不過兩、三兩，蕭瀾這一出手就是每個月十兩，嘗過之後便覺得實在是值了。

夜裡沐浴過後，蕭瀾換上乾淨的裡衣，正準備吹了燈安睡，就看見屋裡有兩個小小的黑色飛影。

她正要仔細瞧瞧，就聽見輕輕的敲門聲。

「小姐，您安歇了麼？」

「怎麼了？」她打開門，外面是侍奉她的婢女木槿。

木槿手上捧著兩隻白燭，怯生生地問：「小姐，您房中可有蚊蟲？」

蕭瀾回頭看了一眼，剛才那兩個小小的黑影，應該就是了。

她側身讓木槿進來，「都秋日了還有蚊蟲，你們夜裡是不是也睡得不好？」

木槿愣了愣，沒想過主人家還會在意這些。她仔細地將一支白燭點在蕭瀾床榻的不遠處，「小姐，這是藥燭，點一支就夠了。待明日特請的師父來了，灑了藥便不會有蚊蟲擾眠了。」

蕭瀾點點頭。這宅子四處安靜，就是草木多了些，夜裡燃了光就會有引來蚊蟲。

「幸虧妳細心。吩咐下去，外面蚊蟲多，今夜就不守夜了。」

「啊。」木槿面上藏不住地驚訝，半晌才緩過神來，「是、是，多謝小姐！」

那吃驚又生澀的樣子可憐得緊，蕭瀾一笑：「這藥燭妳也分發下去，各自屋裡都點上。秋日蚊蟲也有不乾淨的，叮咬了恐會得病。」

說到這個，木槿面露難色：「小姐……」

「怎麼，藥燭不夠？」

木槿搖搖頭，她為難地往身後看了看，「主君的屋子，不讓任何人進。這藥燭，我們都……都不敢……」

瞧她那樣子都快哭了，蕭瀾回想了下那位少帥黑著臉的樣子，不由得心生理解。

「妳把藥燭給我，早些去睡吧。」

「是，是！多謝小姐、多謝小姐！」

蕭瀾看著她如臨大赦、歡天喜地地走出去的背影，不禁被逗笑。

想到他房裡還沒有藥燭，蕭瀾披上外衫，打開了房門。

蕭戎正在沐浴，聽見敲門聲也沒有回應。果然是不讓任何人進去，真會為難僕從們。

蕭瀾又敲了敲門，「阿戎，是我。」

聞言，男子唇角勾起，「進來。」

一開門，一股木芙蓉的清香便飄了進來。蕭瀾沒想到他在沐浴，屏風遮擋不全，輕易就看見了他裸露在外的肩膀和手臂。她僵在門口：「我過會兒再來？」

蕭戎背對著她：「姊，先把門關上。蚊蟲都飛進來了。」

「哦、好，好。」有毒的蚊蟲飛進來可不是小事，蕭瀾連忙轉身把門關上。

進都進來了，她頓了頓，說：「聽說你不讓人進來伺候，但藥燭還是要點的。」

她一邊說著，一邊往他床榻那邊走去：「我就點在這裡，你注意別碰熄了，然後就早些安歇吧。」

不知為何，深更半夜與他獨處一室，蕭瀾總有些莫名得緊張。但屏風那邊安安靜靜的，她悄悄探頭看了看，蕭戎正閉著眼睛。看來是白日在軍營練兵太累了。

蕭瀾放下心來，忽然笑了笑，瞎擔心什麼呢？

她腳步很輕，正要離開屋子，直到走到門口，蕭戎突然開口：「姊。」

蕭瀾心中一抖：「嗯？怎麼了？」

「能不能幫我把桌上的茶盞拿過來，我有些渴。」

這點小事不算什麼，蕭瀾走過去，倒了滿滿一盞清茶。

他伸手，蕭瀾將茶盞遞了過去。卻未想手腕忽然一緊，茶盞應聲落地，水漬濺了滿地。蕭瀾尚來不及驚呼便被扯進水中，頃刻間衣衫溼透，盡數貼在玲瓏的身體上，腰身被扣住，她的身子緊緊貼在一具赤裸又炙熱的男人軀體上。

蕭瀾抬頭，蕭戎正滿眼情欲地看著她，聲音沙啞：「瀾兒，怎麼這麼好騙？」

他的手熟練地鑽進她的衣衫，自下而上，直至握住了那對嫩滑豐滿的玉兔。

蕭戎湊近，似有似無地碰著她的唇：「等妳好久了。」

蕭瀾一驚，想要躲開，無奈強勢又深情的吻已經落了下來。火熱的舌尖糾纏著她，身子又泡在熱水中，女子的肌膚漸漸開始泛起粉色。

「阿……阿戎……」她艱難地推著蕭戎，「不、不行……」

感受到雙腿被迫分開，跨坐在他身上，那根粗長的東西就那樣直挺挺地抵在小腹上，蕭瀾眼眶泛紅，身子不住地發抖。

蕭戎感受到她的異常，離開她的唇，手輕輕撫著她的後背：「不怕，不會讓妳疼的。」

很溫柔地哄著，卻沒有要停下的意思。

他忘情地一邊吻著她的鎖骨，一邊扯下礙事的衣衫。蕭瀾只感覺身上一鬆，立時一對嬌乳被拿捏舔弄著，她難為情地往後躲，奈何地方窄小，是無處可逃的情勢。

「阿戎，雲策，你、你先聽姊姊說好不好？」

「好，妳說。」他的手指藉著水的溼潤，沒入。

「啊……」她身子一抖，「別……」

「瀾兒想說什麼？」他的手指在裡面慢慢動作，然後再度吻上她的耳朵。這種折磨讓人說不出完整的話，蕭瀾盡力夾著腿，不想讓他動得太過分，一邊強迫自己鎮定下來。

「你、你有沒有想過……」她艱難地開口，「或許你喜歡的，只是煙嵐？」

身體中的手指停下，原本舔弄著她耳垂的人放開她，一時四目相對。

蕭瀾以為是他有所觸動，立刻繼續道：「那時候我失憶，對周遭的一切都感到陌生和害怕，我也並不知我們彼此的身分。那個時候的煙嵐……性子柔和又聽話，是不是因為這樣，你才……」

「呵。」蕭戎忽然笑了，笑得讓蕭瀾覺得莫名其妙。

他猛地一口親在蕭瀾的唇上，直勾勾地盯著她，「性子柔和又聽話？」

蕭瀾覺得莫名危險。

「三番兩次要逃跑的是妳，色誘我、讓我心軟的是妳，浮林孤島上想用刀捅我、趁機離開的還是妳。」

蕭瀾眸子倏地睜大，蕭戎一點一點地頂了進去。

「溫柔聽話的煙嵐是偽裝。」進入到溫暖緊緻的甬道，蕭戎的眸色更深，興奮更甚，「雖然失了憶，但蕭瀾仍是蕭瀾。於我而言，煙嵐和蕭瀾根本沒什麼差別。」

蕭瀾說不出話，那時身分不明，恩怨不清，她只好以弱示人，才不致招來禍患。而他竟一直都知道，知道她是裝的，知道她心裡的盤算……

只是還未等她徹底反應過來，身體裡的東西已經等不及地開始激烈律動了。

「啊……」重重地一頂，蕭瀾吃不消地叫出聲來，「太、太深了……」

他的每一次頂弄都會帶入溫水，令小腹撐得不行，水一邊往裡進又一邊往外流，偏偏一隻大手還惡意地按了上來——

「啊——」她承受不住地仰頭，「嗯……別、別……」

原本平坦的小腹微微隆起，他次次撞到最裡面，水花四濺，腹中脹得發疼。她左右都逃不過，只得可憐兮兮地抱住他的脖頸，「別在……啊……別在水裡好不好……」

她都開口求情了，蕭戎哪裡有不依的。溼漉漉的身子被放到床榻上，她鬆了一口氣，雙腳忽然被抬起，放到了男人的肩上。他的胸膛上還有水珠滑落，一路滑向那駭人的某處。

蕭戎低頭看著那處小小的縫口，此時此刻正微微張闔，看得人不禁湧起凌虐的欲望。想把胯間的東西塞進去，把這道窄縫撐開，緊緊地包裹他、絞著他。

蕭閣主也好，蕭少帥也罷，身分天差地別，卻都是同樣得乾脆果斷。

這麼想著，便這麼做了。

蕭瀾驚恐地發現他又要進來，而那東西甚至比剛剛還要粗。她抓著床褥想要躲開，卻被掐著腰身拖了回來，直直地撞向了他。

「呃嗯……」軟綿觸感如想像中地裹了上來，蕭戎止不住地低嘆一聲，而蕭瀾纖細的腰肢弓起，艱難地想將身體裡的異物擠出去。

她太緊張了，夾得他根本動不了。蕭戎忍著諸般殘暴的欲望，俯身溫柔地親她、吻她，輕聲哄著：「瀾兒聽話，把腿再張開些，不怕，再鬆一點……」

他終於能撤出一些，緩緩地律動著。等她再次適應，便開始了比剛才快速大力更甚的衝撞。他撞得越來越深，蕭瀾感覺五臟六腑都要被撞壞，摩擦的疼痛間又有股異樣的快感紛湧而來。身體裡像是發了大水，不住地流出熱液，羞得她耳垂紅透，緊緊咬著唇不敢叫出聲。

而身上的人偏偏像是要與她作對。在她以為要結束之時，一陣天旋地轉的翻轉，他從後面闖入，嬌嫩的身子幾乎是趴在床榻上，任憑小腹裡的東西頂到最深處。

她嚶嚶地嬌哼，哼得蕭戎心癢。兩人身子還相連著，他一把將人撈起來，讓她坐在自己的胯上。不知過了多久，她只知對方幾乎一直在裡面。最後身上處處紅腫，胸前大片肌膚上殘留著淺淺的咬印，而白皙的頸部和手臂，甚至小腹和後背，都留下了一個個曖昧的紅痕。

熟睡的人兒唇上還泛著晶瑩，眉梢帶媚，極致歡愉過後，整個人美得不可方物。

沐浴的水早已涼透，蕭少帥親自換了熱水，抱著眼角還掛著淚的人兒仔細清洗。他戀戀不捨地抱著蕭瀾，親了親她的額頭。

抬眼看去，天已經泛了白。

◆

清晨，鼻尖沁入熟悉的馨香，蕭瀾睜開眼睛。

眼前是男子的胸膛，上面還有道道抓痕。她下意識就要往後退，卻未想箍在腰上的手立刻緊了緊，頭頂傳來沙啞又帶著睡腔的聲音，「再陪我躺一會兒。」

昨夜那些面紅耳赤的畫面晃過眼前，她閉了閉眼，心口有些喘不過氣。

同父異母，血濃於水的至親手足，赤裸交纏，恣意歡愛……

明明知道這是大逆不道的事，明明清醒著，卻終是沒能狠心地推開他。

懷裡是意料之外的安靜，手上觸感溫熱嫩滑，可屋裡氣氛卻有些異樣。

蕭戎低頭，「是不是哪裡疼？」一邊說著，手一邊探下去要分開她的腿。

蕭瀾連忙制止：「沒有，不疼。」

聲音哽咽，聽得蕭戎眉頭一皺，手捏住了她的下巴，迫使她抬頭：「哭什麼？」

她不知該說什麼，但蕭戎已經從她眼中明白了所有。

「妳後悔了是麼？」

語氣不悅，令蕭瀾眼眶紅得更厲害了。

他頓了頓，鬆開手，轉而擁她入懷，「後悔也無用，我是不會放開妳的。」

蕭瀾何嘗不知。他們兩人之間，向來都是她說了算，即便是刀山火海的決定，他也不曾有過異議。只此一事上，蕭戎不願退讓半步。她明白那分情意，卻不能坦然接受。

「姊，昨晚妳問我，我喜歡的到底是煙嵐還是蕭瀾。」

「現在該換我問妳了。」蕭戎撫上她的臉，直視著她的雙眸，「恢復記憶之前，妳可曾對我動過心？」

蕭瀾心中一抖。恢復記憶之前，她只是煙嵐，而他也只是蕭戎。他掩蓋了血緣羈絆，只以尋常男子的身分與她相處。若不是弟弟……

蕭瀾不敢去看那雙充滿希冀的眼睛，不自然地避開了他的目光，「我不知道。」

緊接著便是一陣無言的沉默。蕭戎不說話，卻也不放開她，蕭瀾心中有些忐忑。

蕭戎盯了她半晌，忽然笑了。蕭瀾不明所以地抬眼看他，只見他湊過來親了親她的鼻尖，看著不像是要生氣的樣子。

「你，你做什麼……」

「姊姊不喜夏日，不喜生食冷食，不喜深色衣衫，更不喜笑裡藏刀、恩將仇報之人。」蕭戎抱著她，「妳一向喜惡分明，喜歡就是喜歡，不喜歡就是不喜歡。

「若真的絲毫未對我動過心，何必用不知道三個字來搪塞？」

還不等蕭瀾回應，門外忽然響起了細微的聲音。

敲門聲十分特別，蕭戎開口：「去書房等著。」

外面封擎敲門的手僵住，不可置信地看向身旁的古月，以極小的聲音問：「這不是小姐的屋子麼?大清早的這是……是少帥在裡面?」

古月面無表情：「右前鋒還是不要多打聽的好。」

外面腳步聲漸遠，蕭瀾推了推他：「到了該去軍營的時辰了。」

他挑眉：「今日休沐。」

「那你也回自己的屋子去。」雖不知自己是怎麼回來的，但下人們來來回回，看見了總是不好。

她起身穿好衣衫，忽然想到什麼，回過頭來看向蕭戎。欲言又止，耳垂微紅。

他也坐起身來：「怎麼了?」

「你昨晚……」她頓了頓，怎麼都說不出口。

但蕭戎已然明白，雲淡風輕道：「不必擔心，也不用服避子湯。此事我早已問過，也做了萬全的準備。」

蕭瀾一雙美眸倏地睜大：「這種事你怎麼問得出口，問了誰?」

「那隻花狐狸。」

「蘇焰?」

「嗯，他仔細地說了一遍，其實就是——」

蕭瀾一把摀住他的嘴：「我知道了!你別說了。今日還有正事，我、我先過去了。」

封擎和古月在書房等了片刻，就見蕭瀾走了進來。當然身後還跟著一位。

「小姐，少帥。」

此時婢女奉了早膳進來，蕭瀾一笑：「右前鋒和月姑娘這麼早便來了，應該還未用早膳。」

四人落座，封擎時不時看向主位上的男子。赤北軍在西境的戰績他老早便聽說了，聽得熱血沸騰，就盼著能真正見少帥一面。

「右前鋒帶著驍羽營的弟兄們一直奔波在外，此番月姑娘也同驍羽營一起暗中盯著燕傅兩家，事情可還順利？」

古月一向話少，只點了點頭。但封擎對她讚不絕口，「月姑娘行事穩妥，最厲害的是輕功了得，夜裡追蹤時，連咱們驍羽營的弟兄都嘆為觀止！」

蕭瀾認同地點頭，沒告訴封擎，古月殺人更厲害。

「今日我們前來，也是要稟報小姐和少帥，我們連日盯著燕傅兩家，果真發現了端倪。」

蕭瀾毫不意外：「他們兩家在朝中根深蒂固，雖遭受重創，卻也不致就此認命，總還是要掙扎一番的。你們打探到了什麼？」

「傅家尚且還算老實，但是燕家——」封擎面色嚴肅，「在暗中接觸了麓州慶陽軍。」

蕭瀾盛湯的手停住，遲疑了下，「慶陽軍如今主事之人是？」

蕭戎開口：「仇靖南。飛虎將軍仇白鳴的嫡系。」

「我記得仇家跟燕家向來沒什麼往來……」蕭瀾想了想，忽然頓悟，「呵，若是沒猜錯，他們也算是豁出去了。」

「小姐知道他們在謀劃什麼？」

蕭瀾點了點頭，放下筷子，「但此事恐還需皇后和太子從中助力。我即刻進宮。」

「屬下護送小姐進宮！」

蕭戎沒說什麼，任由蕭瀾和封擎離開，書房中立刻安靜下來。

此時他側眸：「出來。」

古月順著他的視線望過去，就見角落處走出一人。少年模樣，黑衣銀劍。

「閣主，月師姐。」

「何事。」

「福臨寨暗線傳回消息，北渝方向有異動，特來請示如何處置。」

蕭戎皺眉：「二閣主呢？」

那少年面露難色：「此事非同小可，二閣主走不開，便下令讓戰風師兄去。但是……」

古月問：「又打起來了是麼？」

少年誠實地點頭。

古月見怪不怪，看向蕭戎：「閣主，我回去傳令。」

「盡快。」

古月到的時候剛過晌午，整個祁冥山吵鬧不堪。

屋頂上一紅一黑兩道身影纏鬥不止，砸爛了周圍不少東西。

飛刀鋒利無比地劃過，昂貴稀有的紅緞立刻被劃開了一道大口子。蘇焰笑得令人毛骨悚然，狠厲一招直衝戰風面門，掌風似劍，能一拳擊穿人的胸膛。

兩人打得瘋魔，戰風忽然目光一凜，甩手一飛刀刺向屋簷下那道小小的身軀。

數月未回，古月竟不知閣中居然有個孩子。那女童五、六歲的模樣，正揉著眼睛從房中走出來，絲毫沒看到那致命的飛刀，精準地朝著她小小的腦袋射來。

古月眉頭一皺，抬手拔劍，只是還未拔出，就見一道紅色劃過眼前，快到根本看不清。她抬頭望去，屋頂只剩下戰風一人，一張俊臉上偏偏笑得那般惹人討厭。

戰風飛身而下，一把接住了被人甩回來的飛刀。

「你想死就直說。」蘇焰擋在女童面前。

戰風也不惱，反而語氣輕佻：「喲，小古板回來了？來來，正好瞧瞧咱們二閣主護短的模樣。」

古月看過去，那女童正乖巧地抱著蘇焰的手腕，一雙水靈靈的大眼睛好奇地看著她。閣中全是哥哥，忽然來了一位好看的姐姐，小蘇喬看得目不轉睛。

那樣子惹人憐愛，古月不自覺地開口：「這是？」

戰風努努嘴，大言不慚：「蘇某人在外風流留的種。」

蘇焰氣笑，正要再次出手，就聽見軟軟糯糯的聲音：「舅舅，喬喬睏了。」

古月啞了啞，蘇焰也懶得解釋，低頭看向小人兒：「妳睏了就去睡，瞎跑什麼？」

這丫頭來了一個月，他也煩了整整一個月，黏得他不能下山尋歡作樂。

這語氣很凶，小丫頭的眼眶立刻紅了。

「敢哭就把眼睛挖出來餵狗。」

粉雕玉琢的小姑娘立刻憋了回去，肉肉的小臉上滿是委屈，看得人心軟。

要不是她親口喊了蘇焰，就憑蘇二閣主這態度架勢，不知道的可能還會以為是他硬綁來的小孩。

但仔細看看，兩人眉眼間確實有些相像。

「嘖嘖，」戰風湊過來，「這小美人胚子，若是將來長成他那麼討厭的一張臉可怎麼辦？實在可惜！」

蘇焰看著這黏人的丫頭一邊可憐兮兮地害怕著，還一邊抓著他的袖口不鬆手，固執得跟一頭小驢一般，不耐煩道：「我再陪妳睡最後一次，聽見沒有？」

小蘇喬委屈巴巴：「聽見了，舅舅。」

小手還主動拉上他的手，蘇焰人高馬大的，竟也任由她拉進了屋子。

古月看了全程，也明白蘇焰確實是走不開。

於是她看向戰風，語氣平淡：「閣主令你去北境。」

說完就走，戰風立刻跟了上去：「妳與我同去？」

「不。」

「那我不去。」

「隨你。到時候閣主親自回來，你又要被打得下不了床。」

「喂，咱們許久不見，妳就不想跟三師兄敘敘舊？」

「不想。」

◆

東宮，幽明殿。

承吉點上了安神香，謝凜還在看卷宗。

「殿下，已是丑時了。」

「嗯。」他面色略顯疲憊，「燕家和麓州那邊還在暗中牽扯？」

「是。嘉貴妃，哦、不，是燕貴人不惜用成玉公主向仇靖南示好，又有咱們娘娘在其中……殿下儘管放心。陛下身體抱恙，殿下連日來輔政事宜過多，娘娘叮囑了您不可過於勞累。」

「呵，」謝凜笑著搖頭，「既居高位，又怎能懈怠。」

承吉只好退到一旁，不敢打擾謝凜。他繼續看著卷宗，忽然想到什麼，抬頭問：「蕭瀾近日可有進宮？」

承吉搖搖頭，「稟殿下，蕭瀾姑娘自數日前進宮，與您和娘娘言明麓州之事後，便再沒有進宮了。聽聞……是終日都混跡賭坊，也不曾歸家呢。」

謝凜一笑，「她還是老樣子。」

不知為何，眼前倏地閃過那日在蕭府門口看見的親暱場景，他肅了神情：「蕭戎身在何處？可與她在一起？」

「殿下放心，守在錦州衛的人稟報說，蕭少帥一直身在軍營，並未出來過。」

「那就好。」

此時「吱呀」一聲，房門被人從外面打開，太子側妃孟宛瑜聲音溫婉：「殿下。」

謝凜不動聲色地用一本策論遮住了案牘上的書信，隨後起身，「怎麼這麼晚了還未安歇？」

孟宛瑜已有孕八個月，身子不便，謝凜溫柔地扶住她。

她面色微紅，不太好意思地看著謝凜：「多謝殿下。」

兩人落座於偏殿，側妃貼身婢女將宵夜糕點一一擺上桌。

「殿下連日操勞，宛瑜寢食難安。雖知殿下不喜人來幽明殿攪擾，但……妾身還是來了。請殿下恕罪。」

謝凜目光柔和：「近日來冷落妳了，是我不好。」

溫聲細語，哄得孟宛瑜嬌笑不斷，最後還是念及她懷著身孕，謝凜親自送她回了房。

再回來時，安神香已燃盡大半。

「殿下，恕承吉多嘴，您也早些安歇吧。」

謝凜拿開那本策論，露出案牘上的一封信。他拿起那封信，摩挲著邊緣。

「母后幾次召我說宛瑜的事，我避而不見，她便書信一封，還用了皇后鳳印。」謝凜看著那信上的皇后字跡，「承吉，你如何看待此事？」

「這……」承吉面露難色，不敢開口。

「但說無妨，這裡沒有旁人。」

承吉想了想，低聲開口：「依承吉所見，娘娘是為了殿下的大業操心，殿下……則是在為蕭小姐操心。」

謝凜看向他：「你倒是看得清楚。」

「孟國公三朝元老，眼下燕貴人連累燕文之，一同失了聖心，父皇是囑意孟國公繼任國相的。他家獨子早亡，只為國公爺留下宛瑜這麼一個小孫女。如今她又即將臨盆，母后要我將宛瑜扶為正妃，倒也是無可厚非。」

承吉點點頭，「殿下深知娘娘的用心。」

「只是……」那信紙在他手中逐漸變皺，直至被捏成了團。

謝凜眸中深邃，「她不會願意做妾。」

與此同時，遠離盛京城向北方向的一處偏僻客棧外，正有一場激烈的廝殺。

屋裡燃著紅燭，蕭瀾纖細的手指叩著桌面，外面刀光劍影無數，但因身旁坐著的人，她不必擔心有什麼危險。

屋外遲遲不能結束，蕭戎不耐煩地拿起了桌上的劍，「我去看看。」

蕭瀾百無聊賴地支著下巴，等的也是有些久了。

外面驍羽營和一群黑衣人纏鬥成一團，刀鋒沒入血肉的聲音殘忍又驚心。驍羽營精銳經歷過殘酷錘煉，人數雖少，但作戰力以一抵十。地上早已橫七豎八地躺著黑衣人的屍體，但此刻久攻不下的原因卻是一位蒙面劍客。

此人死死地護在主人身旁，出劍極快，難以近身。

蕭戎冷眼看著那名劍客，轉了轉脖子，忽地飛身而起，朝著那人徑直刺去。蒙面人從容閃身，蕭戎的劍鋒驚險擦過，斬斷了對方一縷黑髮。

一劍雖險，卻未真正傷到此人，但這極具挑釁意味的一招卻徹底激怒了那劍客。頓時寒光刺眼，他手中之劍如同毒蛇般朝著蕭戎襲來。

後者竟也不躲，看得一旁的封擎心中一抖：「少帥！」

只見蕭戎右手持劍，直直地擋住了那一劍。卻未想對方的寶劍堅硬無比，竟削鐵如泥般地硬生生斬斷了蕭戎手中的武器。

鋒利無比的劍身掉在地上，而劍客手上淬著毒的利器即將沒入蕭戎的胸膛——

剎那間，忽見那人身子一僵，一聲痛苦的悶哼響起，下一刻整個人慢慢地跪了下去。

劍客身後之人一把扶住他：「殷寒，殷寒！」

蕭戎右手還握著那把斷劍，不緊不慢地將左手中的匕首放回腰間，居高臨下地看著嘴角滲出血跡的人，「幾年不見，一點長進都沒有。」

「嘖嘖，三年前靈文山莊比武是這麼輸的，三年後又落得同樣的下場。」眾人身後，一道女聲響起。

驍羽營中人紛紛讓開，女子玩繞著一縷秀髮，眉間輕佻：「北渝劍客也不過如此啊。」

蕭瀾隨手拿過蕭戎手中那把斷劍，蹲下身與跪在地上、支撐著殷寒的人平視，冰冷的殘刃毫不客氣地挑起那人的下巴，「好久不見，墨雲城。」

纖細的手腕動了動，男子原本俊朗的臉上立刻劃出血痕，蕭瀾笑得美豔，「恭候多時，歡迎你來送死。」

墨雲城一身黑衣，因為打鬥而頭髮凌亂。連日奔波，面色蒼白，臉上還沾了血汙，整個人顯得髒亂狼狽，卻又掩不住他身上那股與生俱來的皇家英氣。尤其是那雙好看的眼睛，此時正不要臉又不要命地盯著蕭瀾。

蕭戎一把拉起她：「好好說話。」

蕭瀾剛威風凜凜了不過彈指就被他打斷。她撇撇嘴，轉頭看向封擎：「把人捆了帶進來。剩下的——」

「不要殺他們！」墨雲城聲音沙啞。

蕭瀾一笑，「那便要看墨公子今日能否護得住他們了。」

夜深人靜，外面漫著血腥。屋內熱茶滿盞，今夜注定無人能安然入眠。

堂堂北渝太子渝為階下囚，蕭瀾也知道他定然是滿腹的不解。

「墨公子一行人自進了大梁，一舉一動，都已落入我等眼中。所以今夜突然被襲也沒什麼好大驚小怪的，只是手段粗魯了些，還望公子勿怪呢。」

墨雲城跪在地上，雙手被捆到背後，一言不發地看著她。

「北渝動盪，想必也兌不出當初與大梁的進貢之約了吧。此番偷入大梁是想要破釜沉舟一把，我可有說錯？」

墨雲城眸中閃過不可置信。雖不知蕭瀾為何能毫無差錯地說出此話，但他莫名覺得這與她身旁的蕭戎脫不了干係。

血衣閣當日屠了福臨寨，鬧得江湖皆知。但任是誰，都不會捨得將福臨寨遍布各地的密探暗線連根拔起。萬千密探，要查探他們的蹤跡，根本不是什麼難事……

見墨雲城看向蕭戎，蕭瀾也不覺得意外，「既然已明白你是如何被抓，那現下也該換你開口，說說當年舊事了。」

第十九章　陰謀

墨雲城知道，此時此刻，他與砧板上任人宰割的魚肉無異。

但一路忠心跟隨的北渝勇士們，卻不該就此丟了性命。喉嚨乾得發疼，他抬頭看著蕭瀾：「我把我知道的都說出來，能不能——」

「呵。」蕭瀾放下手中的酒杯，「將死之人，還在妄想跟我談條件？」

墨雲城望著她，她一如初見時那般恣意張揚，傲得扎眼。

「既然被俘，我可以死。但他們並不知曉其中是非，也未插手當年之事。」

蕭瀾不耐煩地擺擺手，「放人。」

門口的封擎一愣：「小姐這可是……」這可是明晃晃的北渝賊人。

蕭戎皺眉，封擎立刻噤聲，轉身做了個手勢，便眼看著那些黑衣人帶著重傷的殷寒迅速逃離。

「現在能說了麼？」

「當初晉安侯連奪北渝三座城池，直逼朔安，原本已經抵擋不住，好在一場突發的寒潮絆住了你們大梁兵馬。那時我初登太子之位，朝中無數雙眼睛盯著，後宮無數雙耳朵聽著，若不能解外襲之患，北渝便算是葬送在我手裡了。」

「所以你來了大梁。」

「是，我來了大梁。我知道你們大梁皇帝不會輕易退兵，所以我只能另謀他路。除了皇帝，能動搖晉安侯的，想來也只有他放在心尖上的嫡女了。」

蕭戎低頭，果然看見蕭瀾單薄的肩膀在微微發抖。雖已時隔許久，但只要提起亡故的父母，她仍會傷心不已。可他最不想看見她傷心。

一隻手，擦掉了蕭瀾臉上的淚，動作溫柔。墨雲城僅憑男人的直覺便覺得有哪裡不對。只是還未多想，就聽到蕭瀾哽咽的聲音：「於是你想出了聯姻的法子。」

「我本來，是想殺了妳。唯一的女兒死了，必能令晉安侯方寸大亂。」一道寒光立刻射到身上，墨雲城對上蕭戎的黑眸，又轉而看向蕭瀾：「但看見妳之後，我就改變主意了。」

她問：「為什麼？」

蕭瀾想，皇室中人最計較得失利益，能做出讓步，定然是瞧見了更大的好處。

「我曾以為自己見過天下美人，不會再為美色動心，卻沒想到遇見了妳。」

蕭戎神色冷峻：「你找死是不是。」

「墨某已經是將死之人，臨死前說兩句心裡話，還望蕭帥勿怪。」

蕭戎二話不說，準備上去割了他的舌頭。

蕭瀾嘖了一聲，一把拉住他的衣襟：「阿戎，不許胡來。」

墨雲城盯著蕭戎，那副吃醋的樣子，任誰看了都不會相信兩人只是姊弟這般簡單。

當年墨雲城便知道，若非自己位列東宮，想必根本入不了蕭家的眼。那時的蕭家不僅在大梁如日中天，更是名揚列國，晉安侯夫婦鐵血風骨又寵女如命，即便是皇子身分，他們也根本不會放在眼裡。所以他還真想像不到，能娶到蕭瀾的到底是何方神聖。

但橫豎……都不可能是眼前這個，與她有著同樣血緣根基之人。

「你去門口，離得遠一些。」蕭瀾推了推蕭戎，對方卻寸步不移。她美眸一瞪：「怎麼回事？」若是尋常時候，蕭少帥也該聽話了，偏偏在墨雲城那若有若無的挑釁目光下，心頭一股無名火湧了上來。他黑著一張臉，走到門口，封擎急忙退出去，常年混跡暗線之人敏銳無比，斷不會於此時往刀口上撞。

蕭瀾顧不得理他，看向墨雲城：「無關緊要的話就不必說了，我不想聽。」

「當日在賭坊除了見到妳，還讓我心驚的便是他了。」兩人的目光同時落在門口那道高大的身影上，只是那人依然冷著一張臉。

「我接連派了好幾批人，最終才發現了一點點端倪。後來靈文山莊的試探，這才讓我確信了妳弟弟同血衣閣之間的關係。我正籌畫著如何將此事加以利用，就恰好得知了國相燕家有意與蕭府結親。」

蕭瀾面上波瀾不驚：「果然是你。」

「我不惜重金，原以為蕭戎離得最近，定然是派他去殺燕符。如此一來，只需將此事宣之於眾，燕家和蕭家便永遠不可能成為親家。只是我沒想到血衣閣竟沒有派他來。」

墨雲城不知為何，蕭瀾卻知道。那個時候，蕭戎已決心退出血衣閣。

「雖不是阿戎殺的，但你還是以蛛絲馬跡提示燕家，這才有了燕家在城隍廟的截殺。」

墨雲城一愣：「什麼截殺？」

「事到如今你裝什麼不知情？既然當初暗中派了人，那麼一路引誘燕家和護城軍到城隍廟也不是什麼不可能的事。」

墨雲城不認：「此事於我無益，我要的只是無人破壞聯姻罷了。」

蕭瀾眸中閃過疑惑，她抬眸看了看蕭戎，他也面色凝重。城隍廟截殺一直像個謎團，看似巧合，實則不然。若再不能查出來，她便只能踏平國相府，去尋個真相了。

「不管妳信不信，莫說是截殺妳弟弟，便是連妳父親，我也從未想過那般陷害他。」

蕭瀾倏地厲聲：「你敢說你沒與皇帝暗中勾結？聯姻之事是你們早已商定好的，以此為餌，誘我父親回來！」

墨雲城嘆了口氣：「我若真的知道梁帝打著那樣惡毒的主意，絕不會答應對聯姻之事守口如瓶，直至妳的生辰宴飲才說出。」

「你是什麼意思？」

「我的確告知了梁帝想要聯姻，並且是真心的，我願以此為由，獻上北渝城池。此舉雖軟弱，卻能免了邊疆百姓戰亂之苦。若任由妳父親長驅直入，北渝必遭大禍。

「能不費一兵一卒便拿到城池，我料定皇帝不會拒絕。但他並未當即答應，只叫我在偏殿等候片刻，還賜了美女舞姬解乏。皇帝傳來了國相燕文之，還有一名姓傅的員外郎，我不知他們說了什麼，但一炷香過後，皇帝召我，說同意了聯姻。

「但他還提出了一個條件，要我對此事守口如瓶，待闔宮宴飲之時再提出。只要我答應，他便即刻下令退兵。當時我被退兵二字沖昏了頭，任何條件都一口答應下來。後來晉安侯出了事，我靜下心來細想，才知自己也是其中一環。」

墨雲城仍跪在地上，說了這麼多話，聲音已經沙啞得不成樣子。

「蕭瀾，我並非有意害妳父親，晉安侯雖是北渝最強勁的敵人，卻也是我們最欽佩的敵人。他治軍嚴明，從不搜刮民脂民膏。即便對待俘虜，也只是按照章程，沒有動過殘忍私刑。我敬仰他的身手和為人，也曾立誓要與他在戰場上決一高下。

「我若是知道他們的算計，就算不能從中相助，最起碼也會暗中知會一二，絕不會就此看著一代梟雄死於奸佞陰謀之中。」

屋內屋外，安靜得毫無生氣。墨雲城聲音雖啞，卻字詞清楚，屋外驍羽營的弟兄們憤恨地擦著眼淚，無聲地聽著殘忍的真相。

倘若要問奮勇殺敵之人最怕什麼？

那便是來自背後的刀，那把來自自己人的刀。

漫長的沉默，告慰著天上的英靈，也決定著眼前人的生死。

墨雲城身上到處是傷，跪在冰冷的地上，唇上幾乎沒了血色。門內的蕭戎和門外的封擎等人都在等著，只要蕭瀾一聲令下，墨雲城即刻人頭落地。

良久，蕭瀾開口：「先關押起來。」

墨雲城眸中劃過詫異：「妳不殺我？」

蕭瀾看著他：「想要保住性命，你應該什麼條件都能答應吧？」

這是當然。但墨雲城有些遲疑：「妳莫不是要讓我……」

蕭瀾起身，「不答應就只有死路一條。你與我父親的比試，就留到地下去吧。」

話畢，她頭也不回地離開。臨到門口，墨雲城忽地叫住她：「妳的意思我明白了，可事成之後妳當真不會殺我？」

蕭瀾並未回頭，「即便事成之後我反悔了，也總比你現在人頭落地要強上許多，不是麼？」

身後的人不再說話。封擎帶著驍羽營的人將其嚴密押解離開。

夜裡的風冷如寒冬，蕭瀾看了空空如也的院子一眼，除了地上的斑駁血跡，就只剩下一輛孤零零的馬車了。

「走吧。」手上一暖，身旁多了幾分溫熱，蕭戎握住了她的手腕，「回府。」

蕭瀾是覺得有些冷，好在路上人煙稀少，沒有阻礙。拂曉剛過，城門打開，馬車順利回了蕭府。

蕭瀾在裡面半睡半醒，一拉開車簾發現天都快亮了，她揉了揉脖子，「才一夜沒睡好就這般疲憊，月姑娘和驍羽營的弟兄們不眠不休地暗中盯著，著實辛勞。」

行至門口，蕭瀾回過頭來：「所以剩下的這件事……」

蕭戎點頭：「正好也到了上朝的時間，我即刻就去何府。」

蕭瀾叮囑：「你規規矩矩的，好生敲了門再進何伯伯的屋子。他年紀大了，屋裡忽然多出一個人會嚇壞的。」

「知道了。」

◆

接連三日，蕭瀾都沒怎麼得空出府。

數不清的昂貴綢緞送到了蕭府，府內府外人人都知當今太子對蕭家大小姐著實不一般。只是誰都不知，那些珍貴錦綢根本沒有得到該有的青睞，盡數入了庫。

梁帝壽辰這日，天降異雲，欽天監當即上奏，此乃大大祥兆，寓意陛下益壽延年，萬壽無疆。此時梁帝的身旁坐著皇后，經歷之前種種，後宮嬪妃無人再敢恃寵而驕，更是謹遵聖意以皇后為尊，不敢有絲毫造次之心。

皇后溫婉地替他斟酒，「欽天監大人說有吉兆，這是喜事。可臣妾卻也擔心陛下龍體，可不許貪杯。」

皇帝笑著點頭：「好，好，皇后體貼，朕自然是要聽皇后的。」

當著眾大臣的面，皇后面上微紅：「陛下……」連為皇帝倒酒的手都泛了紅。

帝后和睦，席間一片和樂融融。

此時一道男聲自大殿外傳來：「大梁陛下壽誕，墨琰代北渝前來恭賀！」

連安靜地待在一旁的燕文之都不禁脫口而出：「你是怎麼進來的！」

墨雲城一身白衣，氣色比起三日前那晚已好了許多。尾席的女子拿起酒杯，一飲而盡。

墨雲城並未看她，在踏入大殿的一瞬間，就已被殿內的禁軍包圍。

皇帝皺著眉：「北渝太子似乎忘了當日立下的約定。」

「自然是沒有忘記。」他笑說，「只是特意為陛下準備了生辰賀禮，若不親自送來大梁，送至陛下手中，恐是不敬的。」

殿中眾人不明白他為何敢如此理直氣壯地不守約定，未經文牒批閱，便擅自來了大梁，還聲稱帶了賀禮。

眾目睽睽下，皇帝面上大度：「北渝既有心為朕賀壽，來者是客，那便呈上來吧。」

身旁的高公公不緊不慢地走了下來，雙手接過墨雲城遞上一張薄薄的，卻又寫滿了字的紗紙。

「公公可要捧好了。」

高禪聞言，目光落在手中之物上。只看了一眼便一口氣噎住，雙手不自覺地抖了起來。

「嗯？怎麼回事？」皇帝瞇了瞇眼，「還不呈上來？」

高禪弓著身站在原地，臉色發白，滿額的汗，根本不敢上前，「陛、陛下……」

北渝太子面前，身邊親信竟如此膽顫，皇帝面上掩不住的怒氣：「呈上來！」

高公公抖著雙手，步履急促地走到皇帝身邊，將那東西呈到了皇帝面前。

下面的朝臣個個目不轉睛地盯著皇帝，眼見皇帝猛地將那紗紙撕碎，甚至一把掀了桌子，「混帳，混帳！你怎麼敢？你們北渝是反了天了！」

坐在皇帝身旁的皇后嚇了一跳，一時不知該如何是好。

殿中禁軍立刻拔刀，數十柄刀刃直直地對著他，頃刻間便能將其砍成碎塊。但墨雲城眸中沒有半分畏懼，負手而立，直視著龍座上暴怒之人。

「北渝不如大梁，大梁即便重文輕武，卻也仍有軍侯蕭氏，百年來為國征戰。北渝豔羨，卻也惋惜。」

此言一出，殿中立刻有了竊竊私語。好端端的，怎麼又提起曾經的蕭家了？

不起眼的角落裡，蕭灡靜靜地聽著。

「惋，北渝之大，卻無一支驍勇強悍的蕭家軍，邊境之戰延續數十年，北渝勝數寥寥。

「惜，一代梟雄，擊潰了萬千敵軍，卻死於猜忌屠戮。」

字字句句擲地有聲。

「來人！把這個滿嘴顛倒是非黑白，擾我大梁平靜之人拿下！」

「陛下！」此時一名老臣起身，躬身行禮：「陛下切勿動怒，此人既敢隻身前來顛倒是非，定是有所圖謀，陛下何不聽聽？大梁民風開放，帝王英明，自然不怕什麼！」

「這位大人，」墨雲城看向那位老臣，「像您這等被蒙在鼓裡的忠臣，自然是不怕，可上面坐著的英明陛下，是絕容不下我將所知之事公之於眾的。」

他轉而看向皇帝，滿眼戲謔：「可惜，陛下撕碎的只是萬千疊紙中的一張，此時民間人手一份，也不知陛下撕不撕得過來？」

「給我殺了他！」皇帝一雙眼睛幾乎要瞪了出來，禁軍統領陳蒙領命，右手抬起，禁軍嚴陣以待。

「陛下！陛下不可！」孟國公連忙高聲呼道：「此乃北渝太子，若是公然死在大梁，還是在陛下的大殿之上，百姓會作何感想？北渝又如何不會傾舉國之力向陛下討回公道？」

撻不動，殺不得。

墨雲城的餘光看向坐在角落的那位女子，可她仍舊品著手中的清酒，大殿之上發生的一切彷彿都與之無關。他收回目光。

短短幾句話，將當年的來龍去脈說得清清楚楚。他語氣平靜，前情後果環環相扣，任是誰也沒聽出不合理之處。一時間靜默無比。

若是真的，這等醜事便要成為天下的笑話。立時就有大臣站出來：「你休要胡言！明明是肅世城與你們北渝勾結，擅自回京，意圖謀反！」

忽然一道突兀之聲響起，酒盞重重地摔在地上，頓時四分五裂。

角落裡，女子一襲紅衣，徐徐走向殿中。

梁帝看著蕭瀾，眉心擰得不成樣子，「朕憐憫你們姊弟，沒有要妳的性命，妳此時又是做何！」

漆黑的長髮垂落腰間，紅衣白膚，柳眉墨眸。這樣的美，卻帶濃重的哀傷。

「你們口口聲聲說晉安侯謀反。今日我便要問，他究竟如何謀反！」

她聲音不大，可朝臣竟被這句話問得啞口無言。

「是他明裡暗裡支持了哪位皇子奪嫡，還是對皇帝心有不滿，想取而代之？」

「大膽！」梁帝此時已顧不上面子，一聲怒喝。

蕭瀾直視著他：「都不是。是他軍功太甚，是他太過拚命，自我出生後的十六年中，他回來的次數屈指可數。他將家國天下，將那該死的皇權置於首位，最終才換來了無盡的猜忌和忌憚！

「十年前外患包圍，胥陽之戰那般慘烈，我們死了八萬將士，我父親是被抬著回來的！敵軍殘忍屠戮，他尚且九死一生地保住了性命。」

眼淚落了下來。

「那個時候他該想不到，大難不死，最終卻會被自己效忠的君主所陷害，被一群從未上過戰場，只知在繁華盛京勾心鬥角之人砍了腦袋！」

盛京城外，四處靜得詭異。

守城門的將士懶懶散散，絲毫沒有嗅到危險的氣息，也絲毫不知遠處兵馬枕戈待旦，今夜恐不得安寧。

「少帥，」莫少卿收了手中密信，「那邊動了。」

雄健戰馬之上，男子身穿黑色盔甲、赤色披風，神色冷峻。

蕭戎看著城門處人影攢動，緊接著守門的將士軟綿綿地倒了下去。

他沉聲：「傳令下去，一刻鐘後進城。」

皇宮大殿之上，蕭瀾和墨雲城被禁軍包圍。

席間靜默，雖無人敢說什麼，但眾臣看蕭瀾的目光，已不再是看罪臣之女那般複雜。

剛剛的話就如同利劍一般刺中要害，喚醒了塵封已久的記憶。曾漸漸淡忘的戰役和鮮血，此刻重新鮮活地躍入眼前。

若無蕭氏，單憑那幾次突襲，大梁恐難逃被宰割之命。只是刀未砍在自己身上，傷疤沒留在自己心中，兜兜轉轉的幾年安生日子，便輕易將曾經致命之患忘得乾乾淨淨。

這時的恍然大悟卻已經晚了。

當年的晉安侯若想謀反，隨時都可以反。既然要反，又何必出征北疆，只需任其攻打進來，大梁便要折了壽命。先前墨雲城的話，現在想來……真多假少。

可決定是陛下做的，眾人心裡犯著嘀咕，卻又無人敢站出來言明陛下之錯。

但梁帝，容不得任何懷疑。他冷哼一聲：「黃口小兒不知個中來龍去脈，信口雌黃。來人！蕭瀾與北渝太子勾結，意圖對我朝不利，拿下！」

只是禁軍還未動，便聽見一陣急促的高呼傳進：「陛下！大事不好，大事不好了！」

來者是今夜巡護宮城的禁軍副統領，此人一條胳膊上滿是鮮血，「敵軍攻入皇城，朝著、朝著大殿來了！」

此言一出，一片譁然，陛下壽宴，怎會有敵軍攻入！

「胡說八道些什麼！」皇帝氣急，「城外有護城軍，城內有城防營！是什麼敵軍能連過兩道關隘，殺到皇宮裡——」

皇帝忽然一滯，看向了墨雲城。

他不就暢通無阻地進來了嗎？

心中莫名一顫，皇帝看向下面的朝臣：「何元禮此時身在此處？」

「稟陛下，何尚書說身子不適，今日告了假。」

「混帳！哪有那麼巧的事！」

可說話間，震天的吼叫和兵器相接的聲音蜂擁而來，轟隆一聲，大殿的門被直接踹掉，重重地砸在了眾人的心頭。

「禁軍護駕！」此時顧不上殿中被包圍的兩人，陳蒙大喝一聲。

禁軍兵械一致朝外，頓時朝著攻到門口的敵軍衝了上去。

墨雲城順勢握住蕭瀾的手腕，將她拉到一邊護在身後，「別怕。」

蕭瀾低頭看了一眼，下一刻便將之從他手中抽出，「有阿戎在，我自然不怕。」

墨雲城低頭看著她：「你們當真……」

忽然有一道不善的目光投射在身上，墨雲城抬頭，看見了持劍護在梁帝和皇后身邊的謝凜。

來襲突然，禁軍只有五千，無論如何都抵擋不住，大殿頃刻間便落入他人手心。皇帝本以為是北渝突襲，卻未想竟看見了熟悉的盔甲。

「這是……慶陽軍？」他瞪著眼，「你們這是做什麼！造反不成？」

只見一道豔麗的身影，牽著一名男童走了過來。

「臣妾攜十九皇子，特來為陛下賀壽。」

當初的嘉貴妃，如今的燕貴人，容貌依舊美豔，只是眸中……多了比往常更甚的狠毒。

梁帝根本顧不上什麼賀不賀壽，他看向燕貴人身後跟著的男人：「仇靖南！」

現慶陽軍主帥不再是飛虎將軍仇白鳴，而是他唯一的孫子仇靖南。此人善戰，卻也桀驁，母親是羌族人，他骨子裡便也流著羌族野蠻又執拗的血。

正因如此，慶陽軍一直不受梁帝待見，被拘在偏遠的麓州，地位低下得連一個小小兵備部，也敢明目張膽地克扣軍餉。

「陛下恕罪，臣聽聞有不速之客造訪，擔心陛下安危，特來護駕。」這話回得敷衍，甚至連做為臣子本該有的跪拜之禮都盡數省去。

皇帝氣得說不出話，好在皇后連忙遞上一盞茶，拍著皇帝的後背讓他飲下去。

皇后一向溫婉，但此時也真動了怒：「燕貴人，妳是將陛下對妳的恩情全都忘了麼！」

「恩情？」燕貴人像是聽見了天大的笑話，「所謂恩情，便是他不信我、冤枉我！硬生生將我腹中的孩兒害死！」

她聲音越來越尖銳：「到頭來，他寵信一個與侍衛私通的賤人，殺了自己的親骨肉，去寵愛一個野種！那賤人三言兩語地勾引，陛下便再也不來我宮裡！」

皇后皺眉：「後宮是陛下的後宮，如何處置是陛下的主意。妳要爭風吃醋，又何必把皇子牽扯進來？來人，將十九皇子送回去。」

燕貴人猛然大喝：「誰敢！十九皇子年幼喪母，如今與我投緣，便是我的兒子！我看誰敢動我兒子！」

眼下這陣勢，任是誰都看得出來，燕貴人伙同慶陽軍，護駕是假，逼宮是真。仇靖南寧可擁護一個無依無靠的十九皇子，都不願再效忠當朝皇帝……

今夜，恐是要變天了。

文武百官都在，還是自己的壽宴，被自己的軍隊、嬪妃和兒子如此為難，偏偏還有北渝外人在看笑話。梁帝只覺胸膛怒火中燒，喉頭腥甜，「噗」的一口鮮血噴灑而出。

「陛下！」

「父皇！」

眾人見狀立刻跪地：「陛下是急火攻心！快宣太醫，快！」

燕貴人看見陛下滿口是血，眼眶紅了一下，可隨即又恢復了淡漠的語氣，「慢著。」

去請太醫的人立刻被慶陽軍的刀攔了下來。只聽燕貴人說：「陛下年紀大了，既身體抱恙，還是早些立下遺詔的好。」

「妳這娼婦……」又是一大股鮮血湧了出來。皇帝的手指著燕貴人，不住地顫抖：「妳休想……」

「爾等這是逼宮！即便陛下身子抱恙，自然有正統東宮太子輔政，何須什麼遺——」

只是話還未說完，一道刀光掠過，下一刻那大臣頸間便開了一道血口子，濺得到處都是。

仇靖南悠哉地擦了刀上的血，「吵死了。」

那口子就如同一劑封口神藥般，讓所有人都閉了嘴。謝凜薄唇緊抿，眼看著仇靖南提刀一步步地走了上來。

咻！

霎時一支利箭自殿外射入，徑直插在了仇靖南腳邊。他一頓，回過頭來。

外面火把無數，將天映得通明。廝殺聲再度響起，殿外一個挺拔健碩的男子，身著硬甲，手持一把射鷹大弓，長腿強勁地走了進來。

「是蕭少帥，是赤北軍！」

雖然早就知道他會來，但謝凜在看見蕭戎的時候，還是不由得皺起了眉頭。

若今日他不是按計劃前來，而是真的逼宮，這個仇靖南恐怕不是對手，禁軍戰力就更不必提。一旦掌控局勢，那便是真的可以操縱皇位了……

蕭戎一進殿，眸光落在了不遠處的女子身上。她點了點頭，意為自己無事。

蕭戎收回目光，沉聲道：「赤北軍奉命護駕，閒雜人等，一概拿下！」

頃刻間慶陽軍便被包圍在其中，蕭戎看了龍座上的皇帝一眼，又道：「宣太醫。」

不為別的，只為姊姊說過的，做戲做全套。

梁帝此時已經說不太出話，可蕭戎來得時機太巧，巧得像是早已安排好一般，便是傻子也能明白其中一二。他用顫巍巍的手指指著蕭戎，而後想起了什麼，又指向蕭瀾：「妳、妳……」

蕭瀾看著他：「今日有大臣們作證，還望陛下還蕭氏一個公道。」

這無異於要陛下當眾承認自己的猜忌和過錯，無異於昭告天下自己不是明君。皇帝當即一口血又噴了出來，人徹底昏了過去。

燕貴人沒想到竟還有黃雀在後，此時額上布滿了汗，不住地朝著仇靖南使眼色。仇靖南也是個好戰的，早聞赤北軍換帥之後戰力無敵，同為軍中之人，自然想領教一番。

只是他提刀上前，還未近身，就被一聲怒喝打斷：「你這個不知天高地厚的東西！」

聲音渾圓，中氣十足，仇靖南後脊一僵，看向大殿門口。

仇白鳴鬍子花白，腳下卻孔武有力。他上來二話不說，一腳踹在了仇靖南的腹部，當即把人踹翻在地。不愧是飛虎將軍，從年輕到年老，脾氣依舊暴躁。

蕭戎看都沒看地上的仇靖南一眼，這種一踢就倒的半吊子貨色，還妄想與他比試。

此時陛下被抬回寢宮，仇白鳴躬身道：「太子殿下息怒，是老夫管教無方，這愚頑犢子受人矇騙，想護駕立功，請殿下狠狠責罰！」

三言兩語，硬是將逼宮說成了好大喜功，二者重量何以相提並論。但仇白鳴征戰一生，仇家無功無過，從不結黨營私，歸根究柢還是仇白鳴在當家。

謝凜點點頭：「當知仇家世代忠君，不會幹出糊塗事。還望仇老將軍嚴加管教，不要再生事端。」

仇靖南被仇白鳴抓回去之後，慶陽軍盡數撤退。唯一剩下的，便是最有威脅性的赤北軍了，只是未等謝凜發話，蕭戎便抬手，赤北軍見令立刻撤了下去。

謝凜如同被人戳穿了心事般，不由得咳嗽兩聲，避開了與蕭戎對視的目光。

「燕貴人乃父皇嬪妃，今日一事還需父皇醒來後定奪。今日諸大臣受驚了，還請好生回去休養。」

說著，謝凜又看向皇后：「母后也該是被嚇著了。來人，送娘娘回宮。」

皇后點點頭，蒼白著臉捣著心口，回了景仁宮。

蕭瀾的目光一直追隨著皇后，最後又落了回來。

落在了龍座前滿地的血跡，還有那個摔落在地的酒盞上。

◆

這艱險的一夜總算過去，眾人離去時仍心有餘悸。

蕭戎將手中弓弩一提，身旁的莫少卿立刻接過去，連帶朝著那個方向看了一眼。

墨雲城已無用處，他不請自來到了大梁皇宮，正遇宮變被殺，這也是命數。但蕭瀾看向墨雲城，「答應你之事，我不會食言。只是你也看見了，大梁內亂，我們經不起外患。要委屈你三個月，三個月之後自會讓你平安離開。」

「好。」墨雲城答應得爽快。

大殿上，禁軍在陳蒙的指示下善後，謝凜已經去陛下寢宮守著了。

莫少卿率赤北軍回營，蕭戎親自馭馬回府。

到府經過涼亭，蕭瀾停下腳步，微微仰頭：「阿戎你看。」

蕭戎聞言便也抬頭。天色泛明，異雲散開，日頭要出來了。

薄幕之下，蕭瀾一襲紅衣，長髮散落，側顏精緻，脖頸白得誘人。她側過眸來，那雙如小鹿般清澈晶瑩的雙眸，含著光望著他：「天色將明，新的一日要來了。」

她聲音溫潤，卻透著寂寥。蕭戎將人攬入懷中。

女子的淚很熱，熱到隔著盔甲灼疼了他的心。男子的手輕輕撫著她的後背，將纖瘦玲瓏的身子緊緊嵌在懷中。

「我原以為，定是要殺了那狗皇帝才能洩憤。可阿戎，你看到了麼，他在百官面前心虛狡辯，不敢昭告天下。一代帝王被質疑、被造反，甚至被……」她頓了頓，「或許徹查當年之事會有變數，但起碼現在，公道已在人心了。」

她聲音低低的，「只是未能奪回侯爵之位，蕭氏宗祠也未重建……」

「不急。」蕭戎低頭，「這些不是什麼難事。」

蕭瀾點點頭，又問：「仇白鳴怎麼來了？」

「早早知會他，仇靖南就調不動慶陽軍了。今晨古月送信至白楓山，仇白鳴才剛好在夜裡趕到。但如果不知會他，今夜就是自相殘殺的死局。」

無論是慶陽軍還是赤北軍，無論誰死誰傷，損失的都是大梁戰力。如若外患突襲，那便只能束手就擒。蕭瀾一笑，她未想到的地方，已有人替她善了後。

「那我不殺墨雲城，你還生氣麼？」

蕭戎直言不諱：「氣。」

她眨了眨眼：「那你怎麼不說？」

「他只是明面上的敵人。」

蕭瀾愣了愣，他竟是真的明白。

「北渝一直是大梁的敵人，沙場兵戎相見是常事。可恰恰是這樣的敵人，卻明白父親的艱辛和難處。」眼角有淚滑出，她抬手擦掉。「若父親死於沙場，死於北渝之手，我尚且可以接受。戰場上不是你死就是我活，光明正大的一戰，無論結局如何都是情理之中。

「而布下陰謀陷阱、背後插刀之人，才是我們真正要趕盡殺絕的敵人。墨雲城散盡真相，我也兌現承諾，此事過後將來沙場相見，彼此都不必手下留情。」

蕭戎摸摸她的頭髮，「這可是妳說的。」

蕭瀾被逗笑，「你怎麼誰都不喜歡？看不慣謝凜，也看不慣墨雲城。」

蕭戎不由得撫上她白嫩的臉蛋，「我只看得慣妳。」說著便吻了上去。

蕭瀾被炙熱深情的吻親得腰肢發軟，漸漸招架不住。

此刻鐘聲響起。

兩人頓了頓，蕭戎放開她，蕭瀾仔細地聽著，而後不可置信地低語：「二十一聲喪鐘，意為……帝王駕崩。」

日頭的確有了出來的跡象。

大梁四十八年，岱宗皇帝於長生殿駕崩。

未有遺詔，按規制由皇后掌旨，宣布太子繼位。登基大典於兩日後舉行，新帝於正陽大殿接受百官朝拜，稱世宗皇帝。其母敬仁皇后功德至偉，尊為太后。

自繼位之日起，大梁紀年更迭，史稱世宗元年。

◆

登基次日，數道聖旨齊發，昭示天下。

第一道是立後聖旨。孟國公嫡孫女孟氏宛瑜謙柔恭淑，誕下皇嗣有功，初扶為太子妃，現立為皇后，封號慧嫻。

第二道旨是重查長鴻軍當年返城細節，若蕭氏蒙冤，當還之清白與公道。

第三道旨為赤北軍主帥蕭戎當夜護駕有功，封雲霄將軍，賜一品軍侯之位。

聖意已明，蕭家再次成為御前紅人。原本的蕭府順勢惹眼了起來。

誰不知新封的蕭家侯爺驍勇無比，還英俊不凡。雖說脾氣差了些，可這些與其勤王護駕的功勞比起來，又算得了什麼？

短短幾日，來提親說媒的人都要把門檻踏破了。

這日古月陪著蕭瀾在府中閒逛，下人前來稟報，說是城北睿親王府的夫人親自登門。

見到蕭瀾來了，睿親王夫人徐氏立刻迎上來：「瀾兒來了，早年間只見過妳幼時的樣子，如今可真是長成大姑娘了！」

蕭瀾笑了笑，宮中宴飲兩人便見過，只不過那時她還只是個在後宮供佛的罪臣之女。

「天也冷了，夫人若是有事，差人來說一句便是，何必親自前來？」

蕭瀾落座，婢女奉上了她最愛喝的熱清茶。

「實則是我家王爺看好雲霄將軍，我們夫婦只有一個獨女，自上次先帝壽宴上見過將軍後，便再也不肯說其他親事。這、哎，真是讓妳見笑了。」

蕭瀾抿了口茶，未置一詞。徐氏看不透她所思所想，便繼續道：「我家遙兒今年十六，自幼也是嬌養著長大，好東西見慣了，眼光自然高。雲霄將軍是人中之龍，如此年輕便位列一品軍侯，將來定是前途無量。好在我們睿親王府乃先帝嫡系旁支，總也是配得上的。」

蕭瀾點點頭，目光落在桌上的一大疊說親拜帖上，「夫人也知，此事不大好定奪。」

徐氏來的時候便看見了那數不清的紅色帖子，心裡不由得替自家女兒犯急。

「夫人也勿心急，蕭瀾雖是長姊，卻也並非事事都能做主。將軍脾氣硬，婚事上，還需他親自定奪。」

徐氏面露難色，「這我們當然是知道的，可聽聞將軍久居軍營，脾氣也確實……我家遙兒心悅於他，卻也怕他。我這……內眷自然也不敢擅自去軍營打擾。想來想去，便還是尋來了瀾兒處。」

蕭瀾又抿了口茶，「帖子我替夫人收下，待將軍回來，我會與他詳說此事。」

徐氏大喜，「好、好，那便有勞瀾兒轉達了。」

徐氏一走，蕭瀾便起身，「走吧，月姑娘，剛才還沒逛完呢。能在冬日裡開的花少，咱們還需再物色一番。」

古月看著徐氏的背影，「閣主不會娶她女兒的。」

蕭瀾一笑，「他要娶，我也不會同意。睿親王府的人是出了名得攀高踩低，這樣的父母教出來的女兒，又有幾分善良可言？況且那個謝遙兒比當年的我還要張揚跋扈。」

古月沒忍住，笑道：「那妳打算怎麼跟閣主詳說？」

蕭瀾回頭看了桌上的帖子一眼，不禁有些頭疼：「我也不知道。」

古月看著那些帖子，忽然想到什麼，「怎麼這些日子送來的都是給閣主的求親帖子？」

「是啊，沒有一封是給我的。」蕭瀾愣愣地看著那些帖子，「這只怕不是個好兆頭。」

第二十章　殺孽

景仁宮內，太后端坐於主位，翻看著手裡的冊子。

「太后娘娘，陛下來了。」

太后闔上冊子，「去將陛下愛飲的清河春泡上一壺。」

「母后。」

「陛下來的正好。這選妃冊子是皇后親擬的，哀家瞧了，都是個頂個的好。」

正說著，太監便來通報說皇后也來了。孟宛瑜沒想到謝凜也在，進來時有點愣住。

「瞧瞧宛瑜，」太后笑道，「都說婦人一孕傻三年，這可不是個玩笑。快進來，剛生產完可不能受涼。來人，去將暖爐拿來。」

「臣妾，給陛下請安，給母后請安。」

謝凜面色柔和：「沒有外人，不必如此拘禮。」

孟宛瑜面色微紅：「是。」

她剛落座，太后便滿意地誇讚道：「宛瑜賢慧，一邊照顧著皇子，一邊又操持著選妃。」

「母后既提到選妃，朕有一事——」

謝凜話音未落，就見太后笑著點頭，「哀家明白陛下的意思。既有承諾，自當遵守。」

她看向皇后：「雲霄將軍的長姊蕭瀾，是我看著長大的，早年便與蕭家主母商量過與陛下的婚事，只是後來諸多差錯，這才沒能促成。她年幼時性子烈，如今長大溫順了許多，與妳合得來。」

孟宛瑜看了謝凜一眼，見其眸中閃著光，愣了愣，頷首道：「蕭家妹妹臣妾也曾見過，傾國傾城又有將門嫡女的風範，自當是最合適的。臣妾……這就將冊子補好。」

「不必。」謝凜說，「直接傳旨她會不悅，此事我親自與她說。」

孟宛瑜沒說什麼，只是點了點頭。

◆

這日清晨，蕭戎練完武，發現廊前站了一位美人。

蕭瀾身著一襲白衣，又加了件白貂絨披風，在即將落雪的日子裡，清冷又聖潔。

看見他望過來，女子那雙美眸靈動：「這位將軍，聽聞今日休沐？」

要說一點反應都沒有是騙人的，可將軍在外風光，在家裡盡是受氣。昨夜他沐浴後興奮地去她屋子，一進門就看見高高的兩疊紅皮帖子。而她，還一本又一本地仔細翻看，看上去沒有絲毫不悅。他氣得摔門就走，等了一夜也沒人來哄。

清晨美人問候，雖令他愉悅了些，卻也沒完全消氣。劍柄緊握，劍鋒凌厲，他再度飛身練招，像是沒聽見她的話。

蕭瀾挑挑眉，二話不說轉身就走。

「喂。」

女子腳下一頓，回過頭來：「將軍叫我？」

自從封將封侯，她便再也不叫他阿戎了。蕭戎不悅：「妳去哪？」

「佛緣寺。重開家祠，須得請神供佛，且得是宗祠子弟親去。」

蕭戎就等她問一句「你去不去」，然而這大小姐偏偏不問，還撂下句：「將軍慢慢練，姊姊先走了。」

卻未想剛轉身就腰上一緊，後背一熱，下一刻便被抵在了廊前的柱子上。他向來像個火爐，只要靠得近立刻便覺得熱。

蕭戎湊近，似有似無地要貼上那張殷紅的小嘴，「姊姊是故意的？」

那張俊顏近在咫尺，黑眸幽深，裡面是她臉蛋微紅還有些慌亂的樣子。

這模樣看得蕭戎難忍，先是溫柔地親了親她的額頭，而後覆在她的耳邊：「回房去？」

氣息交纏，蕭瀾的身子顫了顫，雙手推著他：「不行，阿戎。」

「那就在這兒。」他的手鑽進了蕭瀾的披風，曖昧地撫著她的後背，「姊，我們好久沒做了。」

蕭瀾趕緊一把摀住他的嘴，一雙美眸瞪著他，被他的厚臉皮驚得一時不知該說什麼好。

掌心莫名一熱，蕭瀾「唰」地收回手，不可置信地看著他那副浪蕩的樣子，「你、你——」

「我怎麼了？」蕭戎一手箍著她的腰，一邊拿起她乾淨好看的手，放到唇邊，吻了她纖細的手指，撩得人心癢難耐。末了，他唇角勾起：「瀾兒好香，哪裡都香。」

蕭瀾臉紅得要滴血，「我今日特意早起沐浴梳妝，就是要乾乾淨淨地去請神佛像，斷不會答應你的！趕緊放開！」

這話他聽明白了，便立刻放開她。蕭瀾還有些不解，怎麼今日倒是挺聽話的？

結果就聽蕭大將軍說：「我與姊姊同去，現在不能，回來總可以了。」

蕭瀾懶得爭辯，任由蕭戎跟在她身後。她時不時回頭瞧瞧，不由得在心中咂舌。狗屁的冷面禁欲將軍，還盛傳他痴心於兵法，不近女色？

臨到了佛緣寺大門，已有高僧立於門前等候。蕭瀾得體行禮：「有勞大師在此等候。」

那老住持看上去有些年歲，聽說是自幼便在寺廟成長，日日供奉神佛，得了菩薩點化，凡得其通鑒者，自當平步青雲，一生無憂。蕭瀾原不信這些，但也隱約覺得蕭家之禍，或許是冥冥之中的注定。此番重開家祠，她也多般注意。

大師原本還與蕭瀾言笑寒暄，一邊向裡走著，一邊回頭看了一眼，立時面色一變。

蕭瀾不明白大師為何忽然變了臉色，順著他的目光，看向了欲一同進廟的蕭戎。

「施主。」大師神情肅穆地看著蕭瀾，「此人不可入廟，還望施主勿怪。」

「大師此言何意？這是我弟弟，同為蕭氏後人。」

「殺孽太重者，神佛不渡。」

蕭瀾也肅了神情：「大師該知道，他是衛國之人。沙場上沾的人命，難不成也是不可饒恕的過錯？」

「施主該知我指的殺孽，是自幼屠戮積起來的罪孽。」

蕭瀾一愣。此人絕不可能知道蕭戎的其他身分，更不可能知道他的過往。

「若我今日定要與他一同進去呢？」

見蕭瀾動怒，大師面上也未曾改變，「那便讓他在神佛面前再造殺孽，殺了貧僧。」

「你——」蕭瀾盯著大師，「神佛遍天下，我也無須非在佛緣寺。」

「姊。」

蕭戎拉住了蕭瀾的衣袖，蕭瀾看向他。「我在外面等妳。」

「不必，阿戎，咱們去別處。」

蕭戎看著她，沒有說話。即便神佛遍天下，也斷不會有哪一尊願意破戒。既然如此，又何必平白顛簸。

蕭瀾看了看他，又望了望那執拗不讓進門的大師。

「我便要看看，佛能普渡眾生，為何就不能睜眼看看曾無奈深陷暗獄之人！」她拂袖踏入了佛緣寺的門檻。

祭佛，上香，拜佛，請佛，一應事宜那大師一直陪在身邊，只是沉默不語。

直至結束後，才說了一句：「施主虔心請神佛庇佑，神佛像不日便會由小僧送至家祠。」

蕭瀾走出來，見那大師不再說話，想了想，還是開了口：「方才有些口不擇言，還望大師勿怪。」

大師笑著搖搖頭。

「大師既能看出我弟弟……殺孽太重，可有化解之法？」

「無解。」

蕭瀾皺眉：「大師為何如此篤定。」

「他本是薄情之人，殺人是他的天命。現不知為何眸中有了情念，但終究……不是好事。」

她雖不想相信什麼天命，卻又不知為何紅了眼眶，「還請大師明示。」

「尋常人想要的位高權重和金銀財帛，他可以不費吹灰之力。但尋常人唾手可得之物，壽數、姻緣、子女，想要得到完全……於他而言便是奢望。」

蕭瀾想，她是不該多問的。阿戎已遭遇過諸多不幸，後半生定能安然無恙，享有萬福。

她腳下有些不穩地出了寺廟，此時已經過了晌午。剛剛入冬的風吹來，竟是那般冷冽。

佛緣寺雖在城郊，四周也並非荒無人煙。不遠處的屋頂燃著炊煙，家家戶戶散著膳食香氣。蕭戎就站在離佛緣寺大門不遠的地方。風吹起他衣襟一角，而他卻渾然不覺得冷，負手而立，將手中那柄利劍藏於身後。而他眼前，是三三兩兩的孩童正在你追我逐，嬉笑打鬧聲伴著裊裊炊煙，訴說著人間煙火。

蕭瀾站在原地許久，她看著那道帶著希冀的孤獨背影，感受到他從不會訴說的寂寥。

許是察覺到身後的目光，蕭戎回過頭來，看見她出來，立刻唇角勾起，大步走了過來。走到石階之下，他伸手：「怎麼去了這麼久？」

他的手很熱，笑得也很溫柔，蕭瀾卻不知為何心中抽痛。

「自來請神供佛都要仔細，你可是等得不耐煩了？」

蕭戎將她扶上馬車，「我哪敢。」

雖不知為何，但他知道，姊姊今日不高興。

一路上都很安靜，他親自駁馬到了府門口，看見門口的人，不由得皺眉。

「奴才拜見將軍，拜見蕭小姐。」

蕭瀾拉開車簾，「公公安好。」

來者是承吉，謝凜身邊的親信侍從。

「公公特意來了侯府，可是有事？」

承吉躬身：「陛下有旨，宣您進宮。」

◆

再入御花園，光景已經大不相同了。

蕭瀾不再是罪臣之女，帶路之人也不再是不知名的小宮女，而是整個皇城的總管大太監。等她之人，亦不再是當初位子不穩、如履薄冰的儲君了。

「蕭小姐，陛下就在前面，奴才便送到這裡了。」

蕭瀾點頭：「有勞公公。」

沿著小徑走了幾步，便看見了棲淵潭前的身影。

她剛走近，那人便轉過身來，看見是她，笑得溫和：「瀾兒妹妹來了。」

蕭瀾站在原處看著。原來的太子，此時的陛下，面容俊朗，長身玉立。蟒刺龍袍，頭戴帝王釵冠，清雅矜貴之餘，威嚴比從前更甚。

這是謝凜登基後，他們第一次見面。她緩了緩，拎著裙襬欲行叩拜之禮。

謝凜低笑著扶住她的手腕，「妳我之間，不必如此。」

手腕處的手指乾燥溫熱，蕭瀾不自在地動了動，謝凜會意地放開了她。

「登基後諸事繁忙，也知侯府由妳一人操持，忙不過來，這才沒有打攪妳。」這話說得謙恭，蕭瀾後退一步：「陛下言重了。」

謝凜愣了愣，「幾日不見，瀾兒妹妹便如此生分了？」

「陛下是君，蕭家是臣，蕭瀾不敢造次。」

謝凜一笑：「不是不敢造次，而是想與朕撇清關係吧。」

蕭瀾抬頭，謝凜依舊笑得和煦，「蕭戎如此年輕便封了侯，妳可知朕的用意？」

「陛下抬舉阿戎了。」

「蕭戎率赤北軍得力，封侯是理所應當的事。雖說年紀還輕，但朕就是要讓天下都知道，大梁不再重文輕武，凡保家衛國的兒郎，朝廷一概重用。」

見她眸中微動，謝凜上前一步，靠得更近，「朕知道妳在擔心什麼。兵權是朕親自給出去的，既然敢給，便敢信領兵之人。」

他說得真摯，蕭瀾隱隱覺得鬆了一口氣。蕭戎不屑官場朝局中的那些事，連每日早朝也不常去，謝凜一直未說什麼，她心中便一直不安。

「再者而言，也不是第一日認識妳弟弟了，朕欣賞他的率直無畏，又何必非要用宮中禮儀拘束呢？」

蕭瀾微微一笑：「多謝陛下體恤。」

「蕭家之事已告知天下。蕭伯父和蕭伯母，還有整個蕭氏一族若是地下有知，當能闔目長眠了。」

提到此事，蕭瀾心中觸動，她本覺得能在先帝生辰那日將真相言明，就已是最好的結果。畢竟新帝登基便立刻翻查舊案，其中更牽涉先帝之意，無異於是子翻父案，會受百姓議論。所以她也沒想到謝凜會毫不顧忌眾人之口，令三部清查，還了蕭家清白和公道。

想到這裡，蕭瀾的語氣也多了幾分感激：「多謝陛下。」

「蕭家與妳弟弟之事，看來朕的安排妳都滿意。那麼，」謝凜低頭，溫聲道：「妳自己的事呢？」

蕭瀾抬頭，正對上謝凜的雙眸，裡面是說不盡的柔情。他含笑繼續說：「妳的事，朕可不敢肆意安排。若是惹惱了妳，讓妳再也不進宮，豈不是自討苦吃？」

蕭瀾一時不知該說什麼。

「瀾兒妹妹，朕也是不久前才聽母后身邊……那位曾侍奉過妳母親的嬤嬤提起。原來蕭伯母的遺願，便是我們的婚事。」

「那時的陛下尚是皇子，而如今的陛下是大梁之主，蕭瀾……不敢高攀。」

話說得得體漂亮，卻是實打實的拒絕。然而謝凜並不惱，「我以為，妳知道我對妳的心意。」

無奈又有些討好的語氣，聽得蕭瀾心中一抖。她從不覺得謝凜接近她曾有過真心，大家各取所需。如今江山到手，又何必如此放低身段？

她此時才真正明白，蕭戎對謝凜的敵意，並非莫須有。

「陛下如此看重蕭瀾，蕭瀾感激不盡。只是父母伉儷情深，蕭瀾便也從小立下誓言，寧為農夫妻，不做帝王妾。陛下身旁已有皇后娘娘，蕭瀾福薄，要辜負陛下的好意了。」

「妳若答應進宮，入宮即為貴妃，位同副後，與正妻無異。」

要知道從入宮的秀女到嬪妃之首的貴妃，許多人花上十幾年都未曾做到。謝凜能如此破例，當是真的想要求娶。

蕭瀾語氣柔和：「位同副後，那也還是做妾。」

謝凜沒再說話，蕭瀾亦沒有隨意離開。兩人就這樣僵持著、安靜著，最終還是謝凜先開了口。

「給朕一些時間，妳也再好好考慮一下可好？不要直接拒絕朕。」

蕭瀾也知此時再拒絕便真的要惹怒他了，於是點頭：「好。」

忽然「吱呀」一聲，像是樹枝被踩斷的聲音，蕭瀾聞聲望去，看到一隻毛色順滑的白貓。

◆

回程照舊是承吉引路，送至宮門口，就見蕭戎在馬車旁等著。

蕭瀾笑問，「你一直在此等著？不是說了讓車夫來接我便好麼？」

蕭戎看她半晌，終道：「我不放心。」

一路回了府中，蕭瀾欲先回房更衣，再用晚膳，卻未想蕭戎緊跟著進來，房門「砰」地關上，嚇得門外的木槿一哆嗦。

「怎麼唔——」蕭瀾僅穿著裡衣，被擁進了男子懷中，薄唇吻上了殷紅的小嘴，將剩餘的話盡數堵了回去。

今日也不知是怎麼了，他要得急切。以往再怎麼求歡，總還會順著她閒扯幾句，任由她推推搡搡地拒絕，再溫聲哄著她接受，全當閨房趣事了。眼下卻令蕭瀾有點害怕。

他吻得深情卻也強勢，糾纏著她的舌尖，吮得舌頭直發麻。單薄的裡衣禁不住那雙拿慣了刀劍的手，輕易地被扯開，露出裡面嬌羞的粉嫩乳珠。他的手毫不客氣地握了上去，粗糙的掌心異常灼熱，只一觸碰，那小紅粒便立了起來。

蕭瀾被吻得說不出話，胸前的手肆意觸碰把玩，甚至一路向下，探到了下身那道緊緊的細縫。指尖沒入一點點，她便疼得皺眉。

乾澀。

乾澀到半截手指都放不進去。

蕭瀾怕他莫名發瘋，直接把那粗長的東西捅進去，不由得抱住了他的脖頸。

數次的歡愛，蕭戎早已明白她在床上的每一個舉動和神情。

皺眉是疼，不說話就是累了，嗚嗚噎噎地哭著喊他的名字，就是快要到了……

而此時，顫著身子抱著他的脖子，就是害怕。

可這樣又是求饒又是撒嬌的樣子，反而更加勾人。蕭戎的下身硬得發疼，他離開了蕭瀾的唇，一手撫著她的眉梢安慰著，另一手輕車熟路地脫了自己的衣裳。

蕭瀾看見那昂首的硬物便覺得小腹疼，他究竟是因為什麼而硬成這樣？

「阿戎……你怎麼了？」

蕭戎沒說話，再次俯身吻了她的眉梢臉蛋，一路自香肩到鎖骨，含上雙乳，輕舔小腹。原本白皙的身子上漸漸多了幾處紅痕，又疼又癢，下面也不禁溼潤了起來。

知道他今日是非做不可了，蕭瀾怕疼，便也盡可能地放鬆自己。可越是這麼想，她便越緊張，緊張到蕭戎剛沒入的指尖都被擠了出來。

他一頓，抬起頭來。蕭瀾有點慌：「我、我不是故意……」

情欲裡伴著怒氣，所以他眸中之色才深得嚇人。偏偏還不知緣由，就更嚇人了。

男子沒說什麼，沉著臉分開了她的腿，蕭瀾心想明日定是哪裡都去不了，只能躺在床上了。她強迫自己閉上眼，委屈的眼淚湧了上來，順著眼角流下，她抬手擋在眼睛處。感受到那雙手撫上了大腿根，摩挲著，她瑟縮了下。

卻未想等來的不是粗暴闖入的男人性器，而是溫熱又靈活的……

她倏地拿開手，低頭望過去，只見那張俊顏此時正埋在她雙腿間，高挺的鼻梁觸到她最嬌嫩的肌膚，還親吻舔弄著她最羞澀的地方。

蕭瀾先是愣住，隨後羞到全身通紅，想死的心都有。她連忙起身去推他：「你不許，啊……不許碰那裡……」

可還沒起來便被人摁了回去，雙腿反而張得更開了。剛剛那股委屈勁兒頓時煙消雲散，她寧可他用胯間駭人的東西欺負她，也不想再繼續這種折磨，真是能把人折磨得瘋掉。

舌頭比那物靈活得多，輕微溼熱的舔弄已經讓她腰眼酸軟，一股股酥麻快感直衝頭頂。蕭瀾不知他是從何處學來的唇舌功夫，只知道下面大汩熱液湧出，沾到了他的唇角和下頜。

她嗚咽著：「雲策……你嗯……直接、進來好不好啊……」

回應她的是靈活灼熱的舌尖探了進去，蕭瀾小腹一熱，內裡不住地抽搐——

「啊……不……不要……」下身像是失禁般發了大水，眼前陣陣發白。

蕭戎抬頭，看見頭一次經受此事的人兒已經軟得不行，接下來便輕鬆了些。她輕哼了幾聲，慢慢適應了。

終於結束了羞恥的口舌舔弄，蕭瀾這才敢睜開眼睛，卻看見蕭戎裸身在她雙腿間，一手固定著她的腿，另一手正肆意地在她身體裡……

而他的唇邊還殘留著晶瑩，眸中情欲幾近迸發。明明是一張清冷禁欲的臉，此刻卻無比妖孽勾人。

只這樣看著，蕭瀾驚覺體內又有東西流出。她彆扭地動了動腰，想把雙腿合攏，可腿間的男人斷不會讓她這樣做。手指撤出，緊接著還沒等蕭瀾反應過來，那迸著青筋的巨物便猛地捅進了尚未來得及合攏的那處。

「啊……」蕭瀾甚至覺得這一下頂到了胸口，整個下身異常撐漲，腰身直接被人雙手握著拎了起來，纖細的腰肢懸空，直直地撞向那具遍布傷痕的精壯身體。

他每一次都是整根出、整根進，摩擦著甬道內細嫩的內壁，感受極致緊軟的絞合。而原本窄窄的細縫邊緣被撐開到極致，此景落在任何男人眼裡，恐怕都能瞬間激起凌虐之欲。

只是那眼淚看著可憐，蕭戎停了停，把她翻過來跪趴著，翻轉間兩人還緊緊相連著，蕭瀾嗚咽了聲，就感覺到男子結實又炙熱的身體覆了上來，大力又快速的律動再次開始。女子雙腿直顫，蕭戎吻著她的後背，帶著她的手摸向小腹。

小腹處有東西在動。

她驚恐地低頭向下看，平坦的小腹凸起異樣的輪廓，嚇得她覺得下一刻薄薄的肚子就會被捅破。

越害怕就夾得越緊，越緊他就越控制不住。整個屋子裡都迴盪著肉體拍打的聲音，褥單溼濘得一塌糊塗。

蕭瀾怕被外面的人聽到，死死地咬著軟枕一角，細微的媚哼只落在了蕭戎耳中，刺激得他放開了操弄，像是與她對著幹，要弄得她大叫出來才肯善罷甘休。

直至最後蕭瀾腿心麻木，昏昏欲睡之時，身上那雙手又開始遊走起來。

浪蕩的男子覆在她耳邊，假意商量：「再來最後一回？」

蕭大小姐殷紅的小嘴一癟，忍不住哭訴：「我若是哪裡惹到你就直說啊，犯不上這樣往死裡……」

越說越委屈，可憐的臉蛋埋在枕頭裡哭得傷心。

蕭家世代軍將，若是戰死沙場也就算了。若是被人操死在床上，豈非丟了列祖列宗的臉！死後不僅要被人議論，搞不好還會被畫到春宮圖上，供世世代代傳閱。

蕭戎看她是真的哭了，心裡一沉，從她身體裡撤出來，轉而將她抱在懷裡，沉默久久。

蕭瀾覺得他反常，卻又不知具體為何。好在今夜總算消停，連晚膳也沒吃上的人兒顧不上其他，眼睛一閉，下一刻便睡熟了。

蕭戎聽著她均勻的呼吸聲，靜默良久，終於低語一句：「妳是我的。」

次日醒來之時，身上清清爽爽，連身下的褥單也與昨晚不同。

若不是某處還痠脹著，蕭瀾都要以為昨夜之事是在做夢了。想起蕭戎昨晚那番瘋狂的行徑，蕭瀾皺眉，怎麼也想不通到底是如何惹到他了。

此時傳來輕輕的敲門聲，外面是木槿的聲音：「小姐，您起身了麼？」

「妳進來吧。」她聲音有點沙啞。

「呀，小姐您的眼睛……」木槿一進來，就被蕭瀾那紅腫的眼睛嚇了一跳。

「我眼睛怎麼了？」

木槿捧來了鏡子，蕭瀾一看，也有些吃驚。昨晚哭得厲害，今早一雙眼睛又紅又腫，裡面布滿了血絲。

「嗯？」

「小姐……」木槿抿抿唇，「將軍怎麼連您也凶呀。」

木槿小心翼翼地說：「將軍今晨還親自來了趟後廚，說是您昨晚未用晚膳，待您醒了，便將一些爽口溫熱的膳食送過來。」

蕭瀾看向桌上，上頭的紅棗白粥還冒著熱氣。

「小姐，再有什麼事，您也不能不用膳呀。將軍和小姐是嫡親的姊弟，木槿以往在家時也同弟弟爭吵，不過可沒有一次因為置氣便不吃飯呢。」

蕭瀾看她誤會，又說得頭頭是道，不由得笑道：「好，我知道了，日後天大的事也是要用膳的。」

她起身時雙腿一軟，幸得木槿及時扶住，「小姐？」

蕭瀾面上一紅，「沒事沒事。」

洗漱過後在桌旁落座，蕭瀾看了看大開的房門，「將軍人呢？」

木槿說：「宮中急召，將軍入宮去了。」

蕭瀾拿著湯匙的手一頓，「什麼急召？」

木槿哪裡會知道，待蕭瀾派人打聽了才知道，墨雲城潛逃，北渝發兵了。

謝凜當朝傳令，命蕭戎率赤北軍和長鴻軍兩路大軍出征，北上抗敵。

蕭瀾趕到盛京城外時，只看見遍地的鐵騎蹄印。她愣愣地看著遠處，輕嘆一口氣。

「還沒問他到底是怎麼了呢。」罷了，待他回來再問也不遲。

轉身，蕭瀾看見了古月。即便古月不說，蕭瀾也明白，平時她聽從調遣，東奔西跑，但只要蕭戎不在城內，就一定會令古月守在身邊。

接下來的日子，兩人如往常般閒逛，可古月看得出來，蕭瀾很擔心。

「蕭瀾姑娘是在擔心閣主？」

蕭瀾點點頭，心中像是有塊大石頭壓著。按理說蕭戎不是第一次出征了，大大小小的戰役他都經歷過，向來速戰速決，且從不會斷了與她的聯絡。

可這一次，將近一個月了，都毫無音訊，甚至整個北渝戰場都沒有任何消息傳回。只有些許不知真假的傳言，說那邊戰況慘烈，刀劍喊殺聲不眠不休，血腥味能遠飄千里。

蕭瀾曾在數個黑夜中驚醒，只因夢見渾身是血、遍體鱗傷的蕭戎。

起初面上還雲淡風輕，可現在這分不安連古月都看出來了。

蕭瀾張了張嘴，卻不知如何訴說。當夜又一次驚醒，卻不是被噩夢，而是被外面房頂的打鬥聲吵醒。

那聲音來得快去得也快，緊接著房門被推開，古月身後跟著一個人。來者是一名黑衣少年，衣衫不整，一看就是在打鬥間被利刃劃破的。

古月看向蕭瀾：「這是閣裡的人，奉二閣主之命前來傳信。」

她又回頭看了看那名少年：「誰教你夜闖女子閨房的？」

若非古月出手迅速，蕭瀾恐真要被半夜三更自房頂而入的黑衣人嚇著了。

但那名少年的年紀看著不過十四、十五，當沒有做採花賊的心思，於是蕭瀾起身問：「是不是蘇公子讓你帶了什麼急信？」

少年立刻重重地點頭，二閣主說了要越快越好。侯府守衛重重，他便只能走房頂，沒想到正好被古月師姐逮住，毫不留情地被揍了一頓。

他從袖口拿出一個小竹筒，邊緣被封死，到了蕭瀾面前他才用刀撬開，然後遞給她。

古月站在一旁，眼見著蕭瀾臉色大變。

「怎麼了？」

蕭瀾的聲音發抖：「九幽盟人去樓空，溫長霄消失在黎城。」

古月當即皺眉。黎城，離北疆關卡最近的一座城池。裡面魚龍混雜，各形各色的人遊走其中，根本分不清是敵是友。

古月問少年：「二閣主怎麼說？」

「二閣主已下令召回在外執行任務的師兄弟們，只是血衣閣之人在外時行蹤詭祕，沒有個一、兩日，是召不回來的……」

這話說得沒錯，古月點頭：「你先回去覆命。」

「是！」

少年走後，蕭瀾說：「我要去北境一趟。」

古月也知她早已擔心了數日，便點點頭：「我同妳一起。」

蕭瀾轉身走到屏風處，從腰帶上取下一塊珠玉大小的權杖，遞給古月，「煩請月姑娘持此權杖調回驍羽營。兩個時辰後出發。」

「今夜就走？」

蕭瀾眸中篤定：「嗯。」

◆

北境，戍邊大營軍帳中，裡裡外外正瀰漫著焦屍的刺鼻味道。

「主帥！這麼下去咱們會吃不消的！軍糧已經告急，棉衣也未到，眼見著一天比一天冷，這樣晝夜不休地作戰，饒是誰都撐不住的！」

長鴻軍都統何楚是個直腸子，字字句句都是實話。

「將軍，何都統此言不假。北渝安分了幾年，看樣子是勤加練兵了。他們習慣了北境酷寒，數日作戰都未完全將其擊退，足見北防兵是鐵了心決一死戰。」

副帥莫少卿抹了一把臉上的汗，他們剛經歷過一場鏖戰，殺得筋疲力盡，才會在如此嚴寒之地出了這樣大的一身汗。

軍帳中所在之人，盡數為赤北軍和長鴻軍的高階統領。而主帥之位上，鎧甲上的血珠子還在往下滴。蕭戎沉默地看著布防圖，原本俊美的臉上沾著血汙和汗漬，手掌和手心全是道道血口子，即便是用慣了的刀柄，磨得太久也是會傷人的。

「他們不是勤加練兵，」蕭戎抬頭，「是找了外援。」

帳中立刻一片安靜。

蕭戎指了指背後懸掛的那幅碩大的地形圖，上面立刻留下一個紅色的血點。

眾人看清了他所指的地方，不禁啞然，「將軍是說……」

蕭戎沉聲：「幽蘭鐵騎。」

草原幽蘭部落曾與北渝聯姻，幽蘭鐵騎便一直為北渝所用。後來入宮的蘭妃不知為何獲罪，幽蘭部落便與北渝翻了臉，凶悍無比的幽蘭鐵騎就此退出了北渝。

雖不知墨雲城用了什麼伎倆，但很明顯，偏安三年再怎麼勤加練兵，都不可能練出如此猛烈還不知疲憊的軍隊。即便那群人穿著北渝的盔甲，騎著北渝的戰馬，也不可能是北防兵。

「北渝太子剛剛出逃，就算即刻回了北渝，也不可能這麼快就借來幽蘭鐵騎啊。」

赤北軍都統翟鴻面色不善：「如今戰況，看似是北渝突然發兵，打了我們一個措手不及，但實則是那墨雲城一早就安排好的。這三年他毫無動靜，看來是在暗中部署。一旦部署妥當，他在不在北渝根本不重要，只需一封飛鴿傳書，早已待命的軍隊便立刻拔刀衝向大梁！」

聽到這，副都統喬山海一拍大腿：「我說那墨雲城閒來無事敢跑來大梁，定是做了兩手準備！狡猾如狐，想攪亂大梁內部，再趁機發兵。他哪裡是想撕毀當日約定，根本就是想吞併大梁，好大的胃口！」

「所以，」蕭戎開口，「如此不眠不休地進攻，就是想將赤北長鴻兩軍拖死在北疆。」

下一刻，一把匕首插進了地圖的某處，蕭戎聲音冷冽：「沒能迅速擊潰我們，便是他最大的敗筆。傳令，撤軍。」

「主、主帥，若是撤兵……」

蕭戎回過身來，「聲東擊西的伎倆，還需要我來教？」

此時軍帳拉開，傳信軍將腳步急促：「報將軍！西境羌奴突然進犯，三十萬大軍已突破涼州防衛線，過了楚河，徑直朝著盛京城去了！」

出了盛京城，上了官道，天已泛白。

古月擔心地看了騎在馬上的蕭瀾一眼，「可要停一會兒？」

蕭瀾搖頭，「即便騎了馬也不比馬車快多少，若是走走停停，豈非要走上半個月才能到北境？」

見古月和驍羽營的弟兄們都擔心著，蕭瀾故作輕鬆道：「早知今日，阿戎教我馭馬那幾回就該好好學了。都怪他，這師父當得不夠嚴厲，教出個半吊子徒弟。」

弟兄們沒忍住地笑出來，原本緊繃的氣氛這才緩和了許多。

正要繼續趕路，封擎面色忽然一變，「等等！」

他翻身下馬，上前幾步，伏到地上屏息傾聽。隨後猛地起身看向蕭瀾：「數十萬的兵馬重踏，像是大軍壓境。小姐可要先回去？在此荒郊野外實在太危險。」

話音未落，就見官道邊的林中有幾個鬼鬼祟祟的影子。

「誰！」

封擎一聲令下，驍羽營迅速拔刀衝了過去。不費什麼力氣，就將幾個抱著包袱的百姓押了上來。

這幾人中有男有女，有老有少，還有個半大的孩子。

「官爺饒命，官爺饒命！我們一家老小是去逃難的，要打仗啦！」

「你們可是見到了什麼，或是聽到了什麼？」

牽著孩子的婦人滿臉的害怕，「官爺，他們拿著比人的手臂還要長的刀！我家就住在金柳河一帶，若非我家男人打獵時看見了那些人，匆匆跑回來帶著我們逃命，我們一家可就不知活不活得成了啊！」

聽那婦人的描述，眾人心中已經明瞭。說起長翹大刀，無人不知那是羌奴從小玩起的武器。蕭瀾肅了神情，「替他們指一條進城的近路，放人。」

「是！」

眼見著天要全亮了，蕭瀾騎在馬上，所有人都在等她的命令。是回盛京城，還是繼續前往北境？可無論哪個決定，都等同於放棄咫尺的城外百姓。

「羌奴過了金柳河，若是走對路子，只需兩日便可到達盛京。」蕭瀾冷道，「墨雲城在大梁遊山玩水，打的原是這個主意。」

「小姐的意思是，西境羌奴伙同了北渝太子？」

「好一齣聲東擊西。右前鋒，月姑娘，咱們得調換方向，順著官道，先去趟譚林郡了。」

見古月和封擎還有些猶豫，蕭瀾淡道：「墨雲城並非只想逼大梁就範、撕毀當日約定。他先在北境發兵，將大梁最強的戰力引過去，再趁機助羌奴入境，打盛京一個措手不及。趁著新帝登基，諸事繁雜，也知如今的大梁軍力情況。若此番順利，日後可就沒有大梁了。」

「那屬下立刻傳信給將軍！」封擎抱拳，只是話音未落，就見蕭瀾搖了搖頭。

「我都能看得出來，阿戎也一樣看得出來。而墨雲城應該也早有防備，能在北境拖住兩軍如此之久的，定然是極其危險凶殘的軍隊了。」

說到這裡，蕭瀾眸中微動，可眼下不是脆弱擔憂的時候，她看向封擎。

「無論是羌奴想進盛京，還是阿戎率兵折返阻擋，都一定會經過譚林郡，我們就在那裡守著。能否同那裡的百姓一起活命，便要看我們先等來的是敵還是友了。」

古月遲疑，「那溫長霄……」

「赤北長鴻兩軍行軍速度向來快於尋常軍隊，溫長霄想要動手，便一定要等到阿戎落定才有機會。他若一路跟著，也必定會到譚林郡。屆時——」

她眸中閃過厲色，「就是他的死期。」

一伙人拿定主意，一路飛奔。譚林郡地廣人稀，唯有些江湖門派常駐於此，時常置辦江湖比試。蕭瀾以為眾人齊心，總也可以撐到軍隊來援。

未想到的是，他們趕到時，譚林郡已屍橫遍野。蕭瀾看見地上似曾相識的面孔，暗道一聲不好，「靈文山莊！」

但還是來晚了一步。

黑煙滾滾，靈文山莊巨大的牌匾此刻被踩得不成樣子。殘肢斷臂怵目驚心，看見趙茂夫婦屍體的時候，蕭瀾眸中一痛。

早該想到趙家俠義之心，不可能看著外敵來犯而坐視不管，即便已過鼎盛之年，也照樣會傾其全力，拚死一搏。只是一代俠侶被人開膛破肚，死無全屍，依然令眼見之人無法不怒火中燒。

「看看還有沒有活口。」她快步上前，跪在趙氏夫婦面前，輕輕闔上二人的雙眸。隨後將身上的披風解下，蓋在了兩人的屍身上。

「小姐，此人還有一口氣！」

蕭瀾立刻起身，看見被毒箭射穿了胸膛的秦孝。他唇上泛黑，已然快要說不出話。

古月拿出隨身攜帶的藥瓶，想要餵給他，卻被他無力的手擋開。秦孝嘴裡喃喃說著，可無人聽得清他到底在說什麼。

蕭瀾蹲下，「宛然還活著是麼？」

秦孝艱難地點頭，已經垂下的手，手指還指著某處。蕭瀾看過去，已然明白。再次回過頭來，秦孝已經沒了氣息。

當年曾助他們兩人成親的光景還歷歷在目，蕭瀾紅了眼眶：「你放心。」

隨後她起身：「血熱未減，只怕羌奴還未走遠。」

「小姐放心，屬下立刻救人設防！」

她點點頭，順著秦孝所指方向，自柴房中打開一道小門，這是幼時同趙宛然玩捉迷藏時，她曾透露過的一間密室。裡面漆黑一片，蕭瀾聽見了微弱的聲音。

「宛然？是我，蕭瀾。」

最深處終於傳來了回應：「瀾……瀾兒……」

蕭瀾心中一沉，快步走了進去。

趙宛然臉色慘白，看見了蕭瀾，眼淚不住地流：「他們……他們怎麼樣了……」

血腥味濃重，她蹲在了趙宛然面前，這才看見她捣著腹部，可血已經流了滿地。

蕭瀾急忙拿出剛剛古月遞過來的藥，可趙宛然哭得悲痛：「妳告訴我啊，瀾兒，他們到底怎麼樣了……」

蕭瀾閉了閉眼，忍住眸中的眼淚，溫聲道：「宛然，先把藥吃了，我……」聲音實在哽咽，眼淚滑落：「我先送你們出去。」

趙宛然的眼淚，滴落在懷中的繈褓上。她和秦孝的孩子剛滿一歲，聽聞蕭瀾回來，本想帶著孩子去蕭府相聚，可蕭瀾回絕了。

靈文山莊本屬江湖門派，可那時的蕭府卻處於朝堂深水之中。能否陳冤不得而知，甚至哪天謀畫出了紕漏也未可知。為不牽連靈文山莊，趙宛然的關心就那樣被擋了回來。

卻未想重逢的第一面，竟是如此場景。十幾年的交情，趙宛然已從蕭瀾的眼神中猜到了外面的境況。蕭瀾都進來尋她和孩子了，可爹娘沒來，秦孝也沒來。

「為什麼……為什麼啊……」

「對不起宛然，對不起……」

絕望的哭聲迴盪在整個密室當中，蕭瀾接過她懷裡的孩子，想扶起趙宛然，卻見趙宛然猛地一口血吐了出來。

「宛然！」

蕭瀾跪著，用一邊的身子撐住了趙宛然。餵下去的藥似乎毫無作用，蕭瀾望向一旁已經被嚇傻了的婦人：「她這傷怎麼來的！」

那婦人顫顫巍巍地指著地上的一把斷箭，「是、是逃跑的時候……中了箭。」

箭上有毒，又失血過多，哪裡是一顆藥丸便能救回來的。

可蕭瀾不信，她將藥瓶倒轉，把所有的藥丸都倒了出來，顫著手，送到趙宛然唇邊：「宛然，張口把藥吃了，我們即刻就離開，帶著孩子離開……」

趙宛然看著她，眼淚不住地流。

蕭瀾求她：「宛然，張口啊，張口好不好……」

趙宛然費力地握住了蕭瀾的手腕，「瀾——」

又是一口鮮血湧了出來，「瀾兒……妳答應我一件事好不好？」

蕭瀾知道她要說什麼，「我不答應，趙宛然妳聽好了，妳的兒子妳自己照顧，我同他非親非故，我不會管他的！」

趙宛然笑得淒涼：「瀾兒最是嘴硬……咳咳……心軟……」

話音未落，趙宛然的手從蕭瀾的手腕上滑落，蕭瀾一瞬間睜大了眼睛：「宛然！」

可再也沒有得到回應，只有懷中小孩「咿咿呀呀」地發出聲音，絲毫不知今日自己的父母雙亡，全家被滅。

外面忽然響起劇烈的兵械相接聲，蕭瀾後脊一僵，旁邊的婦人聲音顫抖：「又、又打起來了，又打起來了！」

蕭瀾眉心緊皺，看了看懷中的孩子，又看向那婦人：「妳是何人？」

「奴婢、奴婢是小少爺的乳母。」

蕭瀾回過頭來看著趙宛然。難怪如此危難之際，她還要將這個婦人一同救下。想必她今日不來，將來便會是由這個乳母來撫養孩子了……

她一把擦淨臉上的淚，外面喊殺聲越來越大，蕭瀾沉聲：「妳過來。」

那婦人顫顫巍巍地過去，看見了趙宛然的屍身，嚇得不行。蕭瀾將孩子放到她懷中，「妳和孩子就在此處待著，不要鬧出動靜！待外面平息，我自會帶你們離開。」

那婦人連忙點頭，面前之人雖是一介女子，卻看起來周身貴氣，可見是個有權有勢的。能在此時趕過來，當知是與趙家交情匪淺，斷不會扔下趙家唯一的遺孤不管。

蕭瀾深吸一口氣，最後再看了趙宛然一眼。她壓下心中怒火和悲痛，決絕地轉身走了出去。

第二十一章　存亡

再次見到墨雲城，他已不再是一身白衣悠閒公子的模樣了。

他身著墨青盔甲，騎在高大的汗血戰馬上。只需抬手，身旁嚴陣以待的黑衣劍客和手持長翹大刀的羌族兵馬，便立刻一哄而上。

驍羽營精銳雖強，即便能以一敵十，可區區幾十人，也抵擋不住眼前黑壓壓的西羌大軍。

墨雲城看著不遠處的女子，「蕭瀾，又見面了。在官道上看見徑直朝著譚林郡來的馬蹄印，我就在想……會不會是妳。」

旁邊的羌奴將軍是個毛糙大漢，本來還搞不懂明明都上了官道，為何還要折返。此時見到蕭瀾，他便知道「英雄難過美人關」這句話，可不是什麼空穴來風。

蕭瀾未著披風，看起來穿得單薄，身上、手上，甚至臉蛋上都沾了不少血汙，卻也遮不住膚白勝雪。寒風吹過，吹動了她的黑髮，那雙勾人的眼睛冷若寒霜，卻也更顯清冷矜貴。

「太子好眼光！如此美人臉蛋，玲瓏身段，當與江山共擁！」

那毫不掩飾的貪婪目光和語氣，引得墨雲城皺起眉頭。

蕭瀾直視著墨雲城：「要玩聲東擊西，你便徑直殺到皇城去，為何要在此大肆屠戮！」

墨雲城騎在戰馬上，淡道：「那些江湖人非軍非將，我本無意殺之。是他們非要橫加阻攔，不肯讓我們順利經過，這才丟了腦袋，死得那麼難看。」

蕭瀾冷聲：「你到底要如何？」

去而復返，不直接攻入盛京，想必是有了更好的盤算。

果不其然，墨雲城說：「妳在這裡，大名鼎鼎的雲霄將軍自然也會來。在這兒做個了結，再去盛京皇城也不遲，妳說呢？」

面上雖未表現出來，可提到蕭戎，她心中一抖。

歹毒地利用她逼蕭戎就範，只要兩軍不反抗，拿捏皇城就是再簡單不過的事。

「你當真以為，可以在大梁的地界上如此肆無忌憚麼。」

一聽美人牙尖嘴利，那大漢揚著手中的大刀笑道：「小美人兒，眼下被包圍的是你們，這番質問的語氣，就不怕惹惱了哥哥們，一刀劃破妳那嬌嫩嫩的——唔！」

眾人都未反應過來，只見一隻尖銳至極的利箭自背後穿入，從胸口刺出。那大漢立時雙目瞪圓地跌落馬下，腦袋重重地砸在土中，硬生生地砸出一個坑來。

馬蹄聲，由遠及近。隨著羌奴大軍紛紛調轉馬頭的間隙，蕭瀾看見於寒霜凜風中，馭馬疾奔而來的蕭戎。而他身後跟著的，則是曾經隨父親南征北戰，殺敵數萬的蕭家軍。

位處譚林郡要塞的靈文山莊，頃刻間再次成為戰場。

蕭瀾沒見過父親上陣殺敵的樣子，如今是第一次見到戰場上真正的殘忍屠戮。

刀血相間，血肉橫飛，戰馬嘶鳴慘叫。近身肉搏，刀劍無眼，稍有不慎便會萬劍穿心。而在那其中，做為一軍主帥要對抗的，卻是對方最強悍的軍將。

羌族男人以高大威猛最為聞名，他們使刀蠻橫，劈頭就砍，力量大到能徒手扭斷敵人的脖子，扯下敵人的腦袋。赤北長鴻兩軍本已在北境鏖戰數日，此番晝夜不停地趕回，若不能速戰速決，一旦露出疲態，便只能等著敵軍如猛獸般蜂擁而上了。

離蕭戎最近的莫少卿和翟鴻，幾次想替蕭戎擋開那西羌的威猛將軍托紮，奈何此人身長九尺，將幾十斤重的長翹大刀耍得如同天生的臂膀，刀尖擦著莫少卿和翟鴻的胸腹而過，徑直將兩人逼退，刀刀直衝蕭戎身體要害，不殺之誓不罷休。

數尺長的大刀揮過來，精準地砍向蕭戎持刀的右臂，剎那間便可連骨帶肉地削斷。蕭戎迅速閃身，卻仍被削掉了一塊盔甲，但他出腿迅速，重重的一腳踢在托紮的後膝，膝骨頓時粉碎，托紮大叫一聲，猛地單膝跪在了地上。

可手中之刀仍迅猛又狠毒地砍向了蕭戎的腰腹，欲將其攔腰斬殺。蕭瀾的心一瞬間揪緊，可她不敢出聲，怕分了蕭戎的神。

方才最重的那一腳用力過猛，刀鋒襲來，蕭戎想要躲卻已來不及。他揮刀至身前，應聲擋住了托紮的刀，可托紮即便傷了腿，雙臂仍能揮動千斤之重。那刀一寸一寸地抵著蕭戎手中的刀逼近——

下一刻，一道清脆之聲響起，刀片落地，可與之僵持的身影立時後撤幾分，隨即腳點托紮的刀尖，一躍而起。只見那道人影閃過，「噗嗤」一聲，殘破的半截刀身深深扎入了威猛將軍的頭顱，顱骨斷裂，白漿湧出，雙目凸起得幾乎要掉了出來，寬厚龐大的身子「砰」地砸到地上，腦袋正中間還剩一把直挺挺的刀柄。

殘忍又刺激的場面，徹底揚了本已疲憊不堪的蕭家軍士氣。打殺聲再度響起，震耳欲聾。有軍隊在前奮力搏殺守護，蕭瀾得以安靜無虞地站在靈文山莊的正殿門口。此刻的她紅著眼眶，身體微微發抖。身旁的古月見狀，張了張嘴，最終沒有多問。

如果要問蕭瀾為何如此，她後悔幼時恃寵而驕，每日吃喝玩樂，從不願跟著父親練武。她後悔曾經沒能同父親出生入死，亦後悔眼下不能與阿戎並肩抗敵。

她只能遠遠看著。看著他滿身是血，看著他拚命搏殺，看著整個蕭家軍中之人一個個倒下。以往的她竟從未愧疚過，只知潑天榮華是蕭家應得的，卻從未想過這是多少個戰死沙場之人用命換的。此刻覆轍重演，她的弟弟，她的阿戎，還有曾被朝廷背叛過的蕭家軍，一次又一次地揮刀、搏命。

滾燙的眼淚被忍了回去，漸漸乾涸在眼眶之中。

如果可以，如果此役後他們能活下來，那她什麼都不要了。

可惜生死抉擇前的許願總是難以盡如人意，蕭瀾緊張地看著蕭戎，眼看他制服了那威猛大漢，與此同時，屠刀斷裂，他兩手空空。

而此時，一把閃著銀光的劍快如雷電，直直地朝著蕭戎的後背刺去。

蕭瀾和古月皆是一驚，只是尚未來得及反應，一支鋒利的箭從斜側方射了過來。兩人齊齊閃身，順利躲過。

可這一閃身，足以再讓一道凌厲的劍風趁虛而入。它朝著古月的後背刺來，那力度分明能夠刺穿古月的身體，戳向蕭瀾的心口。一劍奪兩命。

此時古月回頭已晚，眼見著危險萬分。忽然一道刺耳的斷裂聲閃過，那劍只差分毫便要刺了進來。還沒看清是怎麼回事，地上的兩人就覺腰上一緊，緊接著雙雙被拎了起來。

耳邊傳來戲謔的聲音：「美人雙雙在懷，甚好！」

蕭瀾回頭一看，正是戰風那張浪蕩不羈的臉。他放開了左手的蕭瀾，還衝著她挑了挑眉，右手卻順勢把掙扎中的古月圈緊，「幹什麼?師兄救了妳的命，再不以身相許就說不過去了吧?」

旁邊還有蕭瀾看著，古月氣紅了臉，連拿劍的手都有些發抖：「你給我放開！」

忽然腰上一鬆，戰風人未動，但手中的彎刀已經先一步甩了出去，立時傳來了劃破衣服，割進血肉的聲音。

殷寒的身影出現在門口。

戰風撇撇嘴，滿臉的瞧不起：「獨孤劍仙那老東西就只教出你這種貨色?這麼水靈靈的姑娘也下得了手。」

殷寒看著地上那把斷劍，又聽見有人如此嘲諷師父，頓時怒意飆升。戰風舔了舔唇角，還未等殷寒再次出手，就猛地近身，彎刀刀尖直衝殷寒的面門。

兩人當即纏鬥在一起，屋頂傳來瓦片碎裂聲，和戰風帶著興奮的聲音。

「喂，大將軍，我可是救了你的女人！把閣主之位讓給我坐坐成不成?」

只可惜這聲音被淹沒在兵械聲中。

墨雲城的劍比之前快了許多，力道甚至比西羌人揮刀時還要猛烈。蕭戎極快地避開了他從背後刺來的那一劍，可接下來兩人不相上下，誰也沒能傷了誰。

正是難捨難分之時，墨雲城卻忽然一笑，緊接著撤劍後退。細微的燃燒聲和焦臭的氣味傳來……

「不好！有火雷！」

殺得滿頭大汗的喬山海鼻子最靈，最先聞出了端倪。剎那間西羌大軍中投來冒著火花的黑色匣子，一時間亂作一團，轟隆巨響一聲接著一聲，還伴著山崩地裂般的搖晃，黑煙濃重，嗆得人說不出話，更看不見路。

蕭戎趁亂拽著喬山海和翟鴻退到了屋裡。翟鴻還好，但喬山海不僅身材碩大，還被炸暈了，蕭戎打仗揮刀都沒使過這麼大的勁兒。一到屋內，胖滾滾的身子就被扔到地上，此時屋裡聚集了不少軍將。

蕭戎一把拉過蕭瀾，「可有傷著？」

蕭瀾搖頭，看向外面。此時廢墟之地燃著火光，冒著濃煙，地上盡是殘肢身體、斷劍碎刀。

「怪不得他們行軍馬蹄聲如此之重，原來是帶了火雷！」封擎忍不住咳嗽幾聲，「少帥，眼下兩軍被打散了，雖說西羌人也傷亡不少，但……」

即便封擎不說，所有人也都看得出來。這一炸，幾乎將大梁軍隊的高階將領盡數困在了靈文山莊的正屋之中。

而此時外面圍堵的不僅是野蠻貪婪的西羌軍隊。還有自北渝一路窮追不捨，戰力頑強的幽蘭鐵騎。兩路人馬會合，將靈文山莊圍得嚴嚴實實。

有了幽蘭鐵騎做為後盾，戰損嚴重的西羌大軍再度盛氣凌人了起來。墨雲城擦了劍，向前邁過了滿是血水的坑窪，立於戰煙殘火中，直視著蕭戎。

「蕭少帥麾下這麼多條人命，當真要葬送於此？」

蕭戎沉默片刻，「你想如何。」

墨雲城一笑：「戰場上成王敗寇是兵家常事。如今大勢已去，只要赤北長鴻兩軍投降，我北渝絕不為難俘虜。」

「我呸！做你的春秋大夢！老子就是被人砍成八百塊也絕不投降！」喬山海剛醒來就聽見投降兩個字，胖乎乎的臉氣得直發抖，踉踉蹌蹌地要衝出去，蕭戎立時側頭喝道：「滾回去！」

「少帥！」蕭戎就站在門口，喬山海哪裡敢不遵軍令。

蕭戎看向墨雲城：「還有呢？」

「還有，」墨雲城看向蕭瀾，「主帥自刎於陣前，才算真的投降。」

此話一出，蕭瀾的眸中果發迸發出怒意。墨雲城見狀心裡一沉，果然。

可下一刻蕭戎動了。他手腕動了動，立刻便有一把匕首落在手中。蕭瀾一驚，拽住了蕭戎的衣袖。蕭戎回過頭來，眸中滿是說不出的複雜。

「看來少帥是捨不得長姊呢。」

墨雲城抬手，身後的彪形大漢立刻押了一名長鴻軍俘虜上前，那人被炸得血肉外翻，嘴裡還嗚咽著：「少帥不可！您、您是老侯爺的血脈……是……」

話還沒說完，那長翹大刀便猛地砍了下來——

「孟三！」

「不要！」

可回應他們的，是一顆摔落在地，還雙目大睜的頭顱。

翟鴻雙目猩紅：「老子跟你們拚了！」

屋裡屋外，怒意滔天。

正當眾人欲衝上去之時，墨雲城再度抬手，第二個俘虜雙膝重重地砸在了戰友滾燙的鮮血之中。

「哈哈哈哈哈！你們倒是上啊！」西羌大漢耀武揚威地揮了揮手裡的大刀，「再敢邁出一步，我就把他宰成兩截——」

「我答應。」

剎那間一片寂靜。

那大漢像是不敢相信自己的耳朵，又嚷了一句：「你說什麼？」

蕭瀾緊緊地抓著蕭戎的手腕，可她的力氣不夠大，蕭戎甚至甩開了她的手。

他握著匕首，踏出門檻。身後眾人抽泣聲漸大：「少帥若做此決定，我等必不苟活！」

蕭戎身形一頓，聲音冷漠：「誰敢。」

他向來說話沒什麼溫度，此時此刻亦與尋常無異。可偏偏這冷漠的聲音，卻聽得兩軍將士心中翻湧，寧可頭破血流的漢子們個個抹了把眼淚。

兩個男人對峙於當下。

「我也有條件。」

墨雲城挑眉：「放心，我不會動她。」

「喂，且慢啊。」一道吊兒郎當的聲音傳來，墨雲城看向蕭戎身後，戰風把玩著兩把彎刀走了過來，「吶，你們之間的恩怨不關我的事，你說是吧？」

墨雲城笑著搖頭：「二位關係匪淺，墨某不能放了戰少俠。」

「喲，知道的還挺多的嘛。」戰風笑咪咪地說，「你放不放我無所謂。但是……」

他指了指屋子的方向：「戰某耳尖，聽見了二位談的條件。這一個姑娘也是放，兩個姑娘也是放，不多那一個吧？」

古月當即皺眉。戰風權當沒看見，笑說：「你把那個凶巴巴的姑娘也一併放了，我立刻靠邊，兩不相幫，如何？」

他面上沒有半點愧色地看了蕭戎一眼：「對不住了閣主，大難臨頭各自飛嘛。」

只是墨雲城並未立刻同意。當年調查血衣閣之時就聽說，此人是出了名的不按常理出牌，瘋子一個。

見他猶豫，戰風歪歪頭：「不答應，我這刀可就不長眼了。」

墨雲城下意識地看向那具從屋頂掉落的屍體，跟隨他這麼久的不敗劍客殷寒，死狀極慘。這種瘋子不招惹是最好的，但若直接放了，又不知其會不會忽然反悔。

墨雲城只好道：「戰場本就不是女子該待的地方，把路讓開，放她們離開。」

兩個美人各有姿色，就這麼放走了，那幫西羌大漢還有些可惜。奈何此時箭在弦上，已與北渝合謀，若是因為兩個女人而起了齟齬，己方傷亡慘重，讓幽蘭鐵騎後來居上，可絕對划不來，他們只好讓開路。

可誰都未想到，此時忽然響起了馬兒的嘶鳴。與其說是嘶鳴，不如說是慘叫。

誰也沒看到那群黑衣少年是何時潛伏到周邊的。只知他們幾乎是一瞬間就從四面八方飛身而出，直直地砍向馬腹，砍斷了裝著火雷箱子的麻繩，斬斷了火雷引線。劍尖劃入馬腹，馬兒頓時四處飛奔閃躲，圍堵在外的西羌大軍和幽蘭鐵騎混撞在了一起。

墨雲城只是回了個頭的功夫，冰冷的匕首就已經抵在了他的頸間。

差了一步的戰風看著手中的彎刀，啞了啞，最後白了蕭戎一眼。

蕭瀾和古月同時鬆了一口氣。不枉費她們來譚林郡的一路上放了那麼多信號彈，血衣閣終是及時趕到了。

少年們年紀雖輕，可動作敏捷，招招致命。沒了火雷的威脅，原本被俘虜、跪在地上的大梁軍士們立刻搶刀反攻。有的被炸傷了眼睛，強忍著劇痛砍向敵人，看得屋裡的眾人雙眼通紅。以莫少卿為首的高階軍將們率先衝了出去，他們踩著戰友灼熱的鮮血，再次殺入了戰場。

蕭家軍士氣大振，可蕭戎面色冷峻，抵在墨雲城脖子上的匕首又深了一分。

「讓他們停手。」

墨雲城一笑：「蕭少帥在怕什麼？墨某沒猜錯的話，赤北長鴻兩軍已經經歷數戰，卻不曾休息過，饒是鐵打的人也該極度疲憊了。你說，他們撐得過一刻鐘麼？」

戰風看過去，幽蘭鐵騎凶猛無比，以馬撞人，再一屠刀刺入，腳都沒沾地，便手刃數十大梁兵士。血衣閣的少年們身手是強，卻是的的確確地頭一回上戰場。

他轉了轉脖子，「小傢伙們沒人帶還是不行吶。」

戰風的雙刀先人一步，砍掉了幽蘭鐵騎兵持刀的手臂，救下了本該喪命當下的重傷士兵。戰風一把拎起那人，往身後一扯。那人連忙道謝，嘴裡還有些含糊不清：「多謝少俠！」

戰風看著他那又慘又憨的樣子就嫌棄，「都快殘了還不趕緊躲到一邊，瞎衝個什麼勁兒？」

那人疼得齜牙咧嘴，卻還要繼續上前：「我們蕭家軍可沒有一個是孬種！」

戰風咂舌，蕭戎帶的兵跟他一樣，又硬又強。

蕭戎和墨雲城還在僵持，若是直接殺了他，那西羌和幽蘭鐵騎必定怒氣沖天。能讓其心甘情願殺到大梁，想必墨雲城是許了天大的好處。眼看著承諾之人喪命，即將到手的好處沒了，這幫野蠻之人定然更加瘋魔。但……赤北長鴻兩軍實在是經不起長時間的搏殺了。

若真要背水一戰，這一役，能不能活下來尚未可知。

蕭戎沉聲：「戰風！」

戰風剛從敵人身上拔出刀，雙眸興奮地回過頭來。

「送她們離開。」

墨雲城一驚：「你……」

他竟真敢拿命來賭？

戰風聽見這話就知道，蕭大閣主又要做瘋事了。

蕭瀾和古月看著外面局勢，也能看明白即便血衣閣來了，戰況依舊不容樂觀。戰場拚的是最原始的殺戮，沒有投機取巧，軍刀近身是根本來不及用任何暗器的。

眼看著天色昏暗下來，一場暴雨來臨。冬日的雨比雪還要加倍寒冷，雨水和血水交織混雜，落在早已被汗浸溼的盔甲上，一路寒到心底。

呼嘯的風聲越來越大，戰風甩著刀上的血水，朝著蕭瀾和古月走去之時，忽然腳下一頓。他耳朵動了動，回過身來，唇角緩緩勾起：「有意思。」

未出一刻鐘，遠處便響起比雷鳴還要震耳的馬蹄聲。墨雲城面色一僵。

「赤色龍虎旗，是慶陽軍！」

喬山海嗓門最大，「弟兄們！援兵來了！」

蕭戎手腕一動，墨雲城大驚，抬手便擋，指尖銀針順勢扎向蕭戎腹部。可盔甲太硬，銀針斷開，但鋒利的匕首卻是完完全全沒入了墨雲城的脖子裡。

匕首拔出，鮮血噴湧，穿著北渝墨青戰甲的男人倒在地上，倒在了那個雙目大睜的大梁軍士頭顱面前。

蕭戎面無表情地拾起地上的大刀，從他身上跨過，走向即將結束的戰場。

血流了遍地。蕭瀾站在門口，雨水澆在墨雲城的臉上，他趴在泥地裡，臉色蒼白。

那個女子就站在不遠處，雨幕之中，她仍舊那麼美，可卻又美得那般冷漠。

血水漫到了嘴裡，他疼痛到麻木，已經快要睜不開眼睛。

她不曾往這邊看過一眼，就好似不遠處這個將死之人，如螻蟻般不起眼，不值一提。

他曾經真的敬佩過蕭世城，這個他令一見鍾情，卻又始終得不到的女子，亦有令他敬佩的將門風範。她不屑於出爾反爾，所以當日在大梁朝廷嚴明蕭家冤屈之後，她沒有為難他。

是自己，先失了太子氣度，先捨了在戰場上光明正大地打敗大梁的壯志。以兵不厭詐為理，以各為其主為由，甚至抱著誘殺蕭戎，吞併大梁，最終將她占為己有的僥倖……

最終落得血盡而亡，身死他鄉的下場。

多年來的籌謀終以失敗告終，而北渝，也會有新的太子。

只是在後宮等待著的母后，等不回他了。

慶陽軍卯足了勁的奮力一擊，直接將西羌大軍和幽蘭鐵騎打得潰不成軍。蕭家軍、血衣閣以及後來的慶陽軍，初次配合竟莫名地有默契。

天色將近黃昏之時，整個譚林郡終於靜了下來。雨沖淡了血腥，但沖不走滿地的屍體。軍將們渾身髒亂地坐在地上喘著粗氣，面上疲憊之色難掩，卻又是說不出的高興。活下來了。

每一次戰役他們的心願都是如此，活著上戰場，但願也能活著下戰場。即便被炸傷，會留下百般猙獰的疤，只要還有一條命在，總還是有盼頭的。

赤北長鴻兩軍就地安歇，收拾戰場、清點傷亡的任務便落在了慶陽軍身上。

「都讓讓！蕭戎蕭雲策！」仇靖南的聲音嚷得所有人都看了過來。

蕭戎正要去找蕭瀾，聽見仇靖南的聲音，他回過身來。

「你寫的那是求援信還是威脅信！我祖父封飛虎將軍的時候，你小子都還沒出生呢！連你爹見到我祖父都要禮讓三分，你竟敢威脅我們！」

本來看著仇靖南氣勢洶洶地前來理論，離得最近的莫少卿還想攔上一把，可一聽到「求援信」，伸出去的手便不自然地撤回，摸了摸鼻子。

回程途中一甩開幽蘭鐵騎，蕭戎便立刻寫了一封求援信，讓人送至麓州慶陽軍。幾個高階統領就在旁邊，眼睜睜地看著蕭戎大言不慚地威脅仇家爺孫倆，那不知是從什麼地方打聽到的、仇家早年間的私隱之事，若是昭告天下，說不定還要坐罪。

但他們並無十足的把握，也知道若是好言好語，非親非故的仇家還真未必會放在心上。倘若有心爭功，大可先等著赤北長鴻兩軍以全軍覆沒做為代價，損毀敵軍戰力，此時再殺出來領下這護衛皇城的潑天功勞。

或許到底是軍中之人，不善權謀，慶陽軍能及時趕來，該是一收到信便立刻動身了。或許連朝廷都未知會。

蕭戎懶得理一腳就能踹倒的仇靖南，只看向他身後鬍子花白，卻仍能操刀上陣的仇白鳴。「多謝。」

仇白鳴聲音渾厚：「你小子比你老子還猛！我若不來，看來你是準備拿命殺敵，是個硬骨頭，天生的帥才！」

仇靖南冷哼：「您在路上還罵他來著，這會兒到了跟前又裝腔作勢。」

仇白鳴一腳踢在仇靖南的胯骨上：「去去去，一邊兒去！」

這動作如攆狗似的，仇靖南瞪了蕭戎一眼，「哪日我非與你比試一場。」

沒想到蕭戎竟點頭。

仇白鳴哈哈大笑，「也虧得你能拖住他們這麼久，否則即便我們趕來也無濟於事了。」

如今眾人也才明白，所謂自刎於陣前，不過是拖延敵軍的伎倆。恐怕對方怎麼也沒想到，天高皇帝遠的慶陽軍也會專程趕來插上一腳。

蕭戎沒再多說什麼，轉身時已經看見朝他走來的蕭瀾。

◆

皇宮，御書房。

「陛下。」承吉低聲在謝凜耳邊說了幾句。

「既勝了，便令陳蒙撤了守備軍吧。」

「是。」

皇帝一聲令下，包含禁軍、城防營、護城軍在內的所有守備軍盡數從皇宮外撤離。

外患解除，承吉卻看得出謝凜並非真的高興。

冒了這麼大的險，結局卻不盡人意。

謝凜手上摩挲著一只精緻的瓷瓶，「慶陽軍果然是養不熟的狗，怪不得父皇在時，不肯重用他們。」

他面上越是平靜，承吉就知他越是生氣。

「好在陛下您登基以來，也從未指望過他們。此番他們擅自出兵……」

「怎麼，莫不成還能怪罪他們？」謝凜看向他，「他們救了周遭百姓，就算是天大的錯，朕也只能獎，不能懲。」

承吉不敢接話，只是看了看桌上的信紙，又看了看謝凜手裡的瓷瓶。

信上所言的，是蕭戎過往驚人的身分。而那瓶子，是在後宮佛堂搜找出來的醉心釀的酒瓶。醉心釀產自西境，男女歡愛以此助興。

去過西境、能帶回此酒之人有很多。但能進入蕭瀾房中的，只有一人。

「慶陽軍自然是指望不上的。」謝凜看著手中的瓶子，挑了挑眉：「但好在，總還有可以指望之人。」

軍功至偉也好，年少有為也罷，謝凜自問是惜才之人。

可如果這位人才有著危險的身分，還碰了不該碰的女人，那便是不能留了。

◆

暴雨澆滅戰火，廝殺之後的平靜帶來久違的安心。

一直守在蕭瀾身旁的古月被戰風纏住，說是受了傷、要吃藥。兩人的拉拉扯扯逗笑了周圍一群人，喬山海摀著剛包紮好的傷口，笑得直哆嗦。

此時也顧不上出征前沒有說開的小彆扭，蕭瀾拎著裙襬快走了幾步：「阿戎！」

一個多月朝思暮想的人兒滿眼擔心地朝著他走來，蕭戎唇角勾起，正欲上前，卻驟然臉色一變。

而與此同時，伴隨著仇白鳴那一聲「小心！」，蕭瀾看見不知從什麼地方射來的箭，朝著蕭戎的後背刺來。下一刻，眼前一黑，身子落入結實的懷抱，天旋地轉般，彷彿感到凌厲的箭風擦著髮絲飛過。

「少帥！」

「閣主！」

蕭戎抱著蕭瀾摔到了地上，一口血湧了出來。蕭瀾整個頸間都被血浸溼，她抬頭，看見了蕭戎眼裡的隱忍。

箭頭刺入後背的一剎那，他便已知出自誰手了。像是給他的戰勝賀禮，毒性一進血肉，四肢立刻劇痛，五臟翻湧，五感盡失。但好在倒下的時候他確信，姊姊無事。

蕭瀾渾身顫抖地抱著蕭戎，這才發現他渾身冰冷，根本不像是剛剛經歷過大汗淋漓血戰的人。這突發一箭將所有人都嚇傻了，他們不敢相信率領他們鏖戰數日，終於挺過難關的少帥會突然倒下。

「砰」的一聲，一個後背插著刀的男人被扔在了地上。

「二閣主！」

蘇焰扔下溫長霄時，還不忘在他腦袋上踩上一腳，「真夠毒的你。」

溫長霄抬眸便看見蕭瀾那雙滿是殺意的眼睛，他滿口是血地笑說：「殺了我啊，他殺了我爹，就該償命！」

蘇焰一腳踢開他，蹲下身探了探蕭戎的胸膛，又把了脈。

四肢冰冷，但還在五臟還有微微餘溫。

他將一顆細小的藥丸餵了進去。

「先讓他含著，等我把這小子的皮扒了，問出解藥就無事了。」

溫長霄身子一抖：「沒有解藥！你們直接殺了我！」

他掙扎著要起來，卻被喬山海重重一腳踢了回去。

所有在場之人都看得明白，溫長霄這毒，下得精妙又惡毒。

在所有人都以為已平安無虞，心思鬆懈之時，極快的兩隻箭，一支射向蕭瀾，一支射向蕭戎。以蕭戎的身手，只要不救蕭瀾，完全可以輕鬆躲過射向自己的這一箭。

可此人像是拿準了他的心思一般……

知道蕭戎永遠不會不管蕭瀾。

聽姊姊的話，唯姊姊之命是從，甚至連命，都毫不猶豫地交給她。

◆

回蕭府已經過了三日。

這三日裡數道聖旨齊發，蕭家所獲榮耀金銀，甚至比蕭世城在世之時還要多上幾倍。

蘇焰下令任何人不許打擾，軍中之人也只能每日眼巴巴地在府門口望上幾眼，打聽不到主帥的消息，委靡著回去了，第二日還會再來。

溫長霄被折磨得不成人形，卻還是說沒有解藥。連蘇焰都沒了辦法。

為蕭戎醫治之事，蕭瀾明裡暗裡一直派人尋著名醫。可多數醫者來了，聽了蕭瀾的描述，便說此毒是毒也非毒，在蕭戎身體裡待了這麼多年，早已與血肉融為一體，貿然醫治恐出人命。若是雲霄將軍在自己手裡出了岔子，那就成了整個大梁的罪人，這是個給萬金賞錢都無人敢領的差事。

好在仇白鳴書信一封給了自己的老友。那年渠國還是個小國，以巫毒著稱。大梁有意收服，卻遭渠國人奮起抵抗，也是一支毒箭毒倒了當時年僅二十歲的仇白鳴。

幸得仇家江湖路子廣，這才尋來青爐聖手傅青山。只是時至今日，傅青山年歲已高，路途遙遠，蕭瀾一路妥善照顧，這才終於使得老人家無災無痛地到了盛京。

馬車穩穩地停在蕭府門口，蕭瀾先行下了馬車，伸手要扶傅青山：「大人慢些。」

看著蕭瀾眼下烏青，傅青山摸了把鬍子：「丫頭妳也不必太過擔心。仇老弟已在信中嚴明，妳家將軍的情況，老夫既來了，定然不會砸了自己的招牌。」

蕭瀾頓時紅了眼眶，點了點頭。

她扶著傅青山到蕭戎房中，幾日不見，他還是那樣安安靜靜的，就是面上沒有一點血色。

傅青山把了脈，又看了蕭戎每日含服的藥丸，這才鬆了一口氣。

他看向已經幾日沒闔眼的蘇焰：「這藥是你自己製的？」

蘇焰看他那挑剔的眼神，莫名覺得像是被拷問了一般。

果不其然傅青山說：「有點天賦，要不要拜老夫為師？」

蘇焰以為自己聽錯了，他這醫術還只是「有點」天賦？果然人老了就是容易仗著年紀瞧不起人。

於是他隨口應到：「您老人家要是真把他治好了，想怎麼著都行。」

傅青山一笑，看向蕭瀾：「這毒古怪，卻不致命。像是用來控制著他，使其有所顧忌。」

蘇焰和蕭瀾對視一眼，此話字字屬實。

「此毒是毒，也不算毒。聽說你們對下毒之人用遍了法子，都沒問出解藥？」

蘇焰點頭：「他可能是真的沒有解藥。」

傅青山點點頭，「因為此毒根本無須解藥。」

「大人的意思是……」

「研製此毒之人，並非要害你家將軍。即便此番毒性加重，橫豎也不會致命，但也可能就此沉睡下去。」

「也就是說，我們那狠毒的師父倒也不是真的狠毒。他是用此毒制衡了愛徒和親兒子。讓閣主對溫長霄有所顧忌，卻也讓溫長霄不能真的借毒殺人。但這一點，他們二人都不知情。所以……溫長霄被他親爹騙了，冒了這麼大的險，其實根本殺不了人。」

傅青山聽了蘇焰之言，也大概明白了是怎麼回事。

說到底，床上躺的只是個天賜神顏又一身本領的苦命人罷了。

他看向蕭瀾：「想要解毒，還需一味藥引，冥黃草。」

蕭瀾看向蘇焰，蘇焰聳聳肩：「血衣閣是沒有的。我即刻派人去尋。」

傅青山一邊寫了方子，一邊說：「藥引找到之前，就先按此方子服藥。」

「是，有勞大人。」

「先別急著謝老夫。雖然為你們指了條路，但也需告訴你們，冥黃草雖不是什麼名貴的藥材，但確實已經不好找了。我嘗盡百草，十幾年間都未再見過冥黃草。若真要找，或許祖上世代學醫之人那裡還能尋個幾錢。

「否則，」他停筆，將方子遞給蕭瀾，「便真的無解了。」

重金尋冥黃草的帖子當日便發了出去。

木槿勸了數次，蕭瀾還是不肯休息。她草草吃了幾口飯，忽然想到了什麼。

「木槿，去將入宮權杖取來。」

「小姐要入宮？可是要去找陛下相助將軍？」

蕭瀾搖頭：「不，是找皇后。」

木槿歪了歪頭，「那小姐該去佛緣寺，今日皇后娘娘的儀仗進過長市街，街坊鄰里都瞧見了。」

「是麼。」蕭瀾根本顧不上其他的，換了件衣衫便立刻出府了。

木槿匆匆去找了蘇焰，怕蕭瀾幾日不睡，體力不支出了差錯。

兩人到了佛緣寺的時候，又遇到了那位大師。大師見蕭瀾面色匆匆，面上平靜地為她讓了路。蘇焰抬腳想跟著進去，卻被攔在外面。

蘇焰還是頭一回被人擋在了大門外，正欲與之理論，就見一名衣著淡雅的高貴女子走了出來。皇后孟宛瑜今日是來佛緣寺為國祈福上香，結束後出來，沒想到會迎面碰上蕭瀾。

她明白這是陛下心裡惦記之人，做為皇后，自該溫婉大度。

「瀾兒妹妹是……」見蕭瀾面色憔悴，皇后頓了頓，「是來為雲霄將軍祈福的麼？」

蕭瀾毫不猶豫地跪地行禮，「蕭瀾是來求皇后娘娘的。」

她這一跪，皇后連忙親自上前扶她：「妳這是做何，陛下之意是要我們以姐妹相稱，和睦共處，也不是在宮裡，不必講這些虛禮。」

皇后退避了左右，與蕭瀾在一處禪舍中說話。

「瀾兒妹妹說是來求本宮，是想求什麼？」

蕭瀾問：「娘娘祖上可是行醫之人？」

孟宛瑜點了點頭，「我母親一系世代從醫，醫術是傳男不傳女的。但到了我母親這一代，只有她一個女兒家，又嫁入高門，諸事繁雜，祖上的醫術便漸漸失傳了。妹妹問這些是……」

「聽聞醫宦世家最珍貴的便是藥材庫，家家都不同，娘娘母族的藥材庫可還在？」

孟宛瑜想了想，點頭道：「應該是還在的，醫術雖無人繼承，但醫書藥材還保留著。」

「娘娘也知，我弟弟在戰場上中了毒，如今好不容易尋得名醫，大夫說需要一味冥黃草做為藥引。可——」

蕭瀾話音未落，孟宛瑜便已經朝著門口道：「珍兒，妳進來。」

「是，娘娘。」

「妳拿著本宮的權杖，速回外祖母家中，告知本宮需要冥黃草，若找到便立刻送到蕭府。可聽明白了？」

那名叫珍兒的婢女進來，雙手接過了孟宛瑜手上的權杖，順帶還看了蕭瀾一眼。似乎是不明白皇后娘娘為何要幫這個搶了陛下之心的女子。

「還不快去？」

婢女走後，蕭瀾起身道謝。孟宛瑜搖搖頭，同她一齊向外走去。

「本宮自幼便是獨女，時常想著能有個兄弟姊妹。」她看著蕭瀾，「妳弟弟是為國征戰之人，本宮心裡敬佩。若還有什麼需要幫忙的，只管叫人來宮裡報給我。」

「蕭瀾……多謝娘娘。」

皇后上了鳳輦，靠在一旁的蘇焰才走了過來：「問到了？」

「算是吧。」蕭瀾自己心裡也拿不定主意。

蘇焰又說：「她祖上便是行醫的？那自己怎麼還病懨懨的。」

蕭瀾聽見這話回過頭來：「她哪裡病懨懨的？」

「元氣不足，唇色眼下發青，表面上看著是與常人無異，但實則內裡快要虛透了。」

「她前些日子剛生產完，許是還沒恢復好。」

蘇焰搖頭：「她那不是生產之後的虛弱。不信的話，妳讓我替她把把脈唄，我一探便知。」

蕭瀾將信將疑地看著已經走遠的鳳輦，若有所思。

◆

冥黃草在次日便送到了蕭府。

經傅青山仔細辨認，的確是冥黃草無誤。

「好了，這下不必擔心了。待老夫親自煎了藥給妳家將軍灌下去，不出三日定然能醒！」

蕭瀾終於能放心，腳下一軟跌坐在床邊，緊緊地握住了蕭戎的手。

一天一夜過去，蕭瀾趴在蕭戎床邊睡了又醒，醒了又睡，他還是沒有動靜。

中間傅青山來把了幾次脈，嘴裡嘟囔著：「沒事，沒事。」但人就是不醒。

第二日，蕭瀾攔下準備回血衣閣的蘇焰，對方挑眉：「做什麼？」

「蘇公子可否隨我進宮？」

「可以是可以，不過妳總得告訴我為什麼。」

「這幾日忙著替阿戎尋醫，有件事情耽擱了許久。昨夜，我又審訊了一次溫長霄。」

蘇焰點點頭：「聽見了，他叫得那麼慘。不過如今也用不上他了，還留著做什麼？」

蕭瀾看著他。

蘇焰一笑：「沒想到妳還挺會記仇的。妳弟弟受了欺負，就這麼不依不饒的非要查到底。那溫長霄可有吐露些什麼？他恰好出現在北境，又一路跟去了譚林郡，天底下可沒有這麼巧的事。」

「他沒說什麼，但在他身上搜出了這個。」

蕭瀾的手心攤開，上面有一小張撕碎的信紙，蘇焰拿起來看了看，上面沒有任何字跡。手指摩挲著紙張，似乎也沒什麼不妥。但是，蘇焰嗅了嗅，「好香。」

「這香味，我曾在一個人身上聞到過。」

蘇焰唇角勾起，「此香一經沾染，經久不散，肯定不是尋常人用得起的。走吧，進宮會會貴人去。」

蕭瀾帶了外男入宮，還來了自己宮中，孟宛瑜有些吃驚。

「妹妹這是……」

「蕭瀾擅作主張帶了醫者前來，還望娘娘勿怪。」

「醫者？」孟宛瑜心裡定了定，這才微微一笑，「宮裡御醫多的是，何必勞煩妹妹帶醫者前來請平安脈？快坐。」

況且還是擁有如此驚人容貌的醫者，且年紀輕輕，孟宛瑜並不太相信此人的醫術。

清香的熱茶奉到了手邊，見蕭瀾只飲茶卻不開口，皇后擺了擺手，「屋裡人太多，悶得慌，你們且先下去吧。」

「是，娘娘。」

此時屋子裡沒有了旁人，蕭瀾這才問道：「娘娘近些日子以來，可有失眠盜汗，心慌心悸的症狀？」

孟宛瑜一愣，「妹妹怎麼知道？」

蕭瀾又道：「娘娘賜的藥引救了我弟弟，蕭瀾心裡感激。娘娘若信得過蕭瀾，可否讓醫者探探脈？」

見她神色肅穆，孟宛瑜一笑：「這些症狀也是自生產後才有的，再者說來，明日是太后娘娘的壽辰，操了些心罷了。太醫說本宮身子弱，須得長久養著，沒有什麼大礙。」

「只是把脈，還望娘娘恩准。」

蕭瀾堅持，孟宛瑜看向蘇焰，搖了搖頭，「那你且來替本宮把脈吧，妹妹的關心，本宮也該領情。」

蘇焰探到孟宛瑜脈搏的下一刻，便看向了蕭瀾，後者心裡一沉，面色冷了下來。

「怎麼了？」孟宛瑜收回手。

蕭瀾看著孟宛瑜，拿出在溫長霄身上搜出的殘紙。

「娘娘可知道此香？」

孟宛瑜接過來聞了聞，忽然明白，此番請平安脈是別有用意的。

◆

出宮時，黑夜已經降臨。

蕭瀾仰頭望向夜幕，「好久沒見過這麼圓的月亮了，原來冬日裡也會有這麼圓的月亮。」

蘇焰看著她：「妳打算如何？他還沒醒。」

蕭瀾淡淡一笑：「先回去吧，阿戎還在等我。」

夜裡沐浴過後，蕭瀾沒有在自己的房裡歇著。她輕輕爬到了床榻的裡側，安靜地躺到了蕭戎的身邊。

靜默良久，一聲「阿戎」打破了房中的寂靜。

蕭瀾握著蕭戎的手，他的手是熱的，這令她很安心。

「阿戎，明日姊姊要入宮赴宴，是太后的生辰大宴。」

男子的呼吸均勻。

「姊姊知道你素日不喜歡這些場合，也不喜歡上朝，更不喜歡……」她聲音哽咽，「更不喜歡什麼將軍侯爵之位。

「戰場凶險，事事艱難，你的每一次衝鋒陷陣，每一次傷痕累累，都是為了我。」

眼淚滑落，蕭瀾將臉靠在蕭戎的肩膀上，「姊姊知道，一直都知道。」

可他依舊毫無反應。

「對不起阿戎，是我太自私了。是我心心念念著要為父母伸冤，要重振蕭家和軍隊，要恢復蕭家百年榮光……一直以來都是你問我想要什麼，我想要的，你都一一給我。

「可是……可是姊姊從未問過你想要什麼。

「阿戎想要的是一分真心，一分永遠不離不棄的情意對不對？」蕭瀾紅著眼眶，卻又在笑，「可上天多捉弄人啊，將我們生成了血親手足。

「那日你問我，失憶之時有沒有對你動過心。」蕭瀾抬手擦了眼淚，「怎麼會沒有啊，阿戎。

「後來記起了我們的關係，我曾多少次夜裡驚醒，多希望只是大夢一場。」

說了許久的話，外面的天已經要亮了。

「阿戎，若姊姊沒能回來，你要好好地回到血衣閣，回到那真正的家好不好？」

然而蕭戎不應。

「做為你聽話的交換，來世我們無論是什麼關係，姊姊都願聽你的。願意……嫁你為妻。」白晝漸漸到來之時，床榻上纖瘦的女子輕撫男子英俊的眉宇，在他慢慢恢復血色的薄唇上，留下輕輕一吻。

午時未至，宮中特意來迎蕭瀾的車輦便已經在府外等著了。

蕭瀾身著陛下御賜的盤雲汨羅蘇秀錦袍，外加一件價值萬金的白貂絨披風，上了宮裡貴妃才能使用的大乘儀仗，這無疑是陛下在昭告天下，蕭家未來的地位只會更上一層樓。

她獨身一人，連每日隨行的婢女木槿都未帶。沒有人知道她今日的籌謀，所有人皆只以為，她只是去赴一場受天下重視的大宴。只有蕭瀾一人清楚，宮門敞開，等待她的是一場生死攸關的險局。無論成敗，她都不會牽連任何人。

下了轎輦，便看見正在大殿門口等著她的陛下。周圍大臣不敢言語，歷朝歷代，還沒有哪個女人尚未入宮，便得到如此盛寵。

蕭瀾行了禮，破天荒地沒有拒絕謝凜伸過來的手，任由謝凜帶著她，一步一步走上大殿的寶座之上。

盛樂奏響，太后端坐於上位，眾臣躬身行禮，眼看著皇帝身著龍袍，牽著一名容貌傾國傾城的女子，欲與之一同坐上帝后寶座。

「陛下！」

謝凜轉過身來，「孟國公何事？」

席間無人不知陛下看重蕭家，即便此番逾越祖制，也只有孟國公這位三朝元老，皇后的親祖父敢高聲道：「正宮大宴，陛下嬪妃皆在，何以令一無名無分的女子伴君左右！」

謝凜擺擺手：「今日太后生辰，是家宴。諸位皆可隨性些。」

正欲坐下，只聽孟國公又道：「即便如此，此女也不可能擅坐帝后寶座！」

「擅坐？」謝凜唇角勾起，「皇后今日身子抱恙，不能出席，依孟國公所言，朕的身邊便不能有別的女子了是麼？」

「陛下——」

「呵。」謝凜帶著蕭瀾落座，「都說孟氏家教好，倒不曾想國公爺竟比皇后還善妒。」

這話說得和善，像是一句玩笑話，卻令眾人後背直冒汗。陛下向來敬重老臣，如今卻能為一名女子如此駁斥國公的面子，當真像是被妖精勾了魂。

「好了好了，」太后笑著打圓場，「國公爺也不必替陛下擔憂。瀾兒是哀家看著長大的，日後入宮便也是皇后的妹妹，自家人可別傷了和氣。」

連太后都發話了，孟國公只得憤憤地飲了一大口酒，再未多說一句。

佳餚香氣誘人，歌姬舞姬姿色窈窕，大臣敬酒說笑聲不斷，整個大殿好生熱鬧。

蕭瀾今日話不多，只是乖巧安靜地坐在謝凜身邊，時不時為他斟酒，任由他的手，摟上了她纖細的腰身。

謝凜自登基後勤於政務，不大往後宮裡走，即便下了朝，也更願去演武場，與禁軍統領陳蒙對上幾招。曾經的十五皇子文武雙全，如今的大梁皇帝亦嚴以律己，容貌更加英俊成熟，身材更加結實健碩，後宮妃子為之痴迷，但可惜謝凜並非縱欲之人。唯一的破例，也只在今日了。

席間的嬪妃此時此刻才知道，原來那般清冷刻板的陛下，也會有如此溫柔的笑容和語氣。即便連皇后，也不曾得過陛下親自布菜的待遇。陛下知道蕭瀾愛吃什麼，知道說什麼能逗她笑。甚至免了朝臣敬酒，約莫也是因著她不喜酒氣……

如此毫不避人的偏愛盛寵，想來寵冠六宮也只是早晚的事。

「今日好乖。」蕭瀾正替謝凜倒著酒，她感覺到一隻手輕輕摸了摸她的頭髮。

蕭瀾淡淡一笑，可那白皙的皮膚，傾城的臉蛋落在謝凜眼中，就變成了赤裸裸的引誘。他不是個好色之人，但此刻胯間的蠢蠢欲動，卻是有些遮不住了。

酒杯遞過來時，他情不自禁地握住了那隻纖細的手。蕭瀾身子一顫，緩了緩，卻沒有躲開。

一曲高歌過後，席間接近尾聲，此時殿外出現的一道身影，吸引了所有人的目光。

「皇后駕到——」

孟國公看向緩緩走入大殿的孟宛瑜，不由得大喝一聲：「皇后這是在做什麼！」

與此同時看向太后和皇帝，兩人果然已經皺起了眉頭。原本熱鬧的大殿也頓時安靜下來。誰也看不明白，太后壽誕之日，皇后竟然去了朱釵鳳冠，面上未著妝飾，一身素衣出現在壽宴之上。

孟宛瑜走進來，看見謝凜身旁坐著別的女子，瞬間紅了眼眶。已在腦中勾勒過百遍的情形，如今真真切切地親眼見到，竟是如此錐心。

「皇后身子抱恙，卻也不該如此失禮。」謝凜看著孟宛瑜的目光，已經不似當初。

孟宛瑜苦笑著，跪在了大殿中央，「臣妾身有重罪，徹夜難眠。陛下、太后和今日諸大臣俱在，臣妾自願認罪，請陛下廢後！」

「宛瑜妳在說些什麼！」孟國公驟然激動，差點暈了過去。

謝凜擰眉：「皇后自產後便一直心神不寧，這是又在說胡話了。來人，送皇后回——」

只是話還未說完，就被孟宛瑜打斷：「陛下是對臣妾還有所不捨，才不願廢後的麼？」

一向溫婉賢淑的人目光忽然如此咄咄逼人，謝凜的聲音不禁嚴厲了起來：「皇后可不要亂了分寸。」

「呵，分寸。」孟宛瑜一把擦掉眼淚，兀自站了起來，整個人搖搖欲墜，卻又異常堅韌。

「我孟宛瑜就是太有分寸，才被你視如草芥！」

「大膽！」太后一聲怒喝，「真是孟國公教出來的好孫女！」

孟宛瑜猛地看向她：「我祖父何錯之有！若要說錯，便是我錯信了帝王家會有真情、會有例外！我明知你們為了東宮之位，為了登基做過多少骯髒事，這遠遠不是祖父教我的為人要正直，要心繫蒼生天下，要光明磊落！」

「來人，送皇后回宮！」

禁軍正要上前，就見孟國公拿出了多年來隨身攜帶的先帝御賜免死金牌。

「見此物如見先帝，誰敢碰皇后！」

禁軍果然被震懾住了。

「孟國公。」謝凜沉聲，「朕敬你是三朝元老，可你也不要太過分了。」

「陛下言重了，老臣自幼教導宛瑜知錯能改，善莫大焉，如今她有心贖罪，陛下何不聽之一言？」

鬍子花白的祖父就站在自己身後，孟宛瑜淚如雨下。祖父從官多年，經歷了那麼多政變兵變、大風大浪，尚可明哲保身，如今一把年紀卻被自己捲入如此風波之中。

這麼多年，祖父永遠都是宛瑜的靠山。出嫁前沒人敢欺負她，出嫁後亦是如此。

她纖瘦的身子雖弱，此刻卻站得筆直。

「是你，那時還是太子殿下的你，向先帝諫言，利用北渝太子的求親，誘蕭世城回京。」

「休要胡說！」謝凜已經壓不住怒氣。

「胡說？書房信件是我親眼所見！那時你雖已是太子，可皇子眾多，前朝後宮都對你虎視眈眈。而你手上沒有任何軍方的支持，你陷害晉安侯，不就是因為暗線來報，說九皇子曾在出征前宴邀晉安侯，而晉安侯答應攜妻女赴宴！

「你不問青紅皂白，唯恐晉安侯與其他皇子先行勾結，加之你早知道先帝忌憚蕭家軍功太甚，所以你的諫言令先帝大悅。那日你回來拉著我喝了整整一宿的酒，難道也是我胡說？

「而後你卻又助蕭家重回朝廷，為蕭家軍洗清冤屈。我原以為是你心裡愧疚，於是我想，知錯能改，善莫大焉。可直到你說要讓蕭瀾進宮，直到我真正見到了她，我才明白……你為何如此相助。軍權和美人你都想要，不是麼？

「我明白這些年你待我不錯，可我也清楚你心裡沒有我。」

孟宛瑜說到這裡，已經止不住微微顫抖，「你要娶蕭瀾，我並非容不下她！她是你喜歡的人，我一早便做好了與之和睦相處的準備，你告訴我，我錯了麼？」

謝凜未置一詞，只知眼前這個痛苦的女子大約是要瘋了。

「我都能容下她，可你竟容不下我！為了給她皇后之位，你命人在我的膳食中下慢性毒藥，我夜夜心悸難眠，一日比一日消瘦。而整個太醫院的人都不敢告知我實情，只說我是產後虛弱所致！」

此話一出，整個大殿之人都倒吸一口涼氣。

「你要堵天下悠悠之口，要名正言順地娶她為妻，要她做你的皇后。你只知道她不願做妾，可你有沒有想過我！」

話行至此，孟宛瑜耗盡了所有力氣，「我孟宛瑜十五歲嫁入東宮，伴你七年，懷胎十月，忍痛三天三夜，為你生下皇長子……謝凜，你好狠的心啊。」

一席話盡，孟宛瑜也知沒有回頭路了。她回頭，看了孟國公手上的免死金牌一眼。

「先帝所賜免死金牌只能保一人性命，望陛下看在我祖父年歲已高，讓他安心頤養天年吧。」

憑著多年的養育，孟國公當即明白不對勁，上前一把拉住宛瑜之時，為時已晚。

一把小巧的匕首已經悄無聲息地沒入她的腹部，鮮血瞬間染紅了白色素衣。

「宛瑜！宛瑜！」他一把按住孟宛瑜的傷口，「傳太醫，快傳太醫啊！」

禁軍統領陳蒙看了承吉一眼，承吉又看了謝凛一眼，兩人張了張嘴，卻始終不敢喊出「宣太醫」三個字。宮中嬪妃自戕是大罪，更何況還如此言辭犀利地指摘皇帝，大鬧太后壽宴。

孟國公無助的聲音迴盪在整個大殿內。

血從孟宛瑜的唇角流了出來，她掙扎著用盡最後一絲氣力，看向了寶座上的男人。

「無論如何，孩子是無辜的……不要牽連……於他……」

謝凛沉著臉，看著孟宛瑜閉上了眼睛，聽著孟國公一把年紀哭得聲嘶力竭，最終暈厥了過去。

好好的一場壽誕大宴，竟是如此收場。

而謝凛此時才發現，自孟宛瑜出現後，蕭瀾便再沒說過一句話。

他還握著她的手，只是她的手已經涼透了。

謝凛看向她，蕭瀾面色平靜。他心中劃過欣慰，看樣子蕭瀾是沒有輕信孟宛瑜的話。

蕭瀾感受到謝凛的目光，也側過頭來對上他的雙眸，微微一笑：「陛下。」

「可是嚇著了？朕先派人送妳回去。」

他的面上，甚至沒有一絲傷感。

蕭瀾搖搖頭，主動握住了謝凜的手。謝凜一喜，另一隻攬在她腰上的手也緊了緊。

可誰也沒有想到，誰也沒有看清，蕭瀾是如何將一支朱釵簪子整根插入謝凜的脖子裡的。

直至謝凜摀住了脖子，鮮血從他指間大汩湧出之時，才有人反應過來：「蕭瀾弒君！護駕！護駕！」

太后猛地撲過來一把推開蕭瀾，抱著謝凜高呼：「太醫！太醫！」

承吉連滾帶爬地跑出去宣太醫，太后回過頭來滿目惡毒：「給我把她拿下！」

謝凜仍不可置信地看著蕭瀾，聲音模糊：「為……為什麼……」

刀已經抵在了脖子上，原本乾淨典雅的錦袍已經被血染髒。

蕭瀾神色依然平靜，聽見謝凜這麼問，她直視著他。

「當初是否是你諫言誘殺我父親，我只當蕭家命中有此一劫，結局已定，我可以不再追究。

「可你千不該萬不該，不該在三年前設計讓我和阿戎身上沾染了尋跡香，你派人尋著香找到了城隍廟，就為了搶奪城隍座下的東西，差點害死我弟弟。

「而三年後，我在溫長霄的信件上聞到了跟當年一模一樣的香。他能有機會暗殺阿戎，你敢說幕後主使不是你？」

蕭瀾忽然一笑，「誰敢動我弟弟，誰就得死。」

太后猛地看向那簪子，上面已經變黑，而謝凜口中湧出的大口鮮血也變成了黑色。

陳蒙皺眉：「毒發如此之快，恐是劇毒！」

謝凜的氣息逐漸變弱，他滿口是血，幾乎說不出話：「我……我的確……做過許多髒事……可、可我……也是真的……喜歡妳……」

「殺了她！給我殺了她！」太后已經瘋魔，遠沒有了多年來的溫婉。

當眾弒君罪無可恕，陳蒙舉起手中的刀，蕭瀾閉上了眼睛。

終章　大婚

陳蒙的刀舉了起來，可刀刃砍得極偏。

蕭瀾閉著眼，卻沒能等來意料之中的疼痛。

等來的是陳蒙的一聲悶哼，和馬蹄踢破門檻的劇烈震響。

她睜開眼，刀落在了腳邊，陳蒙持刀的手中了一箭。這一箭直接刺穿了整個手掌，這輩子都別想再拿刀。

從未有人直接騎馬衝破宮門大殿，來者一襲黑衣，儼然如地獄歸來的羅剎。

蕭瀾的淚湧了出來。

男子勒了韁繩，翻身下馬，長腿闊步地帶著殺氣走上了臺階，一腳將陳蒙踹得摔下殿去。

蕭瀾帶著必死的決心，沒想過還能再見到弟弟。雖然弟弟眸中幽深，滿是怒火，蕭瀾還是哭著抱住了他的腰。

蕭戎身體一僵，要吼她的話被這一抱，抱回了嗓子裡。

他黑著臉扯開她，抬手擦掉她的眼淚，又仔細地看了看，沒傷著。蕭戎的臉色緩和了些。

「雲霄將軍！你莫不是要造反！」

蕭戎聞言，轉過身來。殿中是一張張滿是畏懼，卻又道貌岸然的嘴臉。

就是這樣一群人，在欺負他的女人？

蕭戎轉了轉脖子，勾了唇角，不知是在說給誰聽。

「我早說了，屠個皇宮不過是個把時辰的事，何至於費這麼多周折。」

眾人一聽，後背直冒冷汗，而此時喊殺聲越來越近，來者是一群蒙面黑衣人，為首者一襲紅衣，大冷天的還拿了把扇子，扇子上探著銀針，還殘留著血跡。

蘇焰撩了一把墨黑長髮，笑得妖媚：「見過諸位，血衣閣隨閣主前來湊湊熱鬧，順道送各位上路。不必謝，不必謝。」

蕭瀾在看見蕭戎未穿盔甲之時，就隱隱覺得不對，如今連蘇焰都來了，她也明白了。

若她真的死在這裡，蕭戎是真的會屠了整個大梁皇宮。

「阿戎……」她小心翼翼地扯了扯蕭戎的袖子，可人家沒理她。

殿中的兵部尚書何元禮滿頭大汗，好心好意地送了封信去蕭府，結果居然鬧得這麼大。他不停地朝蕭瀾使眼色，蕭瀾自然不想讓蕭戎手上再多增殺孽，且此番真的濫殺，亂的便是大梁根基，擾的是百姓安樂。

蕭瀾大著膽子上前一步握住了蕭戎的手，看他瞪過來時，心裡一抖，卻不肯放開。

「阿戎，我們回家好不好……」

宮裡的善後是何元禮操持的。

蕭瀾臊紅著一張臉，當著文武百官的面將蕭戎哄走。即便沒有明說，兩人的關係也已經公之於眾。他們在眾人的震驚中走出了大殿。

出宮後，血衣閣中人四散而去。蕭戎悶著頭，不知從哪弄來了一輛馬車，親自馭馬回府。

馬車飛奔，蕭瀾拉開車簾，看著越來越遠的宮門。

昨日在皇后宮中的約定仍歷歷在目，她曾問孟宛瑜是否怪自己。

孟宛瑜搖了搖頭，「不怪妳。即便不是妳，有朝一日他有了心上人，照樣會為了心上人而傷害我。是我執念太深，對他抱了不該有的希冀。」

孟宛瑜死的時候，蕭瀾明白她的絕望。用情至深之人，或許在一開始便輸了。

輸了心，輸了情，最終輸了命。

回來之時，蕭府很安靜。

蕭戎醒來的消息還未外傳，白日裡蘇焰正琢磨著蕭瀾為何一整日沒有來看蕭戎，越想越覺得奇怪，接著就收到了何元禮從宮裡遞出的消息。

然而巧的是，就在蘇焰正欲動身之時，蕭戎醒了。

蕭瀾下了馬車，一路小跑都沒跟上蕭戎的步伐。房門被「啪」地摔上，蕭大小姐第一次吃了閉門羹。

接下來的幾日，整個蕭府上上下下都知道，大小姐在哄將軍。

蕭瀾知道蕭戎氣她不顧自己的性命，可這氣著實生得太久了些。

這日她又去了蕭戎房裡，在屏風外等著大將軍沐浴完，殷勤地拿著藥膏上前：「阿戎，該換藥了。」

蕭戎冷哼一聲，坐在了床榻邊。白色的裡衣帶子沒有繫好，鬆鬆垮垮地穿在身上，露出了裡面結實的身體。

蕭瀾面色微紅，用指尖沾了藥膏，仔細地塗在了蕭戎的傷口處。精緻小巧的臉蛋離得很近，溫溫熱熱的氣息噴灑在周圍，香甜的很。她似乎是剛沐浴過，髮梢還是溼的，這麼冷的天也不知多穿衣些，他隨隨便便一看，就能從領口看見裡面的春光。

蕭戎毫不掩飾地多看了幾眼，被蕭瀾察覺到，她抬眼正對上那雙黑眸。

她直起身，雙手拿著藥瓶站在他面前，「阿戎，你還在生氣麼？」

蕭戎不理她，被子一掀就準備睡覺。卻沒想到來哄人的人，倒先發了火。

「啪」的一聲，蕭戎回過頭來，看見藥膏瓶子被扔在桌上。蕭瀾扭頭就走，蕭戎迅速下床一把拉住她。

蕭瀾回過頭來：「你不是不理我麼，不理算了！放開！」

蕭戎不放。蕭瀾眼淚汪汪的：「出征前你就對我發脾氣，出征回來你還發脾氣！」

蕭戎終於開口：「妳都要嫁進宮去當貴妃了，我還不能發脾氣？妳當我真的什麼都能忍？」

「……那日是你在偷聽？」蕭瀾回想起御花園的大白貓，撇撇嘴，「我只是說考慮一下，又沒有直接答應。」

「那不是妳母親的遺願麼？」

蕭瀾說：「旁人一面之詞，我難道就要真的聽信麼？倒是你，你幹麼不明說？」

「明說有什麼用。我逼妳拒絕他，跟妳自願拒絕他能是一回事？」

蕭瀾自知不占道裡，聰明地繞開，「那你知不知道你昏迷的時候，我都累死了、怕死了，你一醒來就知道凶我。我是冒了大險，可是我不後悔！」

說到這個蕭戎就來氣，大手掐著她的臉蛋，「妳要殺誰告訴我、告訴蘇焰、告訴誰都行，為什麼非要自己去！」

蕭瀾任由他掐著，倔強地反駁：「想要在宮中結果謝凛談何容易！哪還有比太后壽宴更好的機會？再說你是我弟弟，又不是他們的弟弟，當然是我親自去！誰的命不是命，憑什麼自己貪生怕死，要別人去送死？」

「……」蕭戎愣是沒說出話來。

她一向牙尖嘴利，吵架吵慣了的行家高手。

兩人僵持在當下，話都說到這個分上了，蕭瀾破罐破摔：「你還要掐多久？你掐死我算了，就當讓你解氣行了吧？」

蕭戎鬆開手，蕭瀾轉身又要走。

「喂。」

她回過頭來，「幹麼。」

「妳親親我。」

「什麼？」

「妳親了我就原諒妳。」

蕭瀾聳聳肩：「我管你原不原諒。」

話說得很硬氣，結果下一秒就被打橫抱起，扔到了床榻上。

「你休想，你剛凶過我！」蕭瀾推著他的胸膛，灼熱到她臉紅心驚。

蕭戎抱著她，輕車熟路地褪去她的衣衫，含住了紅嫩的乳珠，還不鹹不淡地道歉：「我的錯，以後只有姊姊凶我的分兒。」

蕭瀾受不住他這過了火的熱情，掙扎扭捏間碰到了他胯間之物。她驚恐地撤開手，不料被人精準地攥住了手腕，還在她耳邊低笑：「妳好好哄它，不然一會兒進去會很凶。」

蕭瀾正欲說些什麼，忽然響起了敲門聲，準確的說，是砸門聲。

懷裡的女子「唰」地縮成小小一團，聲音極小地問：「誰呀。」

蕭戎正在興頭上，驟然被打斷也是惱得不行：「有什麼事明日再說！」

門外是傅青山的吼聲：「什麼明日再說！明日就晚了還明日！都跟你說了你傷還沒好全，不能做那事，你是沒長耳朵還是怎麼樣！」

辛辛苦苦救回來的人，若是砸了他青爐聖手的招牌，老頭子能一蹦三尺高。

蕭瀾一驚，連忙扯過衣服穿上，蕭戎臉一黑：「不許走。」

一到身體的事，他這姊姊就無比倔強：「不行，要聽大人的！」

蕭戎拗不過她，「我不碰妳，就在這裡睡。」

聽見裡面沒了動靜，蘇焰笑得嫵媚，朝傅青山點了點頭。

早年間打的架、留的疤，可總算逮到機會讓他還回來了。

「走了，老爺子。地牢裡那姓溫的小殘疾我帶走，他手上還有一堆絕世好毒，勞駕明日跟裡面二位說一聲。」

傅青山問：「你小子當真不拜我為師？難得遇到一個看得上眼的好苗子。」

蘇焰頭也不回地擺擺手：「我不愛救人。」

「那你也不必這麼急，明日再走就是。」

「不了，家裡還有個煩人的小丫頭等著呢。」

蘇焰出來將近半個月，收到了十幾封血衣閣飛鴿送來的信。每回都是疊得整整齊齊，一打開，裡面畫的一個很高的男人和一個很小的女孩。

旁邊歪歪扭扭的寫著：喬喬想舅舅。

舅舅這兩個字，從來沒寫對過。

夜夜抱著可心美人睡覺卻不能碰，蕭少帥倒也沒有鬧脾氣。但傷都好得七七八八了，也還是不去軍營，反倒日日都往傅青山的屋子裡跑。

這日蕭瀾在書房，木槿敲了敲門進來，「小姐，都準備妥當了。」

蕭瀾手上正拿著一封信，剛剛看完。

「好。」她將信收起放好，起身走出了書房。

巧的是蕭戎也正好來到前院，手裡還拿著不知道裝著什麼的瓶瓶罐罐。

見她要出門，他將東西放進屋裡，看了要來馭馬的車夫一眼：「你不必來了。」

「是，將軍。」

蕭瀾朝屋子裡看了一眼，又打量了下蕭戎：「我記得大人看好的明明是蘇公子，你成日老往大人屋子裡去做什麼呀，現在想學醫是不是晚了些？」

兩人一路走著，蕭戎扶著她上了馬車，自己坐在車夫的位子，還神神祕祕地不告訴她緣由。

冬日的城郊山水被雪覆蓋，也別有一番風味。

蕭戎在身後護著她，蕭瀾一步一步在雪地中留下腳印。

走走停停了很久，終於到了一處墳塚。

「香荷，姊姊來啦。」

蕭瀾拿過蕭戎手上的食盒，仔細地將裡面的東西擺到墓碑前。

「喏，都是妳愛吃的。藕粉桂花酥餅，紅豆蜜乳糕……還有熱騰騰的梅香茶。」

可說著說著，蕭瀾便紅了眼眶，「我一直沒來看妳，妳會不會怪姊姊？」

墳塚墓碑很顯然是精心修繕過的，周邊沒有雜草，正對的是山下最美的光景。

寒風吹來，將她臉上的淚吹涼。

蕭戎看著她蹲在墓前，縮成小小一團，便解下了自己的披風，披在蕭瀾身上。

黑貂披風很厚，就是有些重，披上來的一瞬間差點把人壓趴。蕭瀾擦著眼淚抬頭看他：「我不冷的，阿戎，你還有傷呢。」

蕭戎就見不得她這副紅著眼、可憐巴巴，卻還關心他的樣子。尤其是在床上，一哭他就容易繃不住，越繃不住就玩得越瘋，然後她就哭得更厲害，弄得他進退兩難。

男子別開眼：「我熱。」

蕭瀾沒多想，點點頭，又繼續跟香荷說話。

「香荷，妳還記得阿戎麼？你們也三年多沒見面了對不對？妳看，他現在可是將軍了。」

背對著她的男子唇角勾起。

「不過就是不像咱們以前認識的那個悶葫蘆了，現在話也變多了，嘮嘮叨叨的，有時還會發脾氣。」

蕭少帥皺著眉轉過身來。

蕭瀾憋著笑：「香荷妳說，是原來的那個阿戎好，還是現在的阿戎好？」

女子乾淨的手指輕輕撫著墓碑，「妳肯定會說，當然是現在的好，大將軍多威風啊。」

一滴淚，滴到了漸漸失去熱氣的梅香茶中。

「可誰又知，威風二字後面，藏著多少說不盡的苦難和隱忍啊。」蕭瀾將身子靠在墓碑旁，就像小時候和香荷依偎在一起的樣子。

「家族之難，搭進了數不清的無辜之人。有妳，有阿戎。但妳放心，腥風血雨終究是挺過來了，香荷，姊姊是來帶妳回家的。」

山上的風十分凜冽，蕭瀾卻坐了很久，眼見著鼻頭都被凍紅了，最終還是大將軍一把將人拉了起來。

下山路上，蕭瀾從袖中拿出一封信，遞給了蕭戎。後者接過來掃了一眼，冷哼一聲。

蕭瀾自然明白這聲冷哼是什麼意思。她笑了笑，「阿戎，你也覺得很可笑對吧。」

蕭戎伸手替她理了理披風，未置一詞。

「何伯伯這幾日操勞，如今終於塵埃落定，這才寫信告知。想必他執筆之時，心中也是百感交集吧。

「帝王家為了皇權國威，不惜殘害忠良。可如今真到了軍侯功高震主、把持軍權，拿捏朝廷的時候，竟無一人敢站出來了。

「父親忠心護主護國，從未生過二心。雖然蕭家重立於朝堂，但你我皆知，如今的蕭家已經不是從前的蕭家了。何伯伯說，太后壽宴之前，還有人當朝彈劾你擅自從北境撤軍，幽蘭鐵騎一路屠殺，死了不少無辜百姓。眾口一詞地將這筆帳記在了你的頭上。

「而我，大宴上當眾弒君，早已違逆了蕭家祖輩們忠君護主的初心。如此大逆不道之罪，此時此刻也無人敢站出來追究了。」

蕭戎冷道：「他們如何不想，只是付不起追究的代價罷了。」

蕭瀾點了點頭，「是啊，權勢真是個好東西。只要牢牢攥在手裡，連弒君，都能被說成是陛下酒後失足，不慎殞命。而皇后悲愴欲絕的自戕，竟也成了當場陪君共赴黃泉的佳話。

「唯一的皇長子繼位，孟國公等老臣輔政，一上來便廢了燕文之的相位，讓他告老還鄉。傅家趁著何伯伯無暇顧及兵部的事，想要奪回城防營節制權，父子倆雙雙被慶陽軍當場擊殺，剩冷宮的傅貴人一頭撞死在廊前，屍身如敝履般從冷宮拖了出去。」

提及慶陽軍，兩人相視。想到那爺孫倆，蕭戎說：「慶陽軍能偏安麓州多年，果然不是省油的燈。」

「仇靖南身上流著西羌人的血，一直為朝廷所忌諱。仇老將軍原本也是只知浴血殺敵之人，為了保住唯一的孫子，也不得不事事小心，防備著朝廷暗箭。」

蕭瀾繼續道，「當年蕭家之禍來得突然，無疑也是提醒了慶陽軍。所以你求援之時，他們不經朝廷允許便調兵來援，太后壽宴上出了那麼大的事，他們也沒有露面。偏偏傅家趁亂投機之時，他們又立刻出兵拿下，想來是一直在暗中看著、等著。仇老將軍所走的每一步，都如同踩在刀刃上。他對咱們的信任和救命之恩，真不知該用什麼回報。」

聽她嘆了口氣，蕭戎摸了摸她的腦袋：「放心，不愁沒機會。單憑仇靖南那種容易惹禍的性子，以後還能救他個八百回。」

蕭瀾原本還有些傷感，結果就被逗笑了。

蕭戎看了手裡的信一眼，「何元禮說了一大堆，最後還不是要妳幫忙。妳又要進宮？」

蕭瀾接過信來，「此番善後多虧了何伯伯，他有事相求，咱們豈能不管？再說他這事也確實棘手。皇孫年幼，皇祖母垂簾聽政本是常理。但請神容易送神難，後宮專權，便有專寵外戚之患，將來會很麻煩。」

「那要怎麼幫？」

「其實也不難，書信一封送到她手上便好。」蕭瀾將手中的信疊好收起來，看向蕭戎，「放棄垂簾聽政，或是弒夫弒君的醜事昭告天下，你說她會怎麼選呢？」

蕭戎停下，「那晚妳撿起那個酒杯，就是在懷疑她？」

蕭瀾點頭：「大家都以為老皇帝是被嘉貴妃逼宮氣吐了血，可那時機也實在是太巧了些。老皇帝雖上了年紀，可年輕時上過戰場，經歷過兵變政變，區區妃子逼宮便能把他氣死？

「不過誰也不會懷疑到當時的皇后身上，畢竟她的賢良淑德、母儀天下，可是整個大梁皆知的。」

「那你為何懷疑她？」

蕭瀾說：「母親曾經說過，她的長子早么，而後多年無所出，險些後位不保。母親與之交好，也是托人尋遍了名醫，時隔多年才終於有了謝凜。她為了這個小兒子，是什麼都能做出來。

「撿酒杯只是一時懷疑，卻沒想到真的在裡面查出了毒藥。老皇帝死有餘辜，我本想就此作罷，不料此事會在此時派上用場。即便她矢口否認，但人言可畏，她一生名聲聖潔乾淨，不會願意臨到老了才被人指指點點。」

蕭瀾聳聳肩：「總而言之，此事好辦。」

「所以不到萬不得已，妳不會揭發她。」

「嗯。」

「為何？」

蕭瀾沉默了一會兒，說：「有一年我在宮裡染了天花，被扣在了明蘭殿，渾身都是疹子。包括父親母親在內的所有人，都沒人染過。母親不得進宮，在府中急得生了病。是皇后來明蘭殿衣不解帶地親自照顧，雖然她染過，不會再染，卻不必屈尊降貴，日日夜夜守在我床邊。姑且……念及她也曾對我和母親，有過那麼一、兩分情分吧。」

「再說謝凜死了，她也沒有盼頭了。」

「你就不怕她報復？她想垂簾聽政，不就是打這個主意？」

蕭瀾搖頭：「她做不到的。朝廷有孟國公等重臣，不會任由她專權。軍方有何伯伯和慶陽軍，誰都不會聽她的。最重要的是還有你啊，有你在我有什麼好怕的。」

這話說到蕭少帥心坎裡去了，他一攬蕭瀾的腰，下山路上又開始有了說笑聲。

次日何元禮回信，太皇太后收到蕭瀾的密信後，果然不再提垂簾聽政的事。

蕭瀾閒來無事，打量著那隻送信的鴿子。個頭不大，雪白的羽毛、紅色眼珠，不僅好看，送信還極快。她看向一旁擦劍的蕭戎，「阿戎，這鴿子是新買的麼？是不是很貴？」

蕭戎瞥了蕭瀾手上的小傢伙一眼，「血衣閣的，怎麼，想吃烤乳鴿？」

蕭瀾一把摀住鴿子的小腦袋，怕它聽見這麼殘忍的話。

見蕭戎又低頭擦劍，蕭瀾這才趕緊把鴿子放了。仰頭看著牠飛遠的方向，蕭瀾一手支著下巴，「說來也好久沒去血衣閣了，月姑娘也不來，戰風公子是傷得很重麼？」

「他老毛病犯了。」

蕭瀾湊近：「什麼老毛病？戰風公子一表人才，難道有什麼隱疾？」

蕭戎抬頭看她：「一表人才？」

「……」蕭瀾假裝沒聽見，「你快說他有什麼老毛病？蘇公子醫術那麼好也治不好麼？那要不咱們請傅大人來看看？」

「不必。不要臉這種病，沒得治。」

此話一出蕭瀾就明白了，月姑娘這是被「傷患」纏住了。不過聽見蕭戎一本正經地說別人不要臉，蕭瀾噗嗤一笑，覺得他今日可愛得緊。

蕭戎擦好劍，見她笑了，心情不由得也跟著變好：「想回去看看？」

蕭瀾點頭，「聽傅大人說，蘇公子著急著回去，說是有個小丫頭在等他？他不會是在外風流債欠得太多……」

這次蕭戎說的是公道話：「那是他的外甥女，蘇喬。」

「親的？」

「親的。」

「所以說，蘇公子不是孤兒，他還有姊姊妹妹？怎麼從來沒聽他說起過？」

蕭戎說：「他幼時家中遭了難，父母雙亡，連下葬的錢都沒有，他姊也比他大不了多少。蘇焰是師父一眼相中的，付了銀子把他買回祁冥山。他姊偷偷來看過他，還送吃的給他，我也吃過。」

「那後來呢？」

「後來他姊嫁人了，生了個女兒，但日子過得不好。蘇焰嘴上怨他姊把他賣了，但他殺人賺來的銀子沒少拿去補貼。這也是有一年蘇喬病了，蘇焰偷跑出去，我在後面跟著才發現的。但他那時候不會醫術，抱著蘇喬找遍了醫者，最終還是只能抱回祁冥山，跪在師父面前求師父醫治。」

「所以，蘇公子後來學了醫？」

「嗯。他本來跟著師父學毒，只殺人，不救人，說什麼自己的命都由不得自己，為何還要去救旁人。學醫之前還因為偷溜出去這事而挨了頓鞭子，被抽得直吐血。」

「怪不得小蘇喬會跟著舅舅姓。那她怎麼會去了血衣閣？她父母……」

「不知道，只知道蘇喬一個人到了祁冥山下，蘇焰把她帶回去後就一直放在身邊。」

第二日清晨，馬車就已在府門口等候了。

此番又是蕭戎馭馬，還沒下馬車就聽見蘇焰咂舌，「這好端端的閣主不當，將軍也不當，竟成了車夫了。」

蕭戎不理會，當車夫當得盡職盡責，讓蕭瀾扶著他的手臂下了馬車。

「蕭瀾姑娘。」

蕭瀾聞聲望過去，就看見古月牽著一個臉蛋精緻粉嫩的小女孩走了過來。

她不由得看了看蘇焰，又看了看小蘇喬，心道果然是一家人，這才是真正的美人胚子。

「瀾姐姐好。」

小丫頭不知是從哪裡學來的，躬身行禮學得端正極了。

蕭瀾趕忙蹲下身：「蘇喬好，這是姐姐給妳的見面禮。」

一塊浮雕玉玦掛到了蘇喬的脖子上，蕭瀾湊近，神祕兮兮地說：「不要給別人，這個可貴了。」

蘇喬俏皮地眨眨眼，「好！」

蕭瀾和古月，兩個大姑娘帶著一個小姑娘走在前面，輕快的笑聲讓只有男人的血衣閣熱鬧了起來。

蘇焰和戰風難得沒吵架地站在一處，看著手下的少年們手腳麻利地從馬車上搬了一堆東西下來，又看著走過來的蕭戎，蘇焰睨著他：「你這是幹什麼，回娘家呢？」

蕭戎問：「都準備好了沒有？」

戰風一臉看熱鬧的表情：「閣外出任務的都被你叫回來了，我這受了傷的還搭了把手。」

蕭戎點頭，「謝了。」說完就順著蕭瀾剛走過的小徑前去。

戰風還愣在原地，「他剛剛跟我說什麼？」

蘇焰走過來拍拍他的肩膀：「今日這事若是成了，說不定連閣主之位都能給你。」

古月和小蘇喬一邊一個，拉著蕭瀾看血衣閣冬日的美景。

眼見著初春快要到來，加上日頭也大，雪化了許多，晶瑩的水滴順著嫩芽滴落，園中清池散落著花瓣，站在小廊橋上望去，白雪花景，透著初春萬物的生機。

「是我太久沒來了麼？血衣閣怎麼變得如此好看了！」蕭瀾站在橋上，朝古月和小蘇喬招手，「妳們也上來呀。」

然而古月和蘇喬像是約好了一般，站在原地笑著看向她身後。

蕭瀾愣了愣，轉身，看見了不知何時已經走上小廊橋的蕭戎。他手上似乎還攥著什麼東西。

「瀾兒。」

蕭瀾心中一抖，左右看了看，幾乎血衣閣所有的人都到了。這陣仗是……

蕭戎走近，眼中是比以往更甚的真摯和炙熱：「我們成親好不好？」

「什、什麼？」

「妳說過的，願意嫁我為妻。」

蕭瀾眸中微動，那晚的話，他竟聽到了。

「阿戎，我們是……」

「我知道我們的關係。可是妳說了，來世無論我們是什麼關係，妳都願意。」蕭戎捧著她的手，將一把鑰匙放到了蕭瀾的掌心。

「我們經歷了九死一生，於我而言，能再見到妳、抱著妳，已是恍若隔世。」

蕭瀾看著他篤定又深情的俊顏，日光照在蕭戎身上，讓她想起了那日從佛緣寺出來時看到的一幕。那個孤獨又落寞的身影她至今難忘。

眼淚在眼裡打轉，蕭瀾抬頭對上蕭戎的眼睛，「阿戎，我們是不能——」

「蕭瀾。」蕭戎看著她，「我只要妳，其他的都不重要。」

孩子、名分、軍功、爵位、金銀榮耀……

他不喜歡，也根本不想要。

可蕭瀾一直覺得，他之所以不想要，只是因為他還未真正擁有過。她自幼在父母的寵愛中長大，過著錦衣玉食、瀟灑紈綺的日子，那些日子她切切實實地有過，知道有多好，她想讓阿戎也能過上那樣體面又舒心溫暖的日子。

可蕭戎不要，他甚至不好奇，從未開口問過一句。

須臾的走神，讓面前高大的男子又走近了一步。壓迫感襲來，蕭瀾回過神來，看著他一臉嚴肅的樣子，不由得側眸看了看廊橋下的清池，有點結巴地開口：「我、我要是不答應，你不會把我推下去吧？」

蕭戎眼裡的光瞬間暗了下去。蕭瀾覺得自己彷彿看見了街邊，因為被人欺負而受了傷的大狗。他不甘心地又問了一遍：「妳當真不想嫁給我？」

一股莫名的罪惡感湧來，她連忙擺手：「不是不是，阿戎，姊姊只是——」

話還沒說完，就落入一個熱得灼人的懷抱，「妳答應了。不許反悔。」

腰上的手抱得很緊，蕭瀾愣了愣，隨後便笑了。這樣安全又安心的懷抱，除了爹娘，便只有阿戎能給了。

她輕輕地懷著蕭戎的腰，「那你也不許反悔。」

蕭戎抱著蕭瀾不放手，直到蘇喬高興地喊著「我們要有新娘子了」的時候，蕭瀾才忽地臊紅了臉。

這麼多雙眼睛看著呢！

然而一旁站著的少年們，其實都是一副緊張兮兮的樣子。生怕蕭瀾拒絕，是因為他們把院子布置得不好看，閣主大發雷霆可怎麼辦！

看到兩人抱在一起，所有人才齊齊地鬆了一口氣。

戰風漫不經心地鼓了鼓掌，「行了行了，也不枉費孩子們置辦了一宿，眼睛都熬紅了。尤其是小古板，也不懂這些花啊草啊的，連夜翻書，也是沒睡好吧？」

蕭瀾這才知道今日血衣閣為何如此好看，她看向古月，後者笑著衝著她點了點頭。同是女子，蕭瀾此時的感受或許只有她能明白。

日後等待著她的，便是兩個人的攜手共度，心血相伴。

◆

十日後，盛京城蕭府大小姐出嫁。

自侯府至祁冥山，十里紅妝，萬人空巷。

不到一年的時間，兩任皇帝先後崩逝，好不容易有一樁盛大的婚事，街邊小販更是連生意都不做了。

「哎哎，這、這家不是姊弟倆麼？大小姐是嫡出，雲霄將軍是庶出，那歸根究柢，還是一個父親所出啊……」

「噓！小聲一些！貴人家族裡的事你也敢妄議！你瞧見沒，連兵部何尚書都來了，還輪得到你在此瞎捉摸！」

「就是，即便是親姊弟又如何？蕭家如今權勢滔天誰敢惹，朝堂上坐著的不過是個奶娃娃罷了！國喪期間都置辦了如此大婚盛況，當知現在大梁是誰家的天下！」

只是這等竊竊私語被淹沒在浩蕩的鑼鼓盛樂中。

白日裡熱鬧非凡，深夜裡祁冥山上煙火不斷。

酒過三巡，一個沒看住，新郎官就不見蹤影了。

蕭瀾一身紅色喜服，頭上戴的珠冠太重，她剛想動動脖子，就聽見門「吱呀」一聲被推開。

陪在蕭瀾身邊的木槿向來都是極怕將軍的。即便將軍今日大喜，沒那麼冷面，還穿著一身紅衣，也沒有平時那麼嚇人，但木槿還是趕忙退出去，將門緊緊關上。

蕭瀾頭上蓋著紅蓋頭，只看見一雙靴子停在自己面前，她聲音低低的：「阿戎？」

蕭戎其實沒喝多少酒，可此時手卻不自覺地發顫。想像過無數次的場面，此刻就真真切切地在自己眼前，他只覺得心跳得太快，房裡很熱。

蓋頭緩緩掀開，那張白皙美豔的臉蛋漸漸露了出來，今日大喜，妝飾也濃了些。蕭瀾眉梢輕挑，只是抬眼看向蕭戎，落在他眼裡，卻也是帶著媚意的挑逗。

珠冠也被取下，蕭瀾頓時輕鬆了許多。見蕭戎直勾勾地盯著她，不禁臉蛋微紅，「是不是……」纖細的手指往旁邊指了指，「要喝那個酒啊。」

蕭戎順著她指的方向看去，旁邊擺著兩杯合巹酒。他俯身拿起了酒杯，一杯遞給蕭瀾。

他不說話，蕭瀾也緊張得不行。她此刻也覺得酒是個好東西，能讓人壯壯膽。正要一飲而盡，就聽見蕭戎開口：「等等。」

她端著酒杯的手一頓，一雙美眸不解地望著他。

蕭戎拿著酒杯的手順勢勾了過來，一臉認真地說：「得這樣喝。」

兩人距離倏地拉近了不止一星半點，蕭瀾的耳朵都紅透了，結結巴巴地說：「哦，好、好。」

兩人交杯，將合巹酒一飲而盡。

酒杯放下，蕭瀾就感受到他灼熱的目光。

自他受傷後，有傅大人一直盯著、囑託著，兩人從未做過越界的事。細數起來，上一次……還是在出征北渝之前的那一夜了。

這麼久沒做，又是新婚洞房，蕭瀾有些害怕，可蕭戎已經湊了過來。

吻精準地落在了蕭瀾的唇上，極其溫柔，像是怕嚇著她。舌尖輕輕舔弄著她的唇瓣，漸漸深入，直至含住她的舌尖，津液交換，蕭戎明顯感覺到懷中的人兒身子變軟。

他一手撫著她的後腦，另一手解開了她的腰帶。喜服好看是好看，就是穿得太多，裡三層、外三層，蕭戎自己的也不好脫，偏偏她又不讓撕喜服，說什麼喜服撕了不吉利，結果就是整整一刻鐘都還沒脫完。

蕭戎臉上看不出半點不耐煩，可手上已經從喜服裙襬中探了進去。

「啊……」

明面上兩人穿戴得還算整齊，絕對看不出男子的手指已經放進了久未觸碰過的女子身體中。

太久沒做，一根手指都險些被擠了出來。緊得人心尖發癢，下面硬得發疼。

蕭戎看了早已高高立起的下身一眼，俯下去親了親蕭瀾的臉蛋，手一伸，從床的最裡側拿出了一個盒子。

蕭瀾雙眼迷離，見他打開了盒子，聲音軟軟的：「那是什麼呀。」

蕭戎將瓶中的東西倒出來，用手指沾著送入了蕭瀾的身體裡。冰涼黏膩的感覺太過清晰，蕭瀾嬌哼一聲，夾緊了腿。剩下的盡數被抹在那根粗長的硬物上。

蕭戎分開蕭瀾的雙腿，哄著：「瀾兒乖，咱們試試這個。」

他又湊過來吻她，舔弄著她的耳垂和鎖骨，吸引著她的注意力，下身則是一點一點地推進，慢慢將緊緻的甬道頂開。

嫩肉絞上來的一剎那，蕭戎爽到小腹發麻，東西漲得更大。蕭瀾覺得整個肚子都被撐滿了，雖然不疼，但那東西還在往裡推進，著實令她緊張。

「啊……慢、慢點……」

蕭戎失笑：「還沒開始呢。」

他說著，驀地重重向前一頂。蕭瀾驚呼一聲，平坦的小腹處鼓起了一處。時隔許久的第一次，蕭戎不敢動得太厲害，怕傷著她，只好整根慢慢地頂進去後，又慢慢地撤出來，然後再次頂入。

這種像是折磨一般的動作將快感延長，一邊等著她適應，蕭戎這才一邊仔仔細細地開始脫她的喜服。

蕭瀾不明白他怎麼可以一邊做著這麼羞人的事，還能一邊光明磊落、甚至興致大好地解她的裡衣。這幅嬌羞的樣子看得蕭戎出神，他拿起了蕭瀾的手放到自己身上。

蕭瀾不解地看著他。以往都是他伺候慣了，蕭瀾從來沒有幫他脫過衣裳，每回推他、不讓他亂來時，倒是挺用力的。

蕭戎動了動，「瀾兒幫我脫。」

她眼下這樣子哪裡有心思幫他，最終還是蕭戎抓著她的手，扯開了腰帶，替自己脫了喜服。

此刻男子身體赤裸精壯，正在雪白嬌嫩的女子身體中進進出出。他雙手握著那一對豐滿的白兔，俯身舔弄輕咬，引得女子全身顫慄不止。

感受到她適應得差不多了，蕭戎將人抱起，蕭瀾白皙的手臂抱著他的脖頸，雙腿纏在他的腰上，蕭戎扣著她纖細的腰肢，一點一點地坐得更深。

被撐到極致的感覺過於強烈，蕭瀾的臉埋在他頸間輕哼：「太深了……」

像小貓般的呢喃，體香勾人，蕭戎逐漸加快，逐漸用力。

「啊……別……輕啊……輕一點……」

這個姿勢實在太深，蕭瀾覺得裡面那根簡直快要頂到胸口去了。她又害怕，卻又被一股股奇異的快感刺激得說不出話，下身像是發了大水，連腿心都泛了紅。

沒出一刻鐘，她便在他懷裡顫慄著泄了身，身體裡流出的汁水沾溼了大片褥單。懷裡的身子軟得不像話，小腹還一抽一抽的，蕭戎貼心地停了一會兒等她緩緩，他看了床上的溼漬一眼，親了親蕭瀾的額頭。

蕭瀾此刻敏感得很，隨便一碰就會發顫。蕭戎低笑著將她放到床上背對著他，蕭瀾無力地趴著，任由一雙大手抬起了她的腰，從後面進入。

又一輪不停歇的律動開始，肉體撞擊的聲音逐漸大到充斥著整間屋子。蕭戎臨到巔峰時俯下身，捏住了蕭瀾的下巴，深情地吻著她。唇舌交纏間，重重向裡撞進了深處，蕭瀾的驚呼被堵在嗓子裡。

蕭戎足足停了好一會兒才撤出來，剛撤出，那白濁便迫不及待地跟著流了出來。

釋放在她身體深處，這是很久都沒有過的事情。蕭瀾軟軟地喊他：「雲策⋯⋯」

蕭瀾被他抱著翻過身來，男子細膩的吻，自小腹一路吻到下巴，最後到了她的耳邊，「不怕，我服過藥了，不會有事。」

一聽見藥字，蕭瀾睜大了眼：「什麼藥？」

「抑孕的藥，傅大人說這藥力很強，每個月服上一次便足夠。」

蕭瀾失語半晌，倏地一口咬在蕭戎的下巴上，臉紅得把蕭戎都逗笑了。

「敢情你日日往傅大人屋子裡跑，就是因為這個？我以後還怎麼見他！」

像是呵斥又像是在撒嬌，蕭戎眸色又暗了下來。

「啊——」

嬌媚的叫聲猝不及防，聲音動聽得能勾了男人的魂魄。

蕭戎抱著她吻得溫柔，可下身的衝撞卻毫不留情。動作太過激烈，蕭瀾的腿不小心撞翻了那個盒子，裡面的東西盡數倒了出來。兩人都看過去，蕭戎將被子一扯，那些東西就到了手邊。

蕭瀾忍不住好奇：「這些是什麼？」

蕭戎寵溺地碰了碰她的鼻尖：「今晚全部都要用的東西。」

直到一次次被頂弄地哭不出、叫不明，全身痠軟到不行，蕭瀾才總算知道了那些東西的用處。房中漸漸傳來嗚嗚咽咽的哭聲和求饒聲，蕭瀾覺得他是一次比一次瘋，忽然對今後的每一夜心生憂慮。

長夜漫漫，最終總算用一聲「夫君」哄住了蕭戎。這人把東西就放在她身體裡，也不拿出來，纏著她想再聽八百遍。只要不動，蕭瀾也任由他了。

嘴上叫著夫君，心裡卻盤算著該怎麼替他立規矩，否則實在是吃不消。

「瀾兒，」天色將明，蕭戎抱著蕭瀾，擦掉她眼角的淚痕，「還回去麼？」

蕭瀾雖然半夢半醒，但能明白蕭戎的話中之意。

她揉了揉眼睛，微腫的紅唇湊上去，在他的下頜親了一下，「不回去了，祁冥山、血衣閣，就是我們日後的家。」

這話恰好說中了他心中所想，蕭戎唇角勾起，抱著她的手摟得更緊。

「好。」

——《聞瀾引．下卷》完

番外一　父子

今日的晉安侯府十分熱鬧。

南城邊防動亂平息，蕭家軍凱旋而歸。自清晨起便賓客不斷，各府高門貴冑帶著家眷前來，大人們言談甚歡，小少爺們賽著投壺，小姐們便跟在自己母親的身旁，在後院同各家主母們聚在一處。

百般笑鬧間，大伙們心照不宣地賠笑討好。門第之爭已久，而在這之中，唯有晉安侯府高高在上。蕭家戰功顯赫，主母又出身高貴，此番回京，陛下恩賞無數，百官眼熱之餘，都紛紛想著如何能與晉安侯府攀上關係。奈何侯爺在前院被軍將和王侯們簇擁著，主母柳容音又在後院同大夫人們說著話，總有些叫不上名的小門小戶只能在心裡著急。

誰都沒注意到，此時不遠處投壺的地方，有一個小霸王正扠著腰吼人。

「憑什麼不讓她們投！」

孩子堆裡，左邊是一個個穿著昂貴蘇鍛、墜著白玉的小公子哥兒們，右邊則是兩個糯糯軟軟、也不知是誰家的小姐，正無措地低著頭。

而正中間扠著腰的，是一個不滿六歲的小女孩，身著宮裡御賜的綢緞，腳下踩的是公主皇子們才配穿戴的汨羅凌雲靴。雖還未長開，但那張精緻白嫩的小臉蛋上，一雙水靈靈的眸子卻昭示著，這是毋庸置疑的美人胚子。

「蕭瀾！妳可別不講理！投壺是男子才能玩的玩意兒，她們是女子，就是不能玩！」

正面跟小霸王唱反調的，就是另一個小霸王了。蕭家男兒世代征戰沙場，香火不旺，到了這一代，即便是個二房老爺通房所出的庶子，也是金尊玉貴地養大，養成了驕縱頑劣的性子。

兩個小姑娘在後院待得無聊，便悄悄跑到前院來玩，看見投壺覺得有趣，也想投上一把。誰知剛上前，就被蕭契和那幫小公子哥兒們攔下，仗著人多、又比她們大上不少，便出口不遜，惹得兩個小丫頭委屈得眼淚掉個不停。

投壺向來是蕭瀾玩膩了的東西，她懶洋洋地滿院子亂逛，正愁沒有好玩的東西。她聽見吵鬧聲，精神立刻就來了，走過去一看，便看見自家堂哥在以多欺少。

下一刻，那昂貴的靴子踢倒了裝滿羽箭的壺，腳尖帶起的塵土揚了那群公子哥兒們滿臉。為首的蕭契更是灰頭土臉：「咳咳咳！蕭瀾妳幹什麼！」

「我爹說了，碰見宵小、宵小什麼來著？哦，宵小鼠輩就該教訓！」蕭瀾撿起地上的羽箭，那箭頭雖不鋒利，扎在身上卻也是能見血的。她往前走了兩步，蕭契和身後的小公子們便紛紛往後退。

「妳、妳別亂來！小心我立刻去告訴大伯！」蕭契瞪著她。

誰知那雙大大的美眸也是一瞪：「你還敢告狀！」

說著就是一箭直直地砸向了蕭契，院子裡頓時傳來哭天喊地的叫疼聲。蕭瀾還不罷休，又撿了一支羽箭，朝著蕭契身後的那幫小公子哥兒們問道：「你們說，她們能不能玩！」

蕭契抱著胳膊的哭聲鎮住了所有人，見大伙兒不說話，蕭瀾又要打人，此時一聲呵斥傳來：「瀾兒！」

聽見蕭世城的聲音，蕭契哭得更大聲：「大伯！蕭瀾又打人！」

晉安侯親自來了，眾人也紛紛聚了過來，一瞧這陣勢，誰也不敢多說什麼。誰不知道蕭世城就這麼一個嫡女，寵得要命，那張揚跋扈的驕縱脾氣也是整個盛京城出了名的。

爹爹來了不稀奇，稀奇的是這個討厭的堂哥竟還敢告狀。蕭瀾心道今天非得把他打到服氣不可，攥著羽箭的小手又揚了起來，根本不怕比她高了整整一個頭的蕭契。

可惜手裡一空，羽箭被人抽出。蕭世城拉開了兩個孩子，還回頭看了蕭契一眼：「契兒傷了哪裡？」

蕭契挽起袖子，胳膊上被鈍箭頭戳出了個紅印子。

蕭世城摸了摸他的頭，「帶少爺去上點藥。」

蕭契被嬤嬤哄著離開，蕭世城這才看向蕭瀾：「妳怎麼又打人？爹說的話半點都不往心裡去是不是！下次還敢不敢了？」

蕭瀾一跺腳，小身子都跟著顫了顫，倔強道：「還敢！」

當著這麼多人的面，蕭世城被掌上明珠堵得一噎，半晌才問：「妳為何對堂哥動手？」

「他們欺負人，不讓她們玩投壺，還說投壺只能讓男子玩！」一邊說著，蕭瀾還惡狠狠地看著他們：「男子有什麼了不起，你們能做的女子都能做，女子能做的你們能做嗎？能生孩子嗎！」

「妳……妳這孩子。」見眾人憋著笑，蕭世城一把抱起蕭瀾，「誰教妳這些的？」

蕭瀾眨著大眼睛，「爹爹教的呀，爹爹總說娘親生瀾兒辛苦呢。」

「還是侯爺教女有方，是我家孩兒被慣壞了。今日有所冒犯，還望侯爺和小姐見諒。」

有了第一人，接著就有眾人你一言我一語地替自家孩子開脫。別人家的女兒或許不嬌貴，但侯府嫡女不高興了，可不是一件小事。

蕭瀾肉乎乎的小手抱著蕭世城的脖子，「爹爹，投壺真的只能讓男子玩麼？可瀾兒是女子，以後還能玩麼？」

蕭世城看了那群小公子哥兒們一眼，沉聲道：「男兒當志在保家衛國，若是書塾師父教得不好，儘管送到軍營裡來，受些磨礪，總好過嬌生慣養，將來成了個只會投壺的阿斗。」

晉安侯極少這般疾言厲色。柳容音聞聲趕來，就見蕭瀾乖巧地依偎在蕭世城懷裡，一看就知道她剛才肯定沒幹什麼好事，眼下抱著爹爹，躲著娘親的責罵。

果不其然，一見柳容音來了，蕭瀾趕緊說：「爹爹，你說今日還要去軍營，瀾兒也想去，爹爹帶瀾兒去好不好呀？」

好在柳容音招呼著賓客，緩了氣氛，顧不上那父女倆。蕭世城對蕭瀾有求必應，抱著小人兒就往府外走。

「爹爹，別人家的哥哥都那麼好，怎的瀾兒的哥哥就這般討厭啊。瀾兒一點都不喜歡他。」

那副嫌棄的樣子逗笑了蕭世城，大手寵愛地捏了捏肉嘟嘟的小臉蛋。

實在不是他偏心，只是久經沙場，見慣了鐵蹄熱血，那股骨子裡的桀驁，遇上蕭契這種一碰就哭、沒什麼男子氣概的孩子，蕭世城確實沒什麼好感。還不如自家閨女，那副天不怕地不怕的樣子，倒真是繼承了他的硬脾氣。

但該說的還是得說，總是動手打人總歸不是個好辦法。

可還未開口，便見蕭瀾皺著眉頭，小聲嘟囔著：「實在不行，有個弟弟也好啊。瀾兒肯定不打弟弟，還每日都帶著他玩，不理那個蕭契！」

說到弟弟，蕭世城面色一僵，但他沒多說什麼，只是帶著蕭瀾進了軍營。

心思全放在了女兒身上，絲毫不知遠處有一道瘦小的身影一路跟著他們，停在了街口拐角處，靜靜地看著那個高大的男人百般寵愛地抱著一個小女孩，走進了京內大營。

蕭瀾一下午都沒離開過蕭世城的懷抱，懷裡抱著爹爹買的紅豆蜜乳糕，高調地在軍營中逛了個痛快。再回府時，天已經黑了，蕭瀾吃完最後一塊糕點，心滿意足地擦了擦嘴，而後忽然一驚：「呀！」

「怎麼了，瀾兒？」蕭世城停下腳步。

「爹爹，」蕭瀾指了指圓圓的肚子，「糕點吃多了，娘親叫我吃晚膳時可怎麼辦呀？」

說到這兒，她小嘴一癟：「娘親又要訓話了，每次都要訓一個時辰呢！」

蕭世城哈哈大笑：「不怕，爹爹自有辦法哄妳娘親。」

蕭瀾立刻笑開，在蕭世城臉上重重地親了一口。

此時某處傳來異響，蕭世城目光一凜：「誰！」

奈何還抱著蕭瀾，蕭世城並未直接過去，待嬤嬤將蕭瀾抱走，這才調轉方向，走到了迴廊外側。

馬兒的嘶鳴聲傳來，但此處空無一人，只有一把很舊的匕首，手柄上紋路粗糙，刻著未完的圖案。

他撿起來那把匕首，站了一會兒，最終轉身，去陪柳容音和蕭瀾用晚膳了。

誰也不知，與馬廄相鄰的一處破敗院落中，一個五歲的男孩跑得氣喘吁吁，回到了那方小小的屋子裡，腦中還回想著今日看到的場面。

那個威風凜凜的男人，是他的父親。

那個世人口中的大英雄鮮少回來，每次回來，府上都會來很多客人，他很難見到父親的臉。但今日他看見了，不僅看見了父親，還看見他抱著的那個女孩──姊姊。

就這樣想了很久，他才睡了過去。

次日清晨，母親的咳嗽聲吵醒了他。蕭戎一如往常地爬起來，準備去燒熱水給母親喝，他一開門，驟然被旁邊小凳上的東西奪去了視線。

那是他隨身帶著的匕首，是他喜歡的東西。而此時那匕首手柄上，刻著一條栩栩如生的巨蟒。

那蟒紋，是他一直想刻，卻始終刻不出來的……

小手拿起了匕首，他站在原地許久，目光卻鬼使神差地望向了前院的方向。

縱然心中的波瀾久久不能平靜，他卻始終沒有邁出那一步，只將匕首重新放回腰間，而後走向了簡陋的爐灶，生起了火。

十三年後的一日，蕭瀾聽了這個故事。

她看著蕭戎，沉默了一會兒，解下了一直帶在身上的錦袋。

錦袋打開，倒出了兩粒已經乾癟發黑得不成樣子的東西。

「這是父親最後一次出征前，我向他要的東西。北疆雪山的雪蓮果。」蕭瀾看著手心的兩枚果子，淡笑道：「也是父親臨終前，唯一交給驍羽營的東西。

「從拿到的那一刻，我就有一種感覺，隱隱約約，未曾言明。」她拿起一顆，放到了蕭戎的掌心，「今日聽了，我也大概明白了。」

蕭戎低頭看著手心的東西。

「這兩顆中，也有你的一份。」

——〈番外一・父子〉完

番外二　師徒

成親五年後。

傍晚時分，蕭瀾正同古月一起閒聊，忽而見到房門外有道小小的黑影，緊接著「吱呀」一聲，房門被推開，一道帶著委屈的聲音傳了進來。

「師娘……」

只見一個長相精緻的男童，背上還背著弓弩箭矢，滿臉眼淚地走了進來。

「這是怎麼了？」

看見那雙被打得通紅的小手，蕭瀾和古月對視一眼，也明白是怎麼回事了。

蕭瀾起身拿來了藥箱，將男童摟在懷中仔細地上藥，卻沒有多問一句。

上完藥後，她仔細地吹了吹他的小手掌，摸了摸那顆小腦袋：「去吧。」

男童點點頭，抹了抹眼淚，走了出去。

古月看了看外面的天色，「已是戌時了。」

蕭瀾將藥膏放回藥箱中，「是啊，這幾日域兒都是過了戌時才能去睡的。」

古月看了那個藥箱一眼，猶豫著問：「大師兄待域兒會不會太嚴厲了些？雖說練功都是如此，但畢竟……」

蕭瀾點頭，「妳的意思我明白。」

她起身打開了窗子，遠遠地能看到演武場上，還有許多少年正揮汗如雨，刻苦練功。

而剛剛那道小小的身影，此時也正費力地拉著弓弩，瞄準箭靶。

「我與宛然情同親姊妹，域兒又是宛然和秦孝唯一的孩子。他小小年紀就沒了父母，我這做姨母的，自然要百般地待他好。」蕭瀾頓了頓，「但若因為可憐他便溺愛他，才是真正害了他。」

古月也起身，走到蕭瀾身旁，看見秦域身後那高大挺拔的身影，和那張嚴肅的俊顏，不由得點了點頭，「即便當年師父那般疼愛和看好大師兄，也不曾這樣陪著他練過功。」

天色雖暗，但那一大一小的身影卻尤為明顯。蕭瀾一笑：「或許也是緣分，域兒第一次受罰的時候我便問過要不要換個師父，總穿紅衣的俊美師父很不錯，那個老愛玩飛刀的師父也很厲害。」

可那個時候的秦域搖了搖頭，淚眼汪汪的，卻又有股說不出的倔強。

自那以後，蕭戎便待他更加嚴厲了。每每受了罰，秦域就會含著眼淚，跑到蕭瀾房裡來上藥，上好藥後又回去接著練功。

愛子須深，教子須嚴。所以蕭瀾即便心疼，卻也從不多過問一句。

「大師兄和域兒雖是師徒，待他時卻總有些不同。域兒怕他，又總是跟著他呢。」

聞言，蕭瀾又笑著坐了回去，「阿戎自幼就沒和父親相處過，他不懂得如何做父親，也難怪域兒怕他，且讓他們慢慢相處吧。」

想了想，她又說：「說來也是，域兒明裡暗裡可是叫了我好多次娘親，卻一次都沒叫過他爹爹呢。」

古月歪了歪頭：「原來妳早就這般想做母親了？」

蕭瀾的耳朵有點紅：「域兒和喬喬生得那般好看，誰看了不羨慕？妳不知道他頭一次喊我娘親的時候，我真是……現在想來好沒出息。」

古月被逗笑：「那為何不直接認了域兒？他那一聲娘親不就名正言順了？」

說到此處，蕭瀾嘆了一口氣：「妳不知道，宛然曾在書信中提到過，她生域兒的時候驚險萬分，差點一屍兩命，嚇壞了她父母和秦孝。後來她一家又死得那麼淒慘，我怎能抹殺掉他們在域兒心中的位子呢？

「沒受過她的痛，沒遭過她遭的罪，哪裡擔得起域兒的一聲娘親。」

氣氛有些沉重，此時敲門聲再度響起。

「應該是傅大人來了。」古月去開門，果然看見了青爐聖手傅青山。

傅青山鬍子花白，提著一個小藥箱走了進來。他看見蕭瀾，不由得瞪上一眼：「妳這丫頭淨會害人，將我一個老頭子騙來替妳那弟弟解毒，也不告知他是個白眼狼，醒來不道謝也就罷了，還將我扣住，要我幫他弄這個藥、弄那個藥！」

傅青山在祁冥山住了五年，回回見到蕭戎都要罵上幾句。蕭閣主吃好喝好地待著，挨了罵也不發脾氣，反正就是不放人。先是要了避子藥，而後乾脆把本想雲遊天下的青爐聖手扣下來了。說是血衣閣的人常年行走於刀尖，傷患眾多，日後都要仰仗傅青山醫治。

當時傅青山就瞪著一雙眼吼他：『你們血衣閣的事與我一個老頭子何干？要我照料那麼多人，豈不是要累死？』

傅青山說的話雖不客氣，實則卻留下來幫了大忙，除卻治療尋常傷患，他還照料起了蕭瀾的身子。

當初蕭瀾膝骨受傷，又淋雨受寒，暈倒在林中。後來雖被謝凜所救，還請了大夫醫治，但不知為何，時隔幾年，舊傷處竟又有了疼痛之感。蕭瀾只是這麼叨念了一句，就見蕭戎變了臉色，立刻去請了傅青山前來。

蕭閣主自己中毒受傷都從不在意，但只要蕭瀾有個頭疼腦熱，那就是天大的事。

傅青山常常是一邊罵著蕭戎，一邊仔細地替蕭瀾把脈扎針，一日都不曾落下。

治到今日已滿了三個月，最初蕭瀾因腿上扎針，連床都不能下，而傅青山也極為嚴苛，令她閉門謝客，不得到處走動，險些悶壞了蕭瀾。如今她自己覺得舊傷已無大礙，但每每傅青山前來診治時，她都莫名緊張。

「大人……如何？」

傅青山閉著眼睛，沉默半晌才哼出一句：「瞧著是好利索了，穩妥起見，再泡一個月的藥浴。」

蕭瀾和古月皆是鬆了一口氣。而後蕭瀾試探著問：「大人，明日我能出去一趟麼？」

老爺子立刻睜眼：「做什麼去？」

「明日是域兒生父生母的忌日，我想帶著他去祭拜一下，半日便回來。」

傅青山收了銀針，「去吧。」

蕭瀾微微躬身：「多謝大人。」

古月送傅青山出去，兩人剛走一會兒，蕭戎便回來了。

蕭瀾剛沐浴完，在擦頭髮，只穿著單薄的裡衣，就感覺背上一熱，男性炙熱結實的軀體緊緊地貼上了她。蕭戎親了親她的耳朵，「怎麼不等我回來再洗？」

說到這件事，蕭瀾就臉紅：「等你做什麼，我這舊傷又不在手上。倒是你，傅大人今日可又罵你了。」

蕭戎挑眉，放開了她，脫了外衣去沐浴，顯然是半點沒把這件事放在心上。

蕭瀾看著他那雲淡風輕的樣子就想笑，「也不枉你挨了那麼多罵，倒是把傅大人的脾性摸了個清清楚楚。

「老爺子一生沒有妻兒，孤獨了大半輩子，眼下嘴上是嫌血衣閣吵鬧，但若給他機會離開，他也不見得真的捨得離開。」

屏風內傳來水聲，蕭瀾擦好了頭髮，這才一邊走向床榻，一邊說，「那也是域兒和喬喬的功勞，每日將大人哄得高興。否則就憑你成日威逼利誘、不講禮數，大人賞你一副啞藥也未可知呢。」

蕭戎洗得很快，走出來時身上還掛著水珠，「啞藥倒是無妨，不過剛扣下他的那段日子裡，我倒是的確擔心過。萬一他給我下什麼不舉的藥……這個比較難辦。」

精壯赤裸的胸膛線條勻稱分明，蕭瀾不自然地別開了眼：「你能不能把衣衫穿好？怎麼總是一回房就不穿衣服……」

溼熱的吻落在了她的臉蛋和唇角，漸漸下滑到白皙的頸部和鎖骨。蕭瀾被壓到了床榻上，男子動作輕柔。

「阿戎……」蕭瀾推著他，「大人說不行的……」

蕭戎現在一聽到「大人」兩個字就心裡發顫。他早就懷疑過，傅青山叮囑治腿的這段日子裡不可行房，是在教訓他。一向只聽說有孕了才不能行房，到他這裡連治個腿也不讓做那事，整整三個月，當真是要憋死他。

奈何蕭瀾不同意，他也只能乖乖放手，將人摟到懷裡，聲音沙啞：「那便睡吧。」

◆

次日是血衣閣休沐的日子，小秦域不必練功，清晨便跟著蕭瀾去祭拜家人，整個下午都不見蹤影，臨到傍晚也沒有回來。

蕭戎進屋時，屋裡只有木槿。一見他進來，木槿便告知說蕭瀾和古月都在側殿，正帶著小蘇喬挑錦緞，要做生辰時候穿的新衣裳，晚膳就在那邊用了。言下之意，就是叫剩下的爺倆自己用晚膳。

蕭大閣主習以為常，他看了桌上已擺好的膳食一眼，「秦域呢？」

「回主君，戰少俠帶著他下山了，域兒說要替喬喬買生辰賀禮。」木槿算了算時辰，又道：「但他們去了許久還未回來，主君可要去看看？」

當然要去看看。

旁人也就算了，偏偏是戰風帶著他出去，若是小小年紀便被帶去了酒肆賭坊，養成了個風流性子，將來只會讓他更頭疼。

蕭戎沒有猶豫地轉身離開。

山下，大街上人來人往。

酒肆二樓窗欄處，有一名俊美男人正倚窗而坐，手裡輕佻地轉著一支已經空了的琉璃酒樽，饒有興趣地看著酒肆樓下的一場好戲。

酒肆正門口的空地上，正有幾個小男孩將秦域團團圍住。

秦域如今不滿七歲，許是從小練武的緣由，個頭長得極快，比同齡孩子高出了不少。眼下他以少敵多，被團團圍住，卻沒有半分畏懼，反倒是瞧著那個打輸了的孩子，「喂，先動手的是你，打不贏哭鼻子的也是你，你到底要幹什麼啊？」

那孩子一聽，哭得更大聲了。旁邊其他的孩子們手上還拿著木劍，看樣子也是跟著自家師父學過武的。

秦域在祁冥山上是最小的，誰也打不過，只有受罰的分兒。但下了山，遇上這樣一群與他一般大的孩子，還一個個挑釁地要找他打架，好鬥之心就這樣被勾了起來。

可師父有令，不許隨便動手，不許惹是生非。於是秦域硬是等到對方先動了手，這才使了拳頭。在這之前，他還盡可能講規矩地看了戰風一眼，試圖詢問能不能還手。戰少俠最愛看熱鬧，不僅挑挑眉讓他隨意，還一躍翻上了酒肆，以好酒作陪，等著這幫小子分出勝負。

正當秦域要動手之時，其中幾個孩子嚇得後退了兩步，扯著嗓子大聲吼道：「聽說你是個沒爹沒娘的野種，就只會些鄉野村夫欺負人的把戲！」

秦域猛地上前揪住那兩個小孩的衣裳：「你說什麼！」

「啊——啊——！娘親救我！爹爹救我！這個野種要打人了！好疼好疼的！」

這番哭喊將街上的路人都吸引了過來，聽見野種兩個字，不由得紛紛打量起秦域。那樣帶著審視又憐憫的目光，讓原本天不怕地不怕的孩子漸漸紅了眼眶。

可他不能哭，男子漢大丈夫，寧可流血都不能流淚。

小孩子的事就該讓小孩自己解決，摻進了大人可不太好。正當戰風放下酒樽時，他雙眸一瞇，看到了熟悉的身影。他唇角勾起：「這還真是……來得早不如來得巧。」

也不知是不是這麼多年來朝夕相處養出的默契，蕭戎才剛走近，小秦域的後腦勺就像長了眼睛一般轉過身來，看見平時待自己百般嚴厲的師父，心中竟湧起一股暖流。

他情緒紛湧，再也忍不住地小嘴一癟，朝著蕭戎委屈地說：「爹！他們欺負我！」

戰風清楚地看見蕭戎後脊一僵，腳步頓了半分，面上雖沒什麼波動，可那雙黑眸中早已波濤洶湧。

也是，這小子從一歲開始就被帶到了祁冥山，迄今為止快六年了才終於叫出一聲爹，饒是塊硬石頭也能被喊裂了。

蕭戎走近，只是看了那群小孩一眼，就有人被嚇得一屁股坐到了地上。

秦域扠著腰，一副我爹來了的得意樣子，而下一刻，他卻覺得腦袋一熱。一隻大手覆了上來，胡亂揉了揉，還伴著一聲：「回家了，你娘還在等著。」

秦域手上的石頭都掉了，呆呆地仰頭望著蕭戎，以前嚴厲的責罰和殘酷的訓練，全部忘到了九霄雲外。

路人們紛紛散開，各家的父母也來尋自己的孩子，瞧見對方，一看就不是個善人，哪裡敢多惹事，一把摀住了自家兒子的嘴，罵罵咧咧道：「你個亂說話的東西，人家若沒有爹娘，哪還敢這麼蠻橫！小小年紀，書都讀到狗肚子裡去了！還罵人，你說誰是野種？誰教你的！回去讓你爹知道，還不打死你！」

果然響起了比剛才嘹亮百倍的孩童哭聲。

秦域這才知道，原來家家戶戶的爹都是這麼嚇人的。

他摸摸鼻子，見蕭戎轉身走了，連忙小跑著跟上去，拉住了蕭戎的手。

蕭戎的大手握著他的小手，走到一半，又回頭望了那吊兒郎當的身影一眼，「日後要下山，記得找旁人陪你，不許找你師叔。」

「啊？為什麼？三師叔好厲害的，他說他能喝一整夜的酒都不醉！爹，我也想喝酒！」

「……你敢。」

夜幕降臨，一大一小兩個身影漸漸模糊在萬家燈火之中。

——〈番外二・師徒〉完

番外三　恩客

自成親後久居祁冥山，盛京城內的侯府和軍中事務就多由蕭戎操持。朝中君主年幼，眾大臣唯有看著空空蕩蕩的侯府才能放下心來。當初蕭瀾藉著大婚的由頭遠離盛京，也是有意遠離那些無盡的猜忌。

既然蕭戎無意為新朝效力，她也沒必要再多籌謀。

即便朝中無人，但只要蕭家軍還在一日，就沒有人能輕易禍亂朝綱。

只是隨著蕭戎去過幾次軍中，又曾親眼見過、親耳聽過戰時的艱苦，蕭瀾心中記掛，便將心思全部放在了如何賺銀子上。

她閒來無事，日子過得瀟灑，於是下山的次數就越來越多了。今日巡視糧油米鋪，明日又要去逛裁縫鋪和酒樓，若是累了則會去她心愛的糕點鋪子歇歇腳，一盞梅子茶和一碟紅豆蜜乳糕奉上，頓時能消掉大半疲累。

蕭家軍除了軍餉還有額外貼補，頓頓有酒有肉，練起兵來吼聲震天，這可羨慕壞了如今的慶陽軍主帥仇靖南。這日蕭戎按例去軍中巡防，就正好碰到裝模作樣地在切磋兵法，實際是想打探消息的仇主帥。

他沉聲：「你走錯軍營了。」

對方不應。蕭戎見他賴著不走，側頭看了莫少卿一眼：「去，弄走。」

「蕭雲策你好生小氣！」仇靖南脖子一梗，闊步走了上來，「問了你幾回都不告訴我，還不許本帥親自來看看？」

蕭瀾對長鴻赤北兩軍的錢糧衣衫貼補並未大肆宣張，只要是她想做的，蕭戎沒有不依的。所有的銀錢都歸蕭瀾打理，怎麼花的、做了什麼，他從不過問。

所以仇靖南死纏爛打的那些事並非蕭戎有意隱瞞，而是真的不清楚。

最後仇靖南照舊是碰了一鼻子灰，氣沖沖地走了。蕭戎懶得理他，難得今日營中事務不多，他對莫少卿交代了幾句便離開了。

蕭瀾前幾日說想吃鶴仙居的菜，今日正好得空，好久沒有單獨與她四處逛逛了。想到這裡，蕭大閣主不由得唇角勾起。

與此同時的鶴仙居門口，掌櫃的和一眾小廝正滿臉堆笑，恭恭敬敬地送別兩位貴客。

蕭瀾和古月走遠了，鶴仙居的掌櫃的還在目送。這樣的貴客出手大方便也就罷了，竟還如此貌美，當真是老天厚待。

「怎麼樣，月姑娘，我就說鶴仙居的菜式不錯吧？」

古月點點頭，「比咱們昨日去的那家還要好一些。」

蕭瀾摸著下巴：「妳說……他們家的廚子是師從何人呢？咱們的酒樓可正缺這麼一位掌舵之

人。」

古月這才明白蕭瀾近幾日拉著她四處品嘗各家菜餚，原是要精進自家廚子的廚藝。

兩人正走著，忽然被遠處的熱鬧景象勾起了興趣。

天還沒全黑，遠處的紅燈籠便已點起，門口圍著男男女女，莫不是什麼新開的酒肆？

這種熱鬧要是不湊可是天理不容。蕭瀾二話不說，拉著古月也擠進了人群。這才發現此處名為春恩舍，看名字就知不是什麼酒樓茶館了。從外面往裡面瞧，能看見些曼妙幃帳和身段，酒香果香四溢，勾得人心癢癢。

「這好像……」古月仔細瞧了瞧，不知看見了什麼，耳垂有點紅，「不是一般的青樓……」

蕭瀾擠在人堆裡仔細打量，又聽見老鴇接連不斷地招呼男女恩客。有些女子身穿昂貴錦緞，以白紗遮面，進去時隨手就是一錠金子打發了老鴇，看得蕭瀾眼前一亮。

這春恩舍中的小倌兒是有多麼俊朗勾人，才能讓大家族的小姐都按捺不住芳心？

金子要是這麼個賺法，想賺個金銀滿缽根本不費吹灰之力！

蕭瀾抬腳就往裡面走，誰知古月恰好拉住她的袖子，「真的要進去啊？」

大把的金子放在眼前，哪有不看不拿的道理？天底下的小倌兒館多了去了，怎的偏偏這家生意就如此火紅？

蕭瀾以為古月是顧及身分，了然一笑，將她腰間的匕首抽出，在自己裙邊隨意一劃，兩塊白紗即刻到手。

老鴇是個老江湖，見慣了形形色色的人，一瞧就知道哪些是真的有錢，哪些是打腫臉充胖子的。瞧著兩位白紗遮臉的女子雖穿戴簡單，卻難掩周身的貴氣，趕忙迎上來：「喲，二位恩客瞧著眼生，是頭回來春恩舍吧？今日可巧，都是來看我們遙公子的！」

只以一眼看過去，就已經瞧見好幾位面容尚佳的小倌兒了，被服侍的男女恩客都像是被勾了魂一般。

「聽媽媽的意思，遙公子是姿色與眾不同了？」

蕭瀾一邊往裡走著，一邊打量著春恩舍的內裡布置。

大殿之上的玉臺是低吟的來處，聲聲嬌柔，卻又帶著絲絲令人心顫的跌宕。玉臺之下，是琉璃酒樽對酌之聲。輕紗帷帳垂落，隱隱透著若有似無的神祕和矜持。猶抱琵琶半遮面的法子可謂是用得淋漓盡致。

老鴇聽著貴人有出手的意思，連忙答道：「姑娘明鑒，遙公子可是春恩舍花了重金從揚州教坊司贖來的。教坊司您是知道的，裡邊都是些大家族出身的罪臣。遙公子出身大家，詩書禮樂那是通通不在話下！最難得的是那張臉蛋生得驚為天人，剛剛進來的那位世家小姐，便是當初一眼相中了遙公子！」

蕭瀾開門見山：「既然如此，便讓這位遙公子來伺候吧。」

古月隨手就是一袋金錠，放在老鴇手中，沉得老鴇一張臉都笑皺了。

果然是沒有看走眼，人外有人，天外有天，這才是真正的高門貴冑。

「是是，姑娘請上二樓廂房稍等片刻。既是侍奉貴人，也請容遙公子好好收拾一番。」

蕭瀾挑眉：「若真是絕代風華之人，等上片刻又何妨？」

老鴇連連應是，步伐匆匆地退了下去。古月看著蕭瀾那副輕佻的樣子，被逗笑，「若真是絕代風華之人，是要買這春恩舍，還是買那遙公子？」

這還真需好好斟酌一番。蕭瀾想了想，故作深沉道：「那就要勞駕月姑娘替我在春恩舍四處轉轉，替我拿些主意？」

這樁差事不難，古月也是頭一回來到這種地方，覺得稀奇，正想四處轉轉。兩人一拍即合，勢必要將這檔子生意做起來。

然而兩人皆沒有想到，蕭戎會提前從軍營回來。

回祁冥山的途中，蕭戎一眼便瞧見了在一處房頂上守著的黑衣少年。

少年驟然看見騎在高大戰馬上的閣主，心裡一抖，險些從上面摔了下來。

他立時飛身而下，恭恭敬敬地躬身：「閣、閣主。」

「今日是你當值，暗中隨行？」

少年點點頭，在那雙黑眸的注視下，覺得嗓子乾得厲害。

「她人呢？」

「回……回閣主，夫人，嗯，夫人她……」

蕭戎冷眉一皺，怒意飆升：「說！」

少年認命地一指：「在裡面。」

蕭戎看見的，可不止碩大的「春恩舍」三個字。映入眼簾的還有熱情攬客的老鴇，和迎來送往的美色小倌兒。

少年滿額的冷汗，半晌都不敢抬頭看蕭戎。好不容易鼓起勇氣抬頭時，只剩一匹驍勇的黑馬與之四目相對，馬背上空空如也。

少年心裡直犯嘀咕，兩邊都不敢違逆。怎麼偏偏今日是他當值，夫人一時興起去了小倌兒館，還好死不死地被閣主碰上！

二樓廂房中，淡淡的檀木香氣比起那些香料，竟也別有一番韻味。蕭瀾打量著一盞青璃花樽，仔細觀察的話，能看到其細膩的紋路，畫功精妙。

連一間小小的廂房都布置得如此雅致，怪不得客人絡繹不絕。

此時身後傳來「吱呀」一聲，有人走了進來。蕭瀾尚未回頭，纖細白皙的手指摩挲著花樽邊緣，聲音饒有趣味：「遙公子這準備時間可有些久了，倒也無須這般矜持扭捏。」

身後沒什麼動靜。蕭瀾一笑，了然於胸，欲擒故縱的招數唄。

「聽聞公子技藝超群，」她一邊說著，一邊轉過身來，「那麼今夜——」

驟然看到那張俊逸非凡的臉，蕭瀾心中一抖，喉頭一噎，還不自覺地往後退了兩步。

男人卸了盔甲，僅著一席黑衣，寬肩窄腰，長腿強勁，在黑眸黑髮的映襯下，就是一名活脫脫的冷峻貴公子。美則美矣，但此時此刻，這位絕色公子面色肅殺，周身寒氣……

「阿戎，你、你怎麼來了呀？」剛剛的遊刃有餘消失無蹤，蕭瀾結結巴巴地賠著笑臉，「我正要回去呢。」

蕭戎闊步走了上來，一把攬住女子纖腰，扣入懷中，大手捏住了她小巧的下巴——

「姊姊真是好大的膽子。」

夜晚月色妖嬈，酒香縈繞，本該襯著同佳人談笑的好雅致。

但此時此刻，蕭瀾可笑不出來。

男人好看的手慢條斯理地解著腰帶，整個人都漫著怒氣，偏偏唇角卻勾著笑。

「你、你聽我解釋好不好？」眼瞧著他一言不發地卸下腰帶，脫了外衫，蕭瀾趕忙又退了兩步，「我也是一時興起，真不是要故意瞞著你！」

最後一件裡衣脫下，隨意地扔在桌上，蕭戎走了過來。

見這人置若罔聞，蕭瀾拔腿就跑。可就是腿腳不夠快，一條有力的胳膊輕鬆地撈過她纖細的腰身，整個人連帶著都被摁到了溫軟的床榻上。

隔壁傳來隱隱約約的低喘和私語，不用多想就知道是在做什麼。女子叫聲壓抑又嬌媚，像是忍了幾度，最終還是忍不住叫出聲來。

蕭瀾在這事上一向是個紙老虎，此時此刻臉蛋紅得要滴血，她連忙抱住蕭戎的脖子：「阿戎，我們回去好不好？回去了都聽你的！」

可男人的手已經輕車熟路地伸進了她的衣服裡，摸上軟膩的肌膚，下身頓時又硬了幾分。

「別在這裡唔——」帶著嬌羞又討好的聲音，被炙熱的吻堵了回去。箭在弦上，哪有回去再發的道理。

旁邊廂房的浪叫聲越來越大，蕭瀾卻是一點都不敢出聲。儘管衣衫剝落，整個人赤裸裸地任身上之人為所欲為……

「就姊姊這麼薄的臉皮，還要做這種生意？」

吻順著唇角、下頜，到了耳邊，輕輕咬住了小巧的耳垂。

「啊……」蕭瀾身子一抖，沒忍住地叫出聲來，聽得男人熱血沸騰。

吻一點點向下，帶著曖昧的舔弄和吸吮，留下一路紅痕，接著驟然一口含上嬌挺的乳珠。

蕭瀾羞得不行，顫抖著手推他：「別吸……」

可蕭戎沒有聽話的意思，舌尖的挑逗更甚，兩處被吸得微微紅腫，立了起來。羞恥和刺激並存，小腹處湧出大汩熱流。

不想蕭戎今日耐心出奇得好，吻得炙熱纏綿，撫弄揉捏得恰到好處。即便分開了她的腿，兩人性器相貼，他都能不緊不慢地慢慢摩擦，打著轉地挑逗，要進不進，勾得人欲火焚身。

蕭瀾被折磨得欲哭無淚，聲音軟軟地喚他：「雲策……」

短短兩個字，其中意味已足夠明顯。蕭戎抬眸對上她，下身略微頂了頂，故意磨蹭她：「可以了麼？」

「嗯？什、什麼？」

「恩客未言明，不敢冒犯。」

要不是被他弄得渾身酥軟，抬不起手，蕭瀾非得賞他一個大巴掌不可。都冒犯到這個分上了，這人竟還在計較她叫了小倌兒來問話的事。

蕭瀾氣笑：「那你且退下吧，找個技藝更嫺熟些的來。」

這話脫口而出的下一刻，蕭瀾就後悔了。她明顯看見蕭戎眸中一暗，這可不是什麼好徵兆。

未等她想好說詞哄他，身下已經被慢慢撐開，她清晰地感受到那根粗長的東西是怎麼艱難地擠進來，怎麼越頂越深的。

待進入得差不多了，蕭戎俯身親了親她的唇角，蕭瀾本還吃驚於他怎麼沒發脾氣，卻未想櫻唇被堵住，雙手被他單手摁在頭頂，另一手掐住了她的腰身，體內的東西開始快速大力地撞擊。

「嗯……嗯……！」零零碎碎的低吟媚叫聲溢了出來，小腹深處陣陣酥麻顫慄，兩具肉身撞擊的聲音，甚至蓋過了旁邊廂房男女交纏的叫聲。

蕭瀾覺得五臟六腑都要被撞碎了，他進得太深，深到蕭瀾不住地收縮，想將那駭人的性器擠出去。可蕭戎卻嫌不夠深，溫熱緊緻的嫩肉緊緊地絞著他，撤出時，甬道細緻的挽留，頂入時，熱流澆在頂端的致命刺激，讓他爽得後脊發麻，漸漸失去了理智。

男人將軟得不像話的身子翻過來，將一條腿抬起、放到肩上，蕭瀾覺得這姿勢太孟浪，可還未開口說話，他就從側面撞了進來。

「啊——！」她被頂得叫出聲來，手向下摸去，發現平坦的小腹驟然凸起一處。

不停歇的操弄再次開始，大開大闔，汁水飛濺，男人的眸色越來越深……

直至蕭瀾泄了好幾次身，總算等到他低喘著吻上來，下面也撤了出去。

女子香汗淋漓，半閉著眸，側趴在榻上喘著氣。

太累了，太深了，這般凶殘的操弄她可承受不起第二次了。

她現在什麼聲音都聽不見，只想閉上眼好好睡一覺。可那雙大手再次遊走了起來，頸間傳來溼溼的觸感，蕭瀾強撐著睜開眼，發現蕭戎在舔她，意味十分明顯。

她向下看了那剛剛射過，卻又高高聳起的硬物一眼，不禁發問：「你怎麼又……」

「自然是要伺候到恩客滿意為止。」

「……」真是沒完了。

蕭瀾自知不能再像剛才那般亂說話刺激他，只好摸著他的頭，哄狗一般：「恩客已經很滿意了，下次還會再召你伺候的。」

「那還需要技藝更好之人麼？」他聲音溫柔，「若是需要，也無妨。」

蕭瀾心裡一抖，這話可得好好回覆。她趕忙親了親蕭戎的下頜，「哪有比你技藝更好之人？自是不需要了。」

蕭瀾心想這回總該沒錯了，順著毛摸，總能讓他更聽話一些。

卻不想將軍聽了誇獎，比聽了挑釁之言反應還大，一把撈起蕭瀾滿是痕跡的身子放到身上，「定不負瀾兒誇讚。」

深情纏綿的吻再度襲來，蕭瀾見他是來真的，趕緊求饒：「阿戎，我真的受不住了，下次好不好？」

「可是，」他拿起她的手，握住下身的堅挺，「才一次。」

蕭瀾清晰地感受到手中之物的灼熱和堅硬，上面猙獰地迸著青筋，在她手中依然還在變大。以往都不會一次就結束的，也不知是不是太久沒做了，蕭瀾覺得再做一次，往後三日恐怕都下不了床了，哪有比這更丟人的事情！

可眼前之人還眼巴巴地望著她，她閉了閉眼，深吸一口氣：「我、我幫你弄出來。」

蕭戎向來捨不得蕭瀾用口去含他的東西，這麼多年來，都是他用唇舌去取悅她的。這種事他不提也不教，蕭瀾自然不知該怎麼做。不過現下只用手，肯定是弄不出來的。

蕭戎有些僵硬地看著她俯身靠近他的胯間，張口含住了頂端。

「呃……」聲音痛苦又歡愉。

蕭瀾聽見聲音，立刻抬頭看他，「怎麼了？」

突然離開了溫熱的小嘴，蕭戎意猶未盡，「沒事。」說著，不動聲色地把東西往她唇邊靠了靠，「瀾兒繼續。」

蕭瀾沒看見他隱忍的表情，還有緊繃的腹部和大腿。所以也不知道自己這種小口小口地吮吸、一點一點地舔弄，是能把男人折磨瘋的。她的長髮散落到他的腿上，蕭戎看著胯間之人，手伸了幾次，想狠狠地把她的頭按下去，想一舉頂入她細細的咽喉，嘗嘗被極度緊緻包裹的滋味。

拳頭緊握，一忍再忍，最終卻是忍不住了。蕭戎手上青筋暴起，卻盡可能輕輕地扶住了蕭瀾的臉蛋，到底還是讓他來教了。看著她臉頰鼓起，自己的東西在她口中動作，欺負她的愧疚感，和在她小嘴裡感受到的極致快感交雜，帶來了滔天般的饜足。

臨到巔峰，他連忙退出來，盡數澆在了她雪白的雙乳上。

後面是如何清洗穿衣，又是怎麼回到祁冥山的，蕭瀾都不太記得了。只知道隱約間有人親了親她的額頭，好像還警告了一句「不許再來這種地方」。

別說再來，就是八抬大轎來請她，她也不敢再來的。這生意還是不做的好。

好在其餘生意營收甚好，仇靖南糾纏不休，蕭瀾也懶得再賣關子，將如何貼補軍中之事告知於他。

大梁新帝年幼，北渝再掀奪嫡內亂，西境羌族遭重創之後，一時難成氣候。這般相互忌憚，卻又不敢冒然挑釁的情勢，為天下帶來了多年的太平。

太平年間，無人會管一時半刻都用不上的軍營。但赤北長鴻兩軍以及慶陽軍，從無一日懈怠，朝廷不理，百姓不解，皆未讓他們失了初心和忠心。

血衣閣近年來多做情報消息的買賣，已甚少再涉足殺人的生意。有志少年們也有投軍的，但無論是否身在祁冥山，所有人心中深知，那裡雖殘忍嚴苛，卻也是他們永遠的歸處。

十六年後，一紙檄文戰書打破天下太平——
江湖紛爭，風雲再起。

——〈番外三．恩客〉完
——《聞瀾引》全系列完

高寶書版集團
gobooks.com.tw

ER09

閻瀾引・下卷

作　　者　棋　徒
繪　　者　阿　嘆
編　　輯　王念恩
美術設計　莊捷寧
排　　版　彭立瑋
企　　劃　方慧娟

發 行 人　朱凱蕾
出　　版　三日月書版股份有限公司
　　　　　Printed in Taiwan
地　　址　臺北市內湖區洲子街88號3樓
網　　址　www.gobooks.com.tw
電　　話　(02) 27992788
電　　郵　readers@gobooks.com.tw（讀者服務部）
傳　　真　出版部　(02) 27990909　行銷部 (02) 27993088
郵政劃撥　19394552
戶　　名　英屬維京群島商高寶國際有限公司台灣分公司
發　　行　英屬維京群島商高寶國際有限公司台灣分公司
　　　　　Global Group Holdings, Ltd.
初版日期　2023年7月

國家圖書館出版品預行編目(CIP)資料

閻瀾引 / 棋徒著.-- 初版. -- 臺北市：三日月書版股份有限公司出版：英屬維京群島商高寶國際有限公司臺灣分公司發行, 2023.07-
冊；　公分. --

ISBN 978-626-7152-92-8 (全套：平裝)

857.7　　112009156

三日月書版

三日月書版

三日月書版